U0565706

像土地一样寂静

寂静

回大周记

周瑄璞

著

河南文艺出版社
·郑州·

图书在版编目(CIP)数据

像土地一样寂静:回大周记／周瑄璞著. --郑州:河南文艺
出版社,2022.1(2023.6重印)
　ISBN 978-7-5559-1155-5

　Ⅰ.①像…　Ⅱ.①周…　Ⅲ.①纪实文学-中国-当代　Ⅳ.
①I25

中国版本图书馆 CIP 数据核字(2021)第 200942 号

选题策划　陈　静
责任编辑　张　娟
　　　　　陈　静
书籍设计　刘婉君
内文插画　张　燕
责任校对　丁　香
责任印制　张　阳

出版发行　河南文艺出版社
本社地址　郑州市郑东新区祥盛街 27 号 C 座 5 楼
承印单位　河南瑞之光印刷股份有限公司
经销单位　新华书店
开　　本　890 毫米×1240 毫米　1/32
印　　张　8.125
字　　数　178 000
版　　次　2022 年 1 月第 1 版
印　　次　2023 年 6 月第 2 次印刷
定　　价　38.00 元

版权所有　盗版必究
图书如有印装错误,请寄回印厂调换。
印厂地址　河南省武陟县产业集聚区东区(詹店镇)泰安路
邮政编码　454950　　电话　0371-63956290

目　录

再回大周，听到人们所说诸多事情，爱恨情仇，鸡飞狗跳，像外面那个世界一样复杂纷乱，我大为吃惊，怎么小的时候不知道呢？那时的人不做这些事吗？想必是那个成人世界，对一个孩子隐瞒了这一切，只呈现给她慈祥与平静。

村里周姓人的交往和称呼，并不因年龄而论，而是以辈分来喊。有年轻人当爷的，也有老头儿当孙子的，那位住在村后路边姓冯的八十多岁老太太，辈分最低，总是管别人叫点什么，我们大家称呼她呢，只能是一个字：冯。

第三章　两个儿子夜夜愁

问：你为啥挣得那么多，吃得这么赖？
答：俩孩儿。

第四章　真名周大国

"就用真名！姑，只要把我写到你书里，写成个大坏蛋都中。人活一辈子，就是要留个名下来。"大国说。

第五章　颍河的前世今生

看了几十年河水，似还没有看够，一只脚在桥面，另一只脚踏着桥墩，面对河水，很是深情的样子。他无意中回头，瞅了我一眼，大概怎么也想不到，自己的一次回眸会被这个陌生女人，在十多年后，写进一本书里。

第六章　京广线

81—95

大地轰隆隆震动，火车像一个巨大的梦幻开过来，车头的灯光一晃而过，车厢一节一节，从眼前闪过，火车长出一口气，缓缓停下。我们拼命挤上火车，把自己变成洋火匣里的几根火柴，动弹不得。

第七章　大周的日常

96—122

欷歔时光的飞逝，竟然一晃几十年，我怎么又出现在故乡的街里？一些人，一些事，不因为我的不在就不发生，不管谁来了走了，都不耽误他们的日子。孩子出生，老人死去，风声，气息，乡音，流水一般，不曾断过。

第八章　南院情结

123—138

五年前的这个盖房大计，像一棵突兀长起的大树，地面一树繁花，地下盘根错节，且让我们耐下心来，遇到哪枝表哪枝。

第九章　周涛超市

　　男女老少，各色人等走进来，除了买东西，还连带着拉家常、扯闲话，友情赠送各种新闻与消息。如果在柜台后面架一台摄像机，拍下来的，将是鲜活的人生百态。

　　时间对于乡村来说，很是宽裕。

第十章　耕读王永杰

　　而他的妻子和孩子，将主要位置让给我们客人，他们在几步远的床边坐成一排，幸福而娴静地注视着他，听着这一场乡间静夜里的文友闲谈。

第十一章　会与戏，物价和消费

　　鼓点骤停，舒缓的乐曲响起，台侧那个拉弦子的男人闭着眼睛，身躯随着手臂轻轻摆动，先期为自己陶醉了。大幕反复蠕动几下，吸纳够了目光，终于拉开了，红装绿裹、浓妆艳抹的女演员一个亮相，台下叫好。

第十二章　曾经的盖房大计

麦田平坦无垠，浓绿醉人，村庄被绿树包围，雨后薄雾轻漾，空气清新得让人感动，此情此景，非常适合歌颂家乡。

第十三章　退而买房

小小工地热火朝天，红砖水泥沙子钢筋堆了一地，夜里扯着大灯泡，电钻嘶鸣。树功光着膀子现场值守，一副要建设家园的雄心勃勃模样。

第十四章　逝者如斯

大平原上，每个村庄的街里，每年都会有丧事举办。国乐队不悲不喜，不惊不忙，吹吹打打地送别一个又一个人，曲调多是热烈奔放，甚或高亢张扬，是对一个鲜活生命在世上走过的记录和礼赞吗？

第一章

稠密的村庄和心事

　　四十年前，我认为大周是世界的中心，后来我看到一张全县地图，发现她竟然是很偏远的一个村子，向南走不足二里地，就属于郾城县。

　　我还认为，天下人，都该姓周的，怎么又冒出一些安、徐、崔、张、尹、贾、吴、孙、梁、师……这些都是大周大队的姓氏。大队，是国家最小的一级机构吧。大周大队由四个自然村组成，共十三个生产队。最东边是安庄，住着姓安的姓崔的姓徐的。隔一条南北路的西边叫张尹，是姓张和姓尹的地盘。东南是贾井，村里人姓吴、姓王和姓贾，估计是曾有一口井的，几姓人共饮一井水的意思吧。较为复杂的是我们大周，由东到西一条长街贯通，大多数人姓周，越向西走姓氏越杂，师姓、朱姓、陈姓、梁姓，在长街的中间地段横出一条小道，由路北向后地延伸，属于孙拐，住着一些姓孙的人。这些人不知从哪里来，为何而来，由着什么样的机缘，加入了周姓居住地的行列之中，在当初姓周的已经占领了好地段之后，他们背着行李卷向西边走，安下自己的家，心甘情愿变成大周的人。

安庄的东边，隔一条颍河故道，是王曲——一个令人羡慕的大庄，有邮局、商店，有青石板老街、集市，还有一个中学，中学里有一棵千年银杏树。爸爸说他们小时候，秋冬时节，正在上课，听到一颗银杏果落地，"噗"的一声，大家内心一阵小小骚动，只等下课，看谁能第一个冲出去，捡到那颗银杏果。王曲是附近十几里村庄的信息、商业中心，据说当年要将公社设在这里的，王曲人嫌麻烦，一致反对，公社就设在了东边十里地的台陈。

大周村西边是新颍河，新颍河西岸，一望无际，都是我们大周大队的土地。东边安庄和张尹下地干活的人，扛着锄头，从大周街里穿过。新颍河向西几里地，是泥河，现在没有水了，据说当年河水丰茂清澈，却不知为何叫了泥河。泥河向西，属于大郭公社，很远才有村庄，远得站在西边河堰上无法看到。

南边是毛庄，东北是马李。这两个村子，虽然与大周相隔只有二三里地，可我从未涉足。乡村其实是一个封闭的世界，人与人的交往，除了亲戚之外，就只限于生产队里那几十户人家，小孩子之间玩耍，也在本生产队之间。

正北边可以望见的，是双楼周。不知道是不是与我大周村同一个祖先，像东安庄与西安庄一样，因两兄弟闹矛盾分家，一个赌气过了老颍河，在河西另起炉灶——我前面说的，大周大队的安庄，其实是西安庄,在王曲的东边,另有一个安庄是东安庄。清朝初年的两兄弟,不知有着什么样的仇恨,立誓分家远离,宁可跑到几里外的荒滩上开垦新家园,也不愿与自己的亲兄弟低头不见抬头见。而这双楼周,与我大周村,也是相距二三里,不想天天看到你但知道你发生了什么的最佳距离,都知对方的存在,心心念念,互不来往,嘴上再不提起。双楼周的东边,是梁阁,我曾经路过。

上面所说这些都是我大周村周边的村庄,皆在三五里之内,有些近得都快要挨上,密集分布在颍河故道与新颍河之间。它们在我目之所及之处,形成一个乡村孩子最初的世界。

据我有限的知识了解,颍河在历史上的最早出现,是许由洗耳的典故,之后她于几千年的史书里,更多与曹魏事业有关。颍川大地,多少英雄豪杰驰骋逐鹿。现当代以来,又有作家将她写入书中,李佩甫、孙方友的作品中,时常出现颍河的身影。

行走在临颍县境内,到处可见一截低洼处,边上种着杨树,落几层枯叶。平展展大地都用不完,洼处自然不稀罕种什么,成百辈子闲置着,那就是颍河故道。夏季大雨时节,老河道里又聚上水,一洼一洼,静静地躺在那儿,如一面镜子,似乎想要映照出什么,却终也无人理会,年轻人根本不知她为何会是这样一番模样。这条干涸的故道,不知对从前的流淌与丰沛是否怀念,而今却怎么也连缀不起来了,只等着那一洼洼水渗透、蒸发,直到秋天,她一寸一寸浅下去,终至没了影踪。就连桥头路边竖立着的牌子,都将她写错,很多地方写成"颖河故道"。颍河之"颍",仿佛是个校对死穴,常常粗暴地被"颖"字取代。

世人好像根本不知还有一个"颍"字。只是因为她的弱小而无名,地理位置也不重要,就像一个平凡微小的人一样,默默无闻,人们提起她的时候,想不起名字,或者常常叫错,张冠李戴。

据县志记载,颍河在临颍县境内拐了一百多个弯,于是村庄名多与湾和水有关,魏湾、郭湾、党湾、丁湾、大张湾、沙湾梁、王曲、杜曲、桥口、下坡郭、小商桥、靳勒桥……因常年河水泛滥,于上世纪50年代将河道取直,于是从地图上看,颍河由临颍西大门繁城镇起,笔直线条一路向东南,仿佛一个人将自己纠缠不清的心事刀斩乱麻。

所以我等晚辈见到的颍河,在村西边约一公里处,村里人称为西河,河两岸的庄稼地,称作坡里。平展展的土地,不知为何用个"坡"字。我猜想是当年挖河挖出的土,垒成河堰,有了坡度。而颍河故道,在村东一公里处。大周村由河西变为河东。现在东乡的一些老亲旧眷,提起我家,还会说,河西俺姨家。"俺姨"是指我的奶奶。

今生最早的记忆,是一岁多,我扶着东屋去往厕所的那面山墙,蹒跚挪步,我的妈妈坐在离我几步远的东屋门口做针线活。我能听到她温柔的声音喊我名字,需要我回应她,好知道我是安全的。四十多年过去,妈妈已经离世,我出生的东屋早已倒塌,我常常闭上眼睛,想还原那时的场景。奇怪的是,每次想起,总是我抽身出来看到那个小女孩扶墙走路的样子,短短的头发,上身穿的什么记不得了,只记得下身穿着双裤,也就是夹裤,能感到大腿开裆处凉丝丝的,沾着一层细土。乡村孩子,本就是尘土包裹的。那么我是谁?她是谁?只知道从那一刻,开启鸿蒙,有如电光射向一个大约十公斤的小小肉身,我有了记忆和感知,有了身体,有了作为人的概念,我在这世上的第一个内心体验是:清爽,安全。

村庄对于一个孩子来说,是安详圆润之所在,长大之后,再回大周,听到人们所说诸多事情,爱恨情仇,鸡飞狗跳,像外面那个世界一样复杂纷乱,我大为吃惊,怎么小的时候不知道呢?那时的人不做这些事吗?想必是那个成人世界,对一个孩子隐瞒了这一切,只呈现给她慈祥与平静。1979年夏天,老师在课堂上讲述对越自卫反击战,我军战士英勇杀敌的故事。我在后地拦住路过的西邻居杰叔,要讲给他听。他停下来,腋下还夹着柴火,静静地听我讲完,我现在还记得他安静如水的面孔,像学生听课一样,看着我,从头到尾全是我说,最后我还挥动胳膊,模仿着老师喊口号、欢呼。杰叔一句话也没说,只等我讲完,夹着柴火回家。杰叔排行老二,上面是宗芝叔,下面是雨叔。他们的娘,我唤作二奶奶。二奶奶还有两个闺女,大的不知名字,嫁到了水车梁,小的香莲姑姑,嫁到了桥口村。

所谓二爷,跟我爷不是兄弟。说来话长,从我爷爷往上,几代单传,人口不旺,没有近门的。我家祖上本是跟东边焕章大爷的祖上一脉,过继给了这边他家祖上,所以我家跟东西两边,都说得上近。我常踅摸进他家院子,说,二奶奶,恁家的红薯干面馍,叫我吃一个吧。正在堂屋门口做活的二奶奶站起身,从馍筐里给我拿一个,我坐在她家被数代人的脚步磨得光滑的青石门墩上吃馍,二奶奶在旁边做针线活。这一场景,我并不记得,是后来回老家时,二奶奶说起的。二奶奶白皮肤,一双浑浊的眼睛,眼珠是灰色。红薯干面馍黑乎乎的,吃起来有一丝丝甜。他们家劳力多,饭量大,麦面不够吃,用红薯干充当主食。我却觉得好吃,常去她家讨一块。

二奶奶三个儿子,娶媳妇成为难事,因为每个儿子要盖所房子。弟兄多的,听起来人口壮大,但意味着吃饭和成家都是问题,一般都是大儿子付出牺牲,所以宗芝叔没有说上媳妇。杰叔的媳妇也说得艰难,房子盖起来,塌下一堆账,杰叔临近三十岁,说了北乡一个对象,比杰叔小好几岁,好像不太愿意。彩礼和衣裳,又不能够多给一些进行补偿,新媳妇就不喜欢,闹新房时,秀凡婶一直阴沉着脸,很不配合的样子,怎么都把她逗不笑,半大小子们闹腾到半夜,新媳妇仅有的一双新皮鞋扔来扔去,秀凡婶一直绷着脸。当然,这也是传统教育所致,姑娘变成媳妇,不能表现得高兴,一定要让人觉得你非常贞洁,你一点都不向往跟了一个男人,你才不稀罕男人。

到雨叔这里,不得已换亲。换亲有两种方式。最直接的是两家换,两个妹妹分别嫁给对方的哥哥,彼此也都不挑什么。可是这样,将来生下的孩子,称呼上未免尴尬,该叫姑姑还是叫妗子,该叫舅舅还是姑父?那么还有一种更曲折的,叫三家转,这给媒人提出了更高要求,能找来三对兄妹就不错了,男方条件也都没有那么可心,有的年龄大得多,有的略有残疾。为顾惜哥哥,妹妹一般也只得同意。雨婶就这样从北乡来到我们大周,而雨叔的妹妹香莲姑姑嫁到桥口,桥口那家的闺女,给了北乡雨婶的哥哥。好在这几个男子,外形条件都还可以,只是贫穷而已。这样的婚姻,也过得挺好,雨叔雨婶很是相爱。雨婶从小没了妈，有一回大周村有人路过北乡，见回娘家的雨婶跪在她妈坟前烧纸、哭泣。

小时候没有玩具，冬天早上，得到一个冰溜子很开心的，不是人人都有，但又不能抓在手里，只好抱在怀中，一不小心将棉袄浸湿，不敢回家，大人看见了要吵，就那么抱来抱去，体验着拥有一样东西的幸福感，直到太阳升高，它一点点化掉，心里要失落好一阵。那个冬天，我的那块冰溜子是从东边路南进忠奶奶家的屋檐下扳掉的。怎么够得着的？下面踩了东西，还是几个孩子抱住腿往上搋，记不清了，只记得我伸出手去，冰凌与麦秸秆相接的部位，晶莹剔透，包裹着几根褐色秸秆，犹如我多年后知道的琥珀一般。

有一个冬天，月圆之夜，我们九队的孩子们在进忠奶奶家门外藏老闷儿（捉迷藏）。玩疯了，谁家大人来叫，都不回家，大人也就不管，自己回家睡了。月亮越来越高，照得大地明晃晃的，我们钻来跑去，麦秸垛，柴火堆，墙头，树后，进忠奶奶家院子……跑了一身汗，腿上微微蛰疼。农村孩子，谁也没见过秋裤，都穿光筒棉裤，一穿就是一个冬季，当然也不洗澡，棉裤内里的褶皱处，是虱子温暖的家园。天好的时候，光屁股钻被窝里，大人将棉袄棉裤拿到太阳下翻过面来，仔细搜寻，将那一窝一窝的虱子虮子找出来，用指甲处以死刑。条件好的，外面有个罩衣罩裤，不好的，连这都没有，棉袄棉裤直接承受一个冬季的灰土与腌臜，许多孩子的袖口有黑亮一块，硬邦邦的，那是擦鼻涕擦嘴的后果。那时物质的穷困，现在的人无法想象。生产队里的顺大娘，一年到头一套外衣，冬天做成棉袄棉裤，春天拆掉棉花，里外皮儿洗一洗，做成夹衣，夏天来时，将夹衣改成单衣，秋天来临，单衣变夹衣，秋去冬来，再续上棉花成为棉衣。每当季节转换，顺大娘必有一天不能出门，在家进行换装事业。一套衣服，总有穿烂的时候，借的磨的，打的闹的，再置一套，而烂了的，抿成袼褙做鞋。农村人眼里，啥都主贵稀罕，谁家有办丧事，人们为争一块孝布闹来闹去，还会为此结怨，多年化解不了。一块白布拿回来，做蒸馍的笼布，做鞋里子。

　　小孩子，能有棉衣棉裤穿，不冻着，已经不错了，开心得什么似的，脏嘛，大家都一样，谁也别笑谁。月明地里，成群结伙，开心地疯玩。腿上被风刮得皴裂，再被汗一蜇，身体是一个热气腾腾的小蒸锅，想必每人身上的虱子，也都心满意足地欢闹，聚在一起开个派对也可能的。不时有笑闹声爆发，捉家、藏家，同时欢叫起来，拉住了不放手，扭扭扯扯笑闹一番。直到半夜，连狗都入睡了，整个村庄除了我们之外，再无一点声息，想必大人们睡梦之中，听到我们的闹声，知道是安全的，翻个身，继续睡。又大又圆的月亮在头顶照着，似乎给我们注入了魔力，我们兴奋异常，直到累得再也跑不动了。当我找到麦秸垛后面的一个小孩时，发现她躺在麦秸窝里睡着了。最后大家不舍地离开。2015年秋天，我在鲁迅文学院深造班学习，很有一些不遂愿之事，灰暗情绪郁结于心，冷着脸独来独往。有一天晚饭后下楼散步，走出楼门，突见东方楼群之上，一轮大大圆月悬挂，路灯为之失去光泽。我停下脚步，仰头与那轮圆月对视，她呈现出一种辉煌，无所不在地俯视人间，仿佛问我，四十年过去了，孩子，你还好吗？怎么从临颍来到北京？我潸然泪下。这真的是四十年前那轮明月吗？一代代人长大，老去，而她永远明亮。我转回身,看到我的身影,长长地投在地上。平常都是在文学馆内绕圈,那晚我走出文学馆,顺着大路向东而去,一直仰头望着,对她说了许多话。

再老的人都有娘家,奶奶不但有娘家,还有舅家,娘家在三里外的桥口,舅家在五里远的甄庄,它们都在南边。桥口属于临颍县,甄庄属于郾城县,现在的漯河市郾城区。

去往桥口和甄庄的路,从我们大周村东头向南走。村东的学校旁边,是一条南北路,如一条柔软的绳子,向北一路穿起几十个村庄,而南端由贾井村头拐向东,进入王曲,像是一篇长文,远没有结束。拐弯处,可看到南边毛庄的背影。那时每个村子的概念,就是一片树木包围的房屋,紧密地围成一体,成为自己的独立世界,也就是说,我村人多年来注视着毛庄的背影,而双楼周的人,又望见我大周的后背。外村人除了走亲戚,再无理由去到另一个村子,因为你会被他们的注目礼弄得不好意思。男人们将手里的木锨粪耙,支住下巴;女人会停下正在剥的苞谷;晒粮食的人,停下蹚麦的光脚板;走路的老奶奶,直起腰扶一扶顶在头上的大手巾;就连光身子奔跑的孩子,小马儿(男孩生殖器)跳荡得如错乱的钟摆,也会突然收住脚步,转过头来。他们一律用专注的眼神研究路过自己领地的人,看着你远远离去的背影,相互猜度一番,这人哪庄的,去哪里,篮里扣的啥。围在一处研讨一番,如果没有理出一个满意答案,他们会有小小的遗憾。

我跟着奶奶从毛庄后地向东拐,去往通向王曲的大路——在我的童年,那就是一条大路了,我在长篇小说《多湾》里提到的白果集,就是王曲,也叫王街。东行大约一里地,向南有一条小路,从庄稼地里开出的,只能容下两人并排行走,遇到对面或身后有自行车,我们要靠向路边,让自行车打着铃走过。偶尔车上的人认识,会打招呼说,去哪儿呀,上来捎恁一段吧?奶奶说,不了,你先走吧,我们没事慢慢走。我猜想那人并不想捎,他连减速都没有,奶奶也不敢坐那车子,架子车对她来说是稳当的。农村的老人,出门时常由家里年轻人拉架子车接送。沿着这条小路走大约一里,就是桥口村的西头,如果是回娘家,就从这里进入村子,由街里向村东走。如果是去她舅家,就继续向南,再走一会儿,到达甄庄。小的时候,觉得这条路很长,走这么远的路,是生活中一件大事。

奶奶的娘家侄儿,我喊他表大爷,长得黑黑大大,小眯缝眼,有五六个儿子,只有一个女儿,我喊她霞表姐,一个温软洁净的少女,皮肤细白,小嘴红润而多汁,说话的时候,白牙齿和红嘴唇都淹没在丰沛的玉露之中,好像一不小心就淌溢而出。她是全家人的掌上明珠,娇贵得很,不用干家务,在破旧的上百年的到处是灰土和老鼠洞的老南屋的东里边,给她用几张席子隔出一间闺房,夏天里挂一个洁白的蚊帐,洒上花露水,香喷喷的。刚识字的我,认识"公主"两个字,我想,霞表姐就是公主吧。有一年夏天我跟奶奶住在表大爷家,我有幸睡在霞表姐的蚊帐里,在花露水的气息中,在霞表姐轻轻摇动的扇子下入眠。天明起来,我伸手拿衣服,在蚊帐的一角抓住一个软乎乎的东西,低头一看,一只死老鼠,不知为何在咬破蚊帐之后自己死了。我发出一声尖叫,已经起床的霞表姐跑过来,翘着兰花指将那个死东西扔了出去,然后微笑着帮我穿上小布裳。表大娘用一块白布补好了蚊帐上的窟窿。霞表姐不知后来命运怎样,当然也是嫁人生子,成为一个村妇,再没见过她。前几年回老家,听说得病死了。

我的舅家和姨家,在郾城县的孔庄和大杨。姥爷姥娘早逝,我没有见过他们,妈妈又在西安,所以舅家去得少,大约只限于过年和过会。孩子们常说的姥娘家,热乎乎甜蜜蜜的一个所在,对我来说很是陌生。去舅家要路过刘孟,是个像王曲那样的大村,有清凉寺中学,有供销社,还有一个卫生院,卫生院院子很大,一排平房,刷成淡黄色,出厦由几根木柱支着,形成一个厦廊。这些机构都是公家单位,显得这个村子很了不起。记得有一次,我和姐姐从舅家回来,走到刘孟,站在路边歇息,我说口渴得很,姐姐说,兹言哩,吃那么多饼干,能不渴吗?不记得怎样解决了口渴问题,还是忍着回到家了。也不记得哪里来的饼干,可能是临走时大妗给的吧。只记得那个遥远的下午,西边的太阳斜斜照到街里,我和姐姐面对面站在路边,有这样一个对话。

还有一次去舅家,是冬天,也许是正月初七,也许是腊月二十几。老家那里过年,每家定个日子,招待出门(出嫁)的闺女,称为待客,而闺女要在腊月底割一块肉先送到娘家(再配些油馍馃子更好),正月里娘家人用这块肉招待你,这样初几回娘家时,就可空手而去,打扮一新,轻装行动,专门去吃肉哩。舅家待客的日子是正月初七。

是哥哥骑自行车带我去的,让我在舅家玩一天,他先回去了。下午时候,大妗跟我说,晚上我跟二舅睡。我不愿意,要跟大妗睡,可她不愿意。大舅在漯河工作,二舅还没有结婚,一个人住在小西屋的一张小床上。我那时有七八岁吧,心里已经有了男女之别,大妗堂屋东里边一张大床,她的三个儿子都长大了,最小的飞表哥,长得黑,人们都叫他黑飞的,也都不跟她睡了,我作为一个客人,一个小女孩,为什么不能跟她睡在一起呢?大妗耐心地做我的思想工作,只记得我俩在她家东里边说了很久,她哄劝再三,我终于无奈地答应了,后悔我不该留下来。现在想来,可能是大妗怕我身上的虱子留在她的床上。大妗长得白白净净,也非常爱干净,作为工人家属,她在村里很有优越感的。那个晚上,我和二舅一人睡一头,都蜷着腿,保持不挨到对方。

第二天,二舅骑自行车送我回家,我侧身坐在自行车后座上,脚冻僵了。刘孟街里,有一段路很窄,因为路两边挖了大坑,将本已不宽的路逼得越来越窄。那时人们盖房,打坯取土,指着一个地方狠挖,每个村子都会有一两个大坑。路边一根电线杆,二舅骑得太靠近了,我垂着的脚咚地撞了上去,突然疼痛,不敢吭声,假装没有这回事。

那以后,不愿去舅家了。

我爱去姨家。姨家是我童年的一个美好温暖的所在,不只是因为姨长得好看,还因为她对我们像自己的孩子一样。在她家吃住玩几天,走时还有东西可带,吃的穿的用的,她大方地送给我们。有一年夏天,我在姨家住着,他们生产队要留西瓜种,号召大家去吃西瓜,把瓜子吐到面前摆着的一个又一个洗脸盆里,男男女女说说笑笑吃西瓜,我吃得肚子圆滚滚。大杨庄非常大,前后几条街巷,横竖交错,几乎像一个小城市。过了刘孟,向东拐去,大约一里地,走过颍河故道,右边是无水的老河,左手是一段半人高的土坯矮墙,可能是当年的寨墙。再向南拐,走一阵,左拐,再右拐,路过大杨后街,继续向南,两边照样有粮站、学校、卫生所、大队部什么的。从一个窄过道里走过,窄得只能走一辆架子车,两边有几户人家,门总关着。最后一户人家,一扇歪斜薄板的小门,面向东,是一条小街,姨家就在这条街的路南,一个破旧的小院,承载着我童年的诸多欢乐。那扇薄板小门里的人家,只有几个女儿,没有儿子。后来姨将其中的一个女儿介绍给我二舅,成为我的二妗。二妗的一个姐,早年间嫁到我们大队的张尹(生的女儿又嫁给我们生产队的群生)。这两个女人连同她们的几个姐妹全都在三四十岁年纪死去,后来群生的媳妇也死了,据说是家族遗传的糖尿病。二妗给二舅撇下三个孩子,最小的孬蛋,当时只有两三岁。二舅五六岁时,自己父母死去,靠我妈和我姨把他拉扯大。从小丧母,中年丧妻,都叫他碰上了。二舅也想过再娶,交往了几个女人,曾为此受过骗,折了一些钱财。之后他但凡提出再婚,两个女儿就哭。随着年龄增长,只好作罢。后来三个孩子都长大,在漯河市,被我大舅的三个儿子,也就是他们的堂兄关照着,有了事干。

　　有一次二舅一个人在孔庄家里,高血压发作,在床上挣扎好久起不来,幸好遇到村里人来串门,送到医院抢救,差点落下后遗症。

　　此时大舅已经去世,他的大孙子,也就是我大表哥的儿子已经大学毕业参加工作,小伙子买了两副麻将,置办两套小桌椅,放在他二爷的门楼里,供孔庄人每天来打牌娱乐,主要是为了让二爷家总有人来往,不至于发病了无人知晓。现在,六十多岁的二舅家里住住、漯河待待。他有一辆小电动车,在漯河时帮着接送外孙,漯河和家里相距五十多里地,电动车是他的主要交通工具。

从大周向东十里地,是公社所在地台陈,台陈东北方三四里,过了京广铁路,有个荒张村,是我姨奶奶的家。两个老婆长得挺像,坐在一起说话。我记忆中去姨奶奶家总是夏天,可能是因为夏天她村上过会。

走那么远的路,去一次不容易,一般会在姨奶奶家住几天。记得有天早晨醒来,见姨奶奶的孙子坐在床边,穿了件白背心,胳膊撑在床帮上,面对着我,也许是他叫醒了我。他大我几岁,我该叫表哥的,他说带我去林子里玩。我跟着去了。大概种的是桐树吧,不太大,树干很直,一排一排的很整齐。刚下过雨,地面潮湿,长着零星青草,开着几朵野花,我穿着短袖,感到微微的凉。林子里有个机井,表哥提醒我说,小心那个井,别掉进去。

每次回老家,都想到颍河去看看。2006 年 8 月的一天午后,我对雨婶说,陪我到河边去看看吧。雨婶是个温柔的女人,她没有说那有啥好看的,都没水了,而是跟我一起走向街里,两人向西而去。我想,这是她嫁到大周三十年来,第一次不干活不下地却只是去看看颍河而走了这一公里路吧。除了我们俩,河坡里再无一人,日晒、潮湿、燠热、寂静,汇成一股神秘的力量,催生河坡里的青草和庄稼,好像每一秒钟都在生长,拥挤成为绿毯。大地不言不语也无风,世界屏住呼吸,万物奋力生长。我们两个脸儿热得红岗岗的,听到自己和对方的呼吸,在河边坐下,相互拍照。

　　几年前的夏天,已经是东乡某小学校长的二锋开车带我们到泥河边上,只为看上一眼,因为小时候,泥河对我来说,是远得到不了的地方。站在河堰之上,南北两边相望,但见白杨树几行,经年的落叶一地。现在没有人捡杨叶了,爸爸说,他们小时候,放学后的重要事情是割草拾柴火捡杨叶。杨树是中原大地最常见的树木,成材快,种下能早点使用或换钱。四野寂静,仿佛感到大地呼吸的轻微波动,我想到一个比喻:像土地一样安静。二锋说,当年他叔来这里干活,听得到我家的驴叫。我说,怎么可能,直线距离四五里,再说驴叫都一样,咋知是我家的? 他说,听得真切,你家驴的叫声,我叔能分辨出来。二锋又指着一间快要塌了的破房子说,这是进原当年看河住的屋子。进原是十队的,死了已经多年。而现在这间青砖房子,布满了绿苔,很难想象曾经住过人的。那时需要有人日夜值守,守护河堤树木,观察水位上涨,提前采取措施,避免发大水淹了庄稼。

　　我算是最早的"留守儿童"吧。早在上世纪 70 年代,这个词还没有诞生,我就先行实践了。整个 70 年代,我在乡村度过。童年生活对一个人一生的影响有多大呢? 我要说,是全部。

　　童年的我,坐着火车来往于临颍和西安之间。我相信作家的很多作品,与他几十年的人生记忆有关。叶广芩在她的小说中,详细写到老北京的羊肉床子,描写那个铜的小秤砣,每磕一下,都叫她害怕,写到院子角落里的一盆绿色植物。作家为什么详细地解释和记录那些与故事看似无关的东西呢? 因为那是他的生命记忆,他需要借助小说表达他的童年生活,不是这一篇就是下一篇。

　　我无论如何也想不到,那些支离破碎的童年记忆,会在四十年后一点点激活。按说一个孩子,懵懂无知,十年时光,能留下什么,能懂什么? 可是我现在所有的写作,我对世界的看法,解决问题的方式,竟然全部来自童年。我的人生观以大周村为辐射,面向世界。

第二章

童年伙伴今何在

儿童相见不相识,笑问客从何处来。

再回大周村,我认识的人,越来越少,大都是中老年男性,因为闺女们嫁走了,媳妇们大都是别村闺女变成的,互不认得。在街里,会看到一些小孩,他们的脸,分明是我某个童年小伙伴的样子,其实这是他们的孩子或者侄子侄女。我突然产生错觉,时光回到了从前,这不是吗?他们还是那时的样子。那么我是谁?从前的我,哪里去了?

这些孩子愣愣地看我,悄悄问大人,那人是谁?

我认出了他们,他们不认得我。

四十年过去,村庄的变化太大了,一时难以详尽。公社变成了镇,大队叫作行政村,生产队成为村民小组。但在我的情感里,还愿意用上世纪的大队、生产队来表达。

老宅只剩一座旧堂屋,属于叔叔所有,只通电路,没有水管,院子荒落,长满杂草,无法住人,村支书献东安排我住在新村商品房的售楼部。售楼部的女人白天在此办公,晚上回县城的家里,而我白天出外游走,晚上回来睡觉,两人互不影响。

大周大队,从前四个自然村之间,还有些距离,种着庄稼,现在村庄扩大,基本都快连上了。外面人根本分不清这个村与那个庄的边界。但是我还能记得,我对村庄的一切底细,所有往事,都还心里有数。

只是我童年的小伙伴,都不见了,女孩嫁走,男的出外打工。

村支书献东比我小好几岁,按辈分该喊我姑奶奶。他忙前忙后,大有为姑奶奶服务好的热情。我到村里头天傍晚,他将村干部们叫到一起,相互见了面,介绍了村里情况,要在一起吃顿饭。我说饭不吃了,我回村来,是定点深入生活,上面有规定,不能向人民群众吃拿要,而且我这个多年的游子回到家乡,只能做贡献不能添麻烦。他们说,现在日子好了,吃顿饭不算啥。晚上在贾井村头的饭店里,很是热情,点了不少菜。献东打电话叫来大国,因为我住在大国的楼上,平时在大国家吃饭。第二天大国对我说,我看你还是喜欢吃素淡些的,昨晚桌上的肉菜,你基本没动。

村主任秋风是个与我同龄的女人,比献东还低一辈,喊我姑姥。这是她骑电动车带我去贾井西头饭馆的路上,告诉我的,我一时不敢承受姑姥这个称呼,但她喊得很自然,听起来很亲。我终于搞明白了,原来我跟她丈夫的那位埋在村后地里早已化为泥土的祖爷爷是一辈的。

村里周姓人的交往和称呼,并不因年龄而论,而是以辈分来喊。有年轻人当爷的,也有老头儿当孙子的,那位住在村后路边姓冯的八十多岁老太太,辈分最低,总是管别人叫点什么,我们大家称呼她呢,只能是一个字:冯。她头发全白,每次叫完我名字,又笑着说,看看,该喊你姑姑哩,年龄太大了,没办法讲规矩,你别怪我,胡叫乱答应吧。

平时,街上见不到人。几个人坐在临街一间屋子里聊天,其中两个是常年病号,一个拄棍,一个自己推扶着小坐车缓慢走路,还有一位"五保户",一位退休工人。

村里设施齐备,自来水入户,做饭用的煤气灶,住房都高大亮堂,却也留不住人,只有老弱病残留守。青壮年们,男男女女,被火车拉向全国各地,或者自己开车上路,只在每年腊月中下旬,匆匆回到家乡,村子里热闹十来天,好像把他们憋得够呛了,过完初五就蠢蠢欲动,外面那个世界离不了他们,城市离了他们转得不快不好不圆展了,恨不得早一天出发。等到上了火车,长长出一口气。

在开始我的正式叙述之前,先要普及一个字:撑。不了解这个万能的动词,就无法更加生动鲜活地讲述这片土地上的故事,尤其不能使我笔下人物的形象更加生动精彩。

许多民间用语只有其音,而没有相对应的字,当它们不得已进入书面时,我们只能找一个意思相近的。"撑"这个字,进入大众视野,也就是这一两年的事情。现代汉语词典的音标是四声,解释是:〈书〉怨恨。这或许是个古老的书面语，却在我家乡的大众语言里存在了几十几百辈子，时间无法考据。我们那里人嘴里的撑字，发一声，音"堆"，短促而坚定，本意是反驳、对抗、打架、闹仗，总之是不配合，跟网络上现今流行的意思差不多。但达观开朗的中原人，处处变通，灵活运用，这个字的使用之广，超出你的想象。比如，前几天看到微信朋友圈，一个人发自己家收麦的照片，配文字：今年收成好，一亩地撑了一千多斤。如果是形容高铁跑得快：半天撑到北京；说哪个人能吃：撑了三大碗；跟人打架骂仗：撑了一架；树上苹果长熟了：撑下来一个吃吃。我的微信好友里，有几位河南男性，发朋友圈时，这个字的使用频率非常之高，隔三岔五地出现。拿、买、摘、提、扛、推、拉、打、吃、喝、用……无穷无限无边无际的动词。这样说来，它相当于南方人的"搞"字，但比它更全面更强悍更无所不在。总之，这片土地上，是无所不在的"撑"字。

当然，这个字，带着些许粗俗与莽撞，本意或许含有性行为的意思，后来延伸为各种各样的动词，大小姑娘严禁使用，媳妇们也不太说它，总之，女人慎用。但凡事有例外，大妮就把这个字挂在嘴边。比如，我们几个人在她家玩，她抓着空调遥控器，半天捣鼓不开，叫一个人帮忙，来来，你把空调给咱撑开，太热了。比如，她正坐着跟我们说话，外出相对象的儿子突然进门，她吃惊地问，咋这么快就撑回来了？儿子不理她，上楼去了。女伴说她，在儿子面前说话文明点，不要撑呀撑的。大妮说，我说了吗？我说，你刚说过。她嘿嘿一笑说，不小心秃噜出来了，自己都不觉得。

我怀着极大的好奇,想找到当年一起玩耍的小伙伴,我想知道,记忆中那一张张儿童的脸,如今年至五旬,会是什么样子。

最好找的是大妮,因为她嫁到了同大队的张尹,又在接近大周东头盖了新农村建设的小二楼,就在我住的商品楼前面,那一带属于新区。三排整齐漂亮的小二楼,约有三十多家,我不知她家具体在哪儿,便与她语音通话,响了很久没有接。直到和大队干部们吃过饭,天黑透透了,她还没有回过来语音。我叫大国领我去她家,告诉大国,别说谁找她,只叫她看我是谁。

大国带我进入一个大客厅,刚问,大妮你看这是谁?沙发上的大妮双手轻巧地拍下大腿,一秒答出,咦——瑄璞!弹跳般站起来。

那张脸跟小时候并无多大变化,好像是从童年一步到位过渡来的,皮肤黑的人耐老,脸上不见皱纹,脸庞光亮紧致,个头比中等略高一点,高得合适耐看,身姿矫健,双腿修长灵活,看起来也就是三四十岁,谁能想到她正为大儿子的婚事发愁。小的时候我们看五十岁的人,简直老透。可现在我们也都五十了,并不觉得自己有多老,好友相见,情绪、心态还在童年一般,真有点欢呼雀跃,恨不得像小时候那样双手拉着,面对面客厅里蹦跳几圈。大妮让我坐在沙发上,要给我倒水喝。我问,下午微信语音,你当时没接到,后来为啥不回给我?她说,咦,以为你呼错了,也就没管,想着你那么忙,咋能有空找我哩。

依然是小时候的开朗热情、快人快语。大妮并不是姊妹中的老大,也不是老小,她伯(指父亲,在兄弟中年长者,子女也会称其伯)妈共六个孩子,一个儿子五个闺女,她是闺女中的老四,却不知为何叫了大妮。大妮从小没穿过新衣裳,全是拾姐姐们的,一个接一个传到她这里,补丁摞补丁了。大妮的鞋子老是大,布鞋带子永远不扣,不是带烂了,就是扣丢了,布鞋穿成了拖鞋,走路拖拖拉拉,记忆里玩耍中的她总是弯下腰勾鞋、耸肩膀拉衣服,夏天的背心带子掉脱在肩膀下,她不时用手拉上去的动作,深深地印在我的脑中。日子艰难,闺女多不主贵,伯妈不疼姐姐不爱,不少招没趣挨吵,常听见她妈大嗓门满街里厉声喊她的名字,急火火的,总感觉喊回来要有一顿好吵,打几下也说不定。这一切改不了大妮天生的热心肠真性情,对人实诚,被大平原的日头彻底晒透的样子,冲人笑时,厚嘴唇一咧,龇出整齐小门牙,眼眯缝起来,阳光灿烂,满腔真诚,全无一点心机。

我的归来让大妮非常高兴,每天下午七点下班到家,先跟我视频,用一种很关心又有点审问的口气问我在哪儿哩,叫到她家来吃饭。按辈分我喊她姑姑,虽然从没喊过,但她叫我去吃饭的口气也就很是有了姑姑的感觉。我说在谁谁家吃过了。她说,那过来再吃点,我烧的红薯糊涂,炒的豇豆角西红柿。我说坚决不吃了。但愿意跑到她家大客厅里,两人一边一个,卧在沙发上,边看电视边说话。大妮热情四射,一走进她家门,就让你吃东西。说话快速,不带喘气,像是撞翻了核桃车子。你吃个桃吧? 不吃。你吃个苹果吧? 不吃。那我给你切西瓜吧? 不吃不吃。刚煮的花生,你吃点吧? 直到把你让恼,吼一声,哎呀! 啥也不吃! 她才罢休。

大妮发动起童年的小伙伴们,在手机上依次视频,每次把手机对准我,问对方:看看这是谁? 惭愧的是,对方都能三秒钟内叫出我名字,而我多半认不得她们,但要装着认识,共同说起小时候的事情,极力与四十年前的记忆连接起来。

去年夏天,我接到一个山西某地的电话,醋熘普通话问我,你是周酸璞吗?我立即知道,这是芹芹,她从小不会发"瑄"这个音。芹芹不到二十岁时,经在山西生活的大姐介绍,到某县干临时工,并嫁到了那里,现在两个女儿,大的在北京,小的在西安。她是来西安看小女儿的。于是说好第二天在某个公交车站见面。我站在街边一个商店门口,心里微微激动,四十年不见的童年伙伴,如今不知什么样子。眼前一拨一拨的人走过,公交车过了好几趟,一位戴墨镜的女人向我走来,摘掉了眼镜,她说,一下公交车就认出你了,还是小时候那样。

我们俩逛了商场,到单位拿了我的书送给她,又参观了单位旁边的张学良公馆。我一开始跟她说家乡话,但她一直用半生不熟的普通话,我也只好改回普通话,一说普通话觉得中间隔着什么,我们还是那个最知根底的人吗?她对每个景点都兴致勃勃地参观,拍照留念。午饭后告别。我回到家,她在微信上发来一段长长的话,说今天的相见,让她想起我们共有的童年记忆,怀念那些美好而纯粹的时光,羡慕我目前的处境,对我真诚祝福。

大妮先接通了芹芹,她刚洗完澡,头发湿着,穿大花睡衣,我用家乡话问好,她大声地用普通话说,我现在在北京,大女儿这里。大妮抢过手机说,你洋蛋啥哩?人家瑄璞给你说咱老家话,你可说普通话,说得还不标准。芹芹嘿嘿一笑,仍然是全程河南味普通话,说她在一个饭馆打工,管吃管住,一个月两千元工资。北京啥都是好的,她不愿再回山西了,今后就在这儿打工了,直到干不动为止。

大妮再连接小好,远在新疆的小好也是直接喊我名字,我看到的却是一张完全陌生的圆团团面孔,好像我的生命中就从来没有见过这个人。小好全家都在新疆,承包了一些工程,收入还行。她那边天还大亮,夕阳照在脸上,能感觉到空气的爽利干燥。面对镜头,坐在床边的小好用手指挑拢头发,不断地转动面孔,扬扬下巴,挑挑眉毛,有点搔首弄姿的感觉,想尽量显得年轻一些。突然一个三四岁小女孩进入画面,搂抱撕扯,又亲又啃,一举粉碎了她的装嫩计划,她告诉我们,这是她的大孙女。

远在深圳的小秀,穿着旗袍裙,头发梳得光溜溜,化着淡妆,涂着口红,猛一看像琼瑶剧里的某个人物,说起话来慢声细语,身后是璀璨的灯火。小秀给一对台湾夫妻接送孩子上下学,早上送去,下午接回,再做一顿晚饭,打扫家里卫生,等到夫妻二人中有一人回家,她就可离开,其余时间都属于自己,每月工资三千多。她在附近租了一间小屋。我问,台湾人文化素质高吧?她说,咦,说话客气的呀,处处尊重你,信任你,家里钥匙交给你,真的的,你不给人家好好干心里都过意不去,他们小孩从小都是我带的,也好些年了。我问,你现在干什么?好像在大街上。我吃完饭,在散步。她羞涩般,不时目光扫向远处。小秀的气质里,有一丝莫名的矜持与忧伤,跟小时候很像。

大妮家的客厅,成为一个联络总部,大妮的微信,呼唤接通来自全国各地的信号,就像是变戏法一样,将小伙伴人到中年的面孔,一个一个又一个,突然送到我的眼前。

她呼丁丁很久,没有回应。

又呼嫁到本县另一个镇的小鸽、在县城一个幼儿园做饭的小玲,隔着屏幕,我看到她二人激动的脸,小的时候我们三个玩得最近,天天泡在一起。说了几句话,定下她们后天回来见面。

丁丁回呼过来,说刚才在宿舍睡觉,没有听到铃声。她眼睛干涩,面带困容,说今天上的中班。她在郑州富士康流水线上工作,去好几年了,工作三班倒,干活不识闲,挺累的,但收入稳定。宿舍里住八个人,四张上下铺。画面里有人走动,有人开心地说笑,有人端着洗脸盆出去进来。

挂了微信,大妮说,丁丁傻瓜,也不知咋想的,跟自己男的离了婚,在郑州又找了个相好,不知哪个县的人,不干正经营生,没有固定收入,还花丁丁的钱,丁丁累死累活,根本存不住钱,看将来拿啥给儿子结婚。

大妮两个儿子,大强二十五,忙着谈恋爱找对象,经常不沾家;小强十六七,在市里上技校,周末才回来一次。两个儿子可能是不知道怎样称呼我,因为按辈分我把大妮喊姑姑,那么他的儿子,应该喊我表姐,但两个儿子没有喊人的习惯。小儿子去学校前,洗澡收拾,我到大妮家里取东西,坐在客厅里,小儿子打扮好,背起书包就走,根本不管家里坐了个大活人。我叫住他说,小强,再见。他回了声再见,匆匆走了。我下次回去,到大妮家里找她给我洗好的床单。小儿子当我面给大妮打电话:妈,那女的又来了,问她的床单在哪里。

大妮丈夫在灵宝做活,一年回来两三次。她家两百多平方米的小楼里,基本上是她一个人住。她也曾力邀我,住她家里。我试着住了一晚,狠让你吃东西,好像不吃胀不许睡觉似的,两人躺在一张大床上,说话说到可晚,她早上六点多就起床,做饭,收拾家里,在窗外的水管下,呼啦呼啦洗衣服,高声跟路过的人打招呼,七点准时骑上电动车,到十多里外去上班,吵得我睡不着,于是再不与她同住。

第三章

两个儿子夜夜愁

问:你为啥挣得那么多,吃得这么赖?

答:俩孩儿。

这是当地流传的一个对话。

内陆小县城的房价,已经四五千元一个平方,还有上涨的趋势,开盘一座楼,很快卖完,县城面积不断扩大,周边村庄都被收纳。因为现在农村青年结婚,必得在县城购房。

如今农村里,最发愁的是有两个儿子。这意味着要在县城买两套房,装修,购置家具,没有一百万办不成事。农村女孩稀缺,大多往外走,嫁得越远越好,落到那些在本地找婆家的,条件扳得很硬,县城没房,免谈。

事情还要追溯到二十多年前的上世纪 90 年代,计划生育抓得最紧的时候,只能生一个,农村孕妇一做 B 超是女孩,就流产或引产,造成男孩多女孩少,现在广大农村,放眼望去,基本找不到适婚年龄的女孩。

拥有 2856 人的王曲村,超过三十岁找不到对象的小伙子,有 60 多个,离婚者 20 多个。我感到惊讶,询问村支书,是否这 20 多个离异者,包括在 60 多之内。他肯定地说,不包括。那就是说,没有媳妇的年轻人,加起来八九十个。

大周村东北方向的马李自然村,属于梁阁大队,全村四个村民小组(也就是生产队),共有 780 口人,三十岁以上没有结婚的男青年 28 人,结过婚又离婚的有 16 人,二十五岁至三十岁没有结婚的就更多了。

据我叔叔说,我婶婶侄媳妇的娘家,一个自然村里,三十岁以上没对象的小伙子 32 个。我详细追问这个问题,过几天叔叔发来如下内容:胡刘大队有 465 户,人口 2100 人,没有结婚的男青年有近 300 人,其中小敏(婶婶的侄媳妇)家的队就有 60 多个,这些未婚青年家的房子都盖得相当好。显然,这 60 多个适龄青年,年龄下延至了二十七八岁,这是农村人眼里的大龄线。所以比之前说的 32 个,更多一些。叔叔又补充说,这些数据来自该村党支部书记。

那天在树功家,他扳着指头算来,每个生产队,三十岁以上没对象的小伙子至少三四个,如果下延到农村人认为的二十七八岁大龄线,那么每个生产队都有十来个。大周村(自然村)五个生产队,大周大队十三个生产队,大龄男青年数据,一算便知。而我们生产队,留在村上二十多岁的女孩,基本没有。早有一只无形的大手,将她们指引向全国各地。最远的一个嫁到了重庆。

农村的婚恋市场,是绝对的女方市场。之所以离婚率高,是因为男方急于求成,饥不择食,只要抓住个女的,不管是未婚还是离异,赶快结了婚再说,以为婚姻能把女方留住。却不想感情基础不牢靠,有的压根就没有基础,纯粹是一场骗局,婚后女方很快以各种借口提出离婚,或者干脆卷钱走人。有些女人将婚姻当成一桩事业来做。

在某村头一间简陋的房子门口,挂着大大的招牌:跨国婚姻介绍处。大国说,主要是介绍越南新娘,有人拉他入伙干,他害怕不是合法事业,没有加入。

村委会小广场,只要不下雨,每天晚上跳舞,领舞的是老冯的三儿子朋。天天扯好录音设备,带领一群老少妇女(偶尔也有个把男人)随着音乐跳舞,队伍有二三十人,最多的时候,小操场都占满了,年龄小的二三十,老的五六十,听说村西近百岁的小脚老婆,也来跳过。朋领舞很专心,动作也挺专业规范,每晚下来大汗一身。总之跟大城市的广场舞,没啥区别。朋有四十多岁,一直没有结婚,也没有固定来钱渠道,就专注于广场舞事业。据说娘子军里有个南边村上女人,每晚骑电动车来,收场后还帮他拾掇设备。果真,有天晚上我见到一个身材苗条、穿超短裙的女人,在人群散去后的操场上,和朋一起收拾。有人盯着灯光处说,咋就那么笨哩,跳这么长时间,也没把这小媳妇勾到自己屋里去。朋何尝不想,但情感是两个人的事,经济实力决定爱情,没能力解决自身经济问题的男人,肯定也没有实力把控情感问题。看来这女人确实只为锻炼身体，而不是为外遇来的。

大妮的大儿子，长得白白净净，一表人才，七年前高中毕业，没有考上大学，却领回来一个女孩，在村子老院里两人同居。女孩说得很是动听：不要你家的钱，也不需在县城买房，只是看上了大强的好人才。大妮自是满心欢喜，把她当亲女儿看待。村里商品房盖好后，十几万在新村四楼上买了一套三室一厅，装修齐备，只等着办婚事。

又过两年，到了谈婚论"价"时候，女孩的家长出面，摆出条件，县城必须有房。大妮不乐意，当年说得好好的，也不要俺的钱，也不要俺的房，只看上俺的人，咋到眼下就变了卦？女方家长说，小孩家不懂事，随便说说，婚姻大事，我们说了算。再问女孩，女孩却说，听爸妈的。大妮知道，女孩此时已经怀孕，基本没跑。不妨耍一次硬：楼上房子已经买好，彩礼三万，当下行情，咱家就这条件，爱嫁不嫁。女方家其实有点骑虎难下，托了人来说，县城房子可以不买，那么彩礼十万，不能再少。大妮说，撑死五万，多一分没有。大妮想的是，已经同居几年，肚里有了咱的孩子，儿子又是一表人才，这煮熟的鸭子还能飞了不成？却不想，真的飞走了，女方家长更是硬气，带女儿去医院做了人流，很快又找了另一家在县城有房的。新世纪了，农村早已没有贞操观念，女孩又是稀缺，男方根本不在乎这些。很快传来女方结婚的消息，大妮后悔莫及。儿子少不了埋怨她。大妮心里当然难受，对儿子说，那，你出去打听吧，看看我值多少钱，把你妈卖了，给你换个媳妇。

好在帅哥总能引来姑娘，县城西关一个本科毕业正在读研的姑娘，父母都有单位，自己也有工作，竟然看上大强。两人处了一阵，那

天,儿子打电话说,女孩要来家里。大妮赶忙请了假,骑电动车一气儿
撑回来,见二人正在楼上做饭,亲密恩爱的样子。吃完饭坐下相谈一
阵,问了女方家的情况,姑娘一一道来,自己是家中独女,父母也都见
过大强,比较满意,也不嫌弃他家在农村,说只要女儿幸福就行。只提
一个条件,县城有房。因为姑娘在县城上班,不可能每天回到村里。
彩礼也不多要,就按当下行情,三五万都可。

　　看来买房是躲不过了。家里这么好的两层小楼,后面楼上装修好
的单元房,也都没用。大妮算了一笔账:县城的房买下来装修好,家具
置办齐,至少五十万,订婚换手巾,手绢里头包一包,待待客,请请桌,
彩礼,婚礼,至少十万,那么两个儿子少说一百二十万。而他夫妻二
人,这几年打工挣的钱,盖了楼,买了房,还了债,现在所剩无几。夫妻
俩苦干一年,吃喝花销,能落五六万就是好事。"日他奶奶,那时候不
知要俩孩儿干啥哩,弄了个夜夜愁。"大妮说。

　　大妮每天早上六点起床,做饭吃饭,瞅空洗衣服干家务,七点出
门,骑电动车到东边十多里外一个私人变压器厂干活。四个人围坐一
起给变压器上摆铁片,活儿倒也不重,计件发工资,天天要干够至少九
小时,活儿多时要加班,没活儿没收入。如此下来月收入两千多元,常
年没有星期天。中午管一顿饭,休息俩小时,下午六点半下班,七点到
家,儿子在家时,给她把晚饭做好,儿子不在家时,她得自己做。

　　下班回来,气还没喘一下,趁天没黑,门前楼后种的苞谷、豆角、花
生,赶快撒肥、锄草,刚才路过镇上买的复合肥,撒一溜儿,拿耘锄翻一
翻,用土将肥埋住。儿子骑一辆山地自行车,从车库出来,丢给她一句

话,汤烧中了,趴着身子骑行而去。大妮边干活边骂儿子,饭也不吃又跑没影了,有时候晚上也不回家,真不省心。其实,村里人说,大妮的两个儿子基本上算是乖的,不闯祸不惹事,只要在家,就把饭给妈做好,有时还给大妮洗衣裳。这在农村就已经很不赖了。

大妮在后面楼上买的单元房,成了没用的东西,扔又扔不了,转让没人要,两栋楼盖好四五年,房子才卖出了一少半。

5月中下旬,天气渐热,正是剜蒜种花生的时候,厂里偶尔哪天没活儿放假,大妮跑着去给人家收蒜。天不亮就起床,趁凉快多干一会儿。她起得再早,都有人比她更早,戴着头灯,凌晨就进到地里。全都是四十多至七十多的中老年人。久蹲难受,一些老人在地里偎着跪着向前挪动。自带铲子和剪刀(或者镰刀),先剜再剪,或者用镰刀切割,最后蒜咕嘟按斤称论工钱,一斤两毛钱,最多的一天剜一千斤,挣两百块。一对七十多岁的老夫妻,天天出工,老头儿用铲子剜,老婆儿拿镰刀切,一季收蒜下来能挣两三千元。大妮比不上他们,最多每天挣一百五十块。中午不休息,自带干粮和水,大日头地里晒一天,低头剜一天,颈椎病发作,大妮晕倒了,回家难受呕吐。婆婆过来给她做碗蛋花汤,也喝不下去,又花钱买药吃。从此不敢那么拼,能挣几十是几十。大妮说,总不能把命搭上吧,我们剜蒜的还好,就是出力,不扎本钱,今年种蒜的算是怦(方言,坏事之意)透了,疫情影响,出口不了,蒜薹都扔了,蒜长出来也没人要,堆得满地都是,收价七毛一斤都卖不掉。

大妮给我快递寄来了一纸箱大蒜。刚收到没两天,微信朋友圈好多人转发:痛心! 河南中牟九百万斤紫皮大蒜价格暴跌,五斤仅九块九还包邮,老人含泪求助,恳请您帮忙转发助力,帮助蒜农们渡过难关! 我网上下单买了五斤,寄给郑州的叔叔。叔叔说:我在市场上刚买过,一块五一斤,算了,既然买了也退不了。

　　紧接着,因疫情推到 5 月下旬召开的全国"两会"上,李克强总理在记者招待会上说,全国六亿人月收入一千元。举国上下都惊呆了,好像我们这才知道,中国还有这么多穷人。紧接着,有人发表文章分析,这六亿人都在哪里。这还用分析吗? 当然都在广大农村,我们村上大部分人,也就是这个收入水平。我算了下,大妮家的人均月收入,可能还好一些,就算是两千多块吧。可她面对的是开支压缩到最小,杜绝一切不必要的消费,要给两个儿子攒出一百二十万,用于他们的婚事。

　　大强从来不说话不喊人,一副严肃的模样,匆匆下楼,出门,从车库里骑上山地车外出,找同龄人喝酒吃饭,形象穿戴和生活方式跟城里青年没有区别。学的有驾照,等着增驾大车照,好找个跑运输的工作。

　　等我 2019 年 9 月份再回去时,大强已经去了广州,开大货车,师傅带半年,才能独自上路。11 月再回去时,听说女朋友去广州看他去了。年轻人在爱情之中,不能忍受分离,可以理解,可这一切,都得拿钱来完成。来来回回相见,大强的学徒工资,能不能攒下,够不够花,都是个问题。2020 年 9 月,我与大妮视频通话得知,大儿子回到了县上,开车送货,这样两个年轻人能经常见面。这个女朋友不能再出意外,大妮的心愿是这俩人尽快结婚,让她抱上孙子。

我们生产队一个人，在楼上买的单元房，装修好的，现在想出售，房钱带装修，花了十六万，愿意十五万甚至更低一些卖出，因为儿子找的对象，也是要在县城买房。一百三十多平方米，三室一厅的房子，装修得亮亮堂堂，可是没有人要。

树功说，他还没有去过西安。我说，随时可以去，现在很方便，高铁三个小时就到。他说，账还没还完，儿子还没结婚，去啥呀。

树功有三个女儿，一个儿子。当年为了要这个儿子，到处躲计划生育，跑了七八年，终于第四个是儿子。

二女儿是在邻居家生的，生下十来天，一个夜里，突然听说计划生育小分队来抓人。树功、自霞夫妻俩，一人抱个小孩，跑到西边四爷家过道里，蹲在墙根，大气不敢出。手电光在头顶照来闪去，人声吵闹，小分队的人找了几个院子，朝后地而去。想想真是后怕，那次要是抓去，必得强行做了结扎手术。

他们决定，把二女儿送给自霞的姐姐。生下来十六天，孩子被抱走。树功几天没有吃饭，自霞哭了一天，在床上坐空月子，还思虑着自己的姐姐没有孩子，不知会不会带小孩，把月子娃照顾得怎样。好容易盼到出月子，自霞骑自行车，带着大女儿，晌午前掉到了姐姐家，一看孩子很好，放心走了，从此不再想她，养精蓄锐，准备再生。

大国和小洁夫妻也是上面两个女儿，第三胎才是儿子，那些年小洁和自霞是计划生育难友，成天跑着躲藏。听说小分队最近可能活动，天不亮，村里几个孕妇拉个架子车，车上躺着小闺女，带着吃喝，向西到河坡里，找个庄稼地，憨坐一天。冬天地里没有庄稼，藏不住人，就钻在桥底下。小分队来了又走了，靴子落地，村里派一个男人骑车子到河坡里报信，娘子军才敢回村。真跟当年的铁道游击队一样，熟悉地形，相互通报，帮助掩护，为了生儿子的伟大事业，全村人团结起来，与小分队展开周旋。

东躲西藏，自霞生下第三胎，还是女儿，听说小分队还要再来，月子也不敢在家里坐了，跑回属于另一个乡镇的娘家。弟媳妇不让进门，当地风俗没出月子不能回娘家，伯妈不敢拿主意。门里人赶快在场院里用苞谷秆烟秆麦秸塑料布给搭了个小棚子。下着大雨，自霞坐在棚子里，抱着小孩，听着收音机。树功骑自行车回村上，探听消息。确知小分队来过了，再回自霞娘家接回母女二人。

不生儿子不罢休，继续四下里跑、八处里藏。地也不种了，活儿也不干了，家具被抬走，粮食被�)光，牲口被牵去，房子捅了个大窟窿。反正就是和小分队斗智斗勇，亲戚邻居打探信息，提供帮助。生个女儿，交一回罚款，有时一千，有时五百，有时两千。终于第四胎是个小子，高兴地回家，一次性缴纳罚款四千元。从此安生过日子，四处打工还债。

树功还保存着乡政府和计生办开具的"免征证"：大周村九组周树功、曹自霞夫妇，违反计划生育政策，于 1994 年 9 月超生第一胎，按《河南省计划生育条例》，应征收超生子女费__元。如不继续违反，以后不再征收。钱数那里，空白没填。但树功记得清：他们的生儿子大业，以四千元告以胜利。

树功这些年，没有存住钱，净用来还账了，几个孩子上学，家里一应花销,都是他四处跑着周边村庄给人装修房子、刷墙粉白挣来的。每天工钱二百元,工程完结及时结账,倒也比外出打工来得实惠保险。有活儿了骑着电动三轮早出晚归,没活儿了在家歇着,抱着外孙到处转。有一次我有事跟他语音,晚上十点多了,他说在主家刚干完活儿,正吃饭哩。几年前,又挤的磨的,临街盖了二层小楼,装修一新,设施齐备,与城市里的小别墅没有差别,想着给儿子娶媳妇用。没承想,县城买房之风越刮越紧,说一个,县城要房,再说一个,还是县城要房。盖这座房的钱还没还严,又东挪西凑,前几天交过首付,在县城给买了一套。余下的,每月儿子自己打工来还。树功说,这是当前趋势,谁也没法儿。总之不能误了孩子婚姻大事。

客厅里摆放着全家照,儿子圆圆的脸,白白净净。自霞说,身高一米八,听话懂事,在上海干活,为了省钱,天天自己做饭吃,还学会了蒸包子。

我说,这么好的孩子,说不定外边认识一个,不问你要房哩。树功说,不中,咱河南人在外边名声通不好哩,前几年不是深圳一个派出所挂出横幅:坚决打击河南籍诈骗团伙。我说,那是他们不对,后来横幅取下,又道歉了。树功说,不敢想能找个不要房的,先买了保险,哪怕真的不需要了,再卖掉,房子反正保值不跌价。

大女儿已经出嫁,生了儿子,女婿在威海打工,自己和婆婆各住一个大院子,夜里免不了害怕,干脆带着孩子住回娘家。树功很爱这个外孙,半天不见想得慌。别人开玩笑说,抱个不姓周的孙子,还这么亲?他幸福地咧嘴笑,这不都是为了闺女嘛,不为闺女,谁管这妻孙弄啥哩。过了几天,又多出一个小妻孙,更小更漂亮,还是抱着在街里逛,一问才知,寻(方言,音同形,意为送养)出去的二女儿,这几天发烧,自己带两个孩子顾不过来,打电话叫姐姐开车带她去打吊针。树功心疼女儿,干脆把外孙接回来住几天。

二女儿月子里寻出去,长大后只知道自己是要来的,但不知从哪里要的,只把树功夫妻叫作姨父和姨。二女儿结婚前,自霞姐妹俩经过商量,决定告诉孩子真相,由大女儿出面说,原来咱们是亲姐妹。当年爸妈把你送人,也实属无奈。孩子们当然也都理解。二女儿如常来家走动,但还是喊他们姨父和姨。自霞说,喊啥都不重要,我只生了她,也没有养她,内心里也不把她当自己闺女看,总认为她就是我姐的闺女。只要她们过得好就中。

这天是周末,在漯河打工的三女儿回到家来,高挑挑一个姑娘,很是喜人,二十四岁,还没有谈对象。我对自霞说,看你现在多好,可以狮子大张口了。自霞说,我们就不会那样问人家硬要,只要小孩们过得好就中。俺这老大,前几年寻媒时候,也兴在县城买房了,我们都没提,都是老实人,搁家种地,哪儿来恁些钱呀?她家里公婆也明道理,订婚后,叫闺女去考驾照,给买了个车,这就中了。

并非所有人都像树功夫妻俩这么厚道,乡村青年男多女少,闺女越来越主贵,提出的条件也越发苛刻:县城有房是必需的,家里要一个孩儿的,婆婆要年轻,要身体好。兄弟两个的,基本不考虑。大妮这样两个儿子的,又罪加一等。

晚饭后,大妮带我去西头金凤家。她也是我们一般大的,小时候一起玩过，长大后出嫁在另一个生产队。大妮在大门口叫了几声，院子的灯光中，走出来一个抱孩子的女人。我俩对着脸儿相互看看，似乎都认出了童年的依稀模样。她亲热地将我们让进堂屋的沙发上。屋里的装修和摆设，都跟城市里一样，怀里的小孙子，漂亮干净，小车、尿不湿、玩具、衣服，一应装备，也都是上好品质。

金凤的两个儿子，长得赛过电影明星。二儿子在县城金佰汇工作，干的办公室技术活，与大楼里一个年轻姑娘自由恋爱，女方家庭条件大约属于那种人均月收入一千元以下的，也不挑理，没有提出县城要房，来家里看过盖好的几间房屋，也很满意（估计心里更满意的是小伙子的好人才），女方父母说，只要俺闺女下雨不淋着就中。这可算是大大便宜了金凤，很快两人结婚后生了孩子。现如今儿子儿媳在县城工作，天天开车上下班。孩子要吃奶，不能放在家里，于是金凤就得每天跟着小两口上下班，在金佰汇附近租了一间房子，供孩子和金凤休息，定时抱去儿媳在大楼上的工作室喂奶。

每天早上起床，做饭吃饭，弄孩子，吃完饭锅泡上没时间洗，一家人上车出门，往县城去。晚上回到家，六七点了，洗早上的锅做晚上的饭，开洗衣机洗一家大小的衣服，收拾家里院子。必得有一个人抱着孩子，别的人才能吃饭。"成天都是夜里洗衣裳，邻居都说，你家成夜都是洗衣机响。孩子从小抱惯了，精着哩，小车上一会儿都不躺，哇哇乱叫发脾气，得抱着走着晃着才中。"此时已经八点，金凤抱着七个月的孙子，还没有吃上晚饭。儿媳妇吃完后，给她端来一碗，抱走孩子，她才开始吃。对我们说，现在习惯了，一开始急得我直上火，弄着个孩子,啥也干不成。没有自己的一点时间,也不能出去干活,现在吃的全是老本。唉,慢慢磨吧,急也没法儿,小孩也不能吹口气长大。

我问:"儿媳妇干的什么大事业?一个月挣多少钱?扎这么大本儿。"

金凤无奈摇头:"开了个网店,在金佰汇有个柜台,每月收入不足三千,租房,吃花,供孩子,一应开支,每月花光。"

我们说,那还不如在家看两年孩子,等孩子大了能跑,给你放家里,再去干事业。

金凤再次摇头苦笑。孩子两三岁,该上幼儿园了,今后入学,还得在城上,教育条件好,可城里没房,人家不收。有的学校干脆就规定,没有学区内房产证的,不能入学。一个班超过六七十了,还都想各种办法往里钻。

最让金凤操心的,还不是眼前的事情,而是大儿子,二十九了,对象没有谈好。自身形象好,有点挑剔,前几年北乡有个闺女看上,倒着追来,说不需要县城买房,他死活不愿,现在人家都结婚生小孩了,他还没找下,目前在漯河打工。凡来说的,都得要房。看来县城买房是跑不了了。金凤男人在新疆打工,一年落不了七八万,金凤之前四处跑着干零活,多少能挣一点,现在彻底忙了孙子。入项没有,出项渐多,孩子穿的用的,样样高级,一点不能凑合,都得拿钱买来。

"现在兴这了,不买房不中,借钱也得买,贷款也得买,不能为这误了孩子的终身大事,还得给这俩解释,当初没给你们买房,今后给你哥买也是万不得已。小两口还算懂事,说自己奋斗挣钱买房。"那么婆婆全程给他们带孩子,还有什么话说呢?

八点半都过了,金凤喝过稀饭的碗还在茶几上放着,儿媳妇再次将孙子放进她怀里说,妈你还得抱会儿,我自己洗完,才能给他洗。大妮和金凤,都是有两个儿子的苦命人,惺惺相惜,说个没完。大妮说,你这够好的了,没叫你晚上搂孩子睡都不错了,有的儿媳妇,把小孩扔给婆子,白天黑夜,啥都不管。唉,俺孩儿头里那个女朋友要是不谈崩,孙子都会跑了,我现在想受你这劳累还没有哩。

金凤说,没办法,就这样湍吧,湍一天是一天,哪天湍不动了,动不了了,就没办法,只要能动一天,就得干一天。又回忆起之前跑着干活,跟一群娘儿们笑骂开心。今后恐怕再无那样的自由畅快。

我说,咱赶快走吧,叫金凤早点收拾了睡觉,明天还得一早起来,跟着儿子儿媳去城里上班哩。走出堂屋,见旁边房间,儿媳妇已经关门哄娃睡觉,儿子坐在东屋里电脑前。金凤送我们走出过道,来到街上,路灯高悬,街里除了大妮我俩,再无人影。金凤回到家里,还要刷锅洗衣服,收拾打扫。

自强夫妻俩长得都挺不错的,但儿子不知为何,没有继承父母的外形条件,长势很不苗壮,学业也不出色,没有考上大学,只好去南方打工。可能因为比较聪明机灵,不知怎么挂拉来一个外地姑娘,两人很快结婚,有了孩子,却不想女方跑了,再也不见人影,孩子扔下,只好自强媳妇带着。自强在外打工,管不了家,但操心儿子的婚事。到处求人,让给儿子再找一个。这可难为死了大国两口子。小洁说,人家那么些站那儿支棱棱虎生生的孩儿都找不着,你这长得不喜人,还是二茬儿,带个孩子,能找来? 自强愁得吃不下饭睡不好觉,过年回来,连门都不愿出。

大国夫妻俩没少给人说媒拉线,他们决定挑战一下自己的职业生涯。小洁娘家有个离婚归家的闺女,比自强儿子大两岁。大国决定,这种情况不能让两人见面,而是先让女方来看看家里情况。楼上楼下二百多平方米,家电家具应有尽有,父母还都年轻能干,就这一个宝贝儿子,女方先是满意了不少。如此就开始来往,可始终不见在南方打工的儿子露面,连个照片也没有,倒是自强媳妇和儿子的姥姥三天两头跑来给女方送东送西,亲热有加,俨然是两家已经开始走动了。这都是大国导演的剧本,先打感情牌,稳住女方的心,尽量拖延时间。平时再忙没时间回家,过年了儿子总得回来吧。终于两人见面了,女方再说不愿意吧,口气却也没有那么强硬,这边厢继续使钱,买衣服送礼物,再次承诺,家里所有财产,一切的一切,都是你们的。女方最终答应了。笑容再次回到自强脸上,自强再次出现在街里,兜里装着整盒香烟,见人就散烟卷。

自强两口子算是命好,趁热打铁,赶快让儿子结婚。媳妇进门,对孩子也还好,上个媳妇走时,孩子小不记事,现在给孩子说妈妈打工回来了,孩子竟然也就认了,对妈妈很亲。

小两口双双外出打工,自强媳妇在家带着孙女。总算是一桩大事了结,日子有了盼头。

第四章

真名周大国

　　"就用真名！姑，只要把我写到你书里，写成个大坏蛋都中。人活一辈子，就是要留个名下来。"大国说，"我从小好看书，也梦想过当作家。小时候给小孩儿们讲故事，天天身边围着一圈。看样子，这辈子是当不成作家了，那就叫作家把我写到书里边。"

　　周大国比我大好几岁，按辈分喊我姑姑。与我年龄相仿的小洁也跟着他喊姑。大国交际广，脑子灵，周边村庄，认识不少人，他对外一律宣称：作家周瑄璞，是俺姑。说得很真切，不知道的人，还以为是他多亲的姑。

　　其实大国跟我家并不近门，也不是一个生产队的，但因住得近，他家在街对面的过道，老辈人关系好。大国从小体弱多病，三天两头吃药。个儿头倒是不低，但身材细溜溜的，像棵豆芽菜，自然不能干重活。十多年前又在路过高铁工地时摔伤,导致膝盖骨粉碎性骨折,右腿不能打弯,行走缓慢,是拥有残疾证的人。

可就是这样一个人,是我大周村及周边村庄的能人,方圆多少里,提起周大国无人不知。早在农村人还没有大量进城的上世纪 80 年代,他去过北京走亲戚,从此上北京如赶王街集,还到过西安倒卖服装。再年轻时候更是常驻许昌,招集一小群我县在许昌工作的小兄弟,前呼后拥,吃喝玩耍,小偷小摸,俨然老大。用小洁的话说,搁许昌耍了好些年流氓。和小洁谈恋爱那阵子,带她逛许昌,大街小巷摸得门儿清,到处有熟人,就像出入自己的大周村一样,让小洁对他刮目相看。

现在全大队所有两千多亩土地,被大国和另一个腿有残疾的涛两人承包,再分转给别人。腿脚不好的大国,脑子里比别人的弯弯绕要多得多,口才更是一流,就差能把死人说活。据说一年下来,不少挣钱。

大国关心国内外大事,天天定点收看新闻联播、国际新闻。小洁对这一点不以为然,"咦,连咱国都不咱国,不知哪个旮旯拐角的事,你看那弄啥? 要是咱国的事,你操操心也中啊"。大国却身在乡下,心系世界,国际局势国家大事分析起来,头头是道。身体的不便让他的心灵走得更远。大多男人外出打工,把乡村的无尽沃野留给大国和涛,他们尽可施展自己的聪明才智。

我问过大国好几回,你是咋把小洁骗到手的。大国反问我,骗人骗一时,能骗一世吗? 如果她觉得跟我不幸福,感觉到上当受骗了,她可以走呀。没有走，跟我死心塌地地过，就证明咱有个人魅力。现在她年龄大了，不太出尖了，九几年从西安刚回来，令全大周人惊讶，那叫一个好看，西安水土好，捂得细白细白，我们卖服装，新式衣服又多，不重样地穿，那才真的是全大周的女神。

这样一个女神，当年怎么就跟了身体病弱的大国？别人零碎的传说，慢慢解答了我的疑问。当年大叉口（大国父亲的绰号）两口子，为了儿子的婚事，可是扎了血本。1990年前后，农村里电视机还很少，全大队只有两台，他家里就有一个，天天晚上拥满了人来看电视。小洁时常被大国引来家里，有一次大国妈说，小洁你去箱子里给我把那件衣裳拿出来。小洁掀开箱子找衣裳，见里边花花绿绿的一堆，大张小票，都是钱。再加上大国的热情追求，又是写情诗，又是托人捎情书，还讲述往年行走城市的经历。诗与远方彻底征服了一个乡村姑娘，又有经济实力，又聪明能干，除了身体不好，啥都很好啊。亲友团合力爱心包抄，全方位密集轰炸，小洁彻底蒙了，与家里人闹翻也要嫁给大国。至于箱子里那些钱是借来的还是自家真实财产，只有大国和他父母知道。

女方家里当然是坚决反对，基本断了来往，但爱情的力量就是这么强大，漂漂亮亮的大姑娘跟定了一个干不了重活的男人，接连生养了三个孩子，家里家外没少出力淘劲，直将一个细皮嫩肉的小美人儿锻造成吃苦耐劳的顶梁柱。

小洁前些年身体不适，没有食欲，浑身无力，到医院检查，查出红斑狼疮，吃了好些年激素药物，吃出了个股骨头坏死，如今走路也是轻微显瘸,夫妻俩竟然步调一致了。去医院治疗股骨头,再查前因时,医生分析从前病史,说,你根本就没有得过红斑狼疮啊,前面医生是误诊。好像是命运给开了一个大大的玩笑,又好像是要跟丈夫努力般配似的,总之小洁也有点瘸了。我2019年6月份回去时,小洁刚得上股骨头坏死,心情很糟,脸上少有笑容,面庞像一朵愁苦的花儿,但这丝毫不影响她干活,地里家里,一样都不能少。

大国弄了几个塑料大棚,四季不闲,夏天种的是豆角、西红柿。除草、灭虫、打药、扶秧、摘果,都是小洁一瘸一拐地来做,每天大国开车,二人来到离村两三公里的河坡地,夫妻俩一头扎进塑料大棚里劳作,整理一下豆角秧,把秧子疯长的头往铁丝架上缠绕,将长成的豆角摘下来,抱儿捆子,送到几个超市里。8月里,酷热的天气,大棚里温度比外面更高,最高时达到五十摄氏度。我学着二人的样子,整理豆角苗头,踮起脚将它们缠到横着的铁丝上,不一会儿衣服就被汗溻透了。小洁问我,姑,这滋味咋样啊?看看农民容易不?

他们的儿子,在县里上高中,成绩一直不错,小洁说最近不像从前努力学习了,有一天突然回来说,想转到文科班,将来当作家从事写作。小洁说,想写作?明天跟我下坡里吧,跟上一天,看看你妈是咋干活的,先把我一天的劳动情景记录下来。

大多时候大国到处走走转转,巡视属于他的这一大片土地,跟来往经过的干活的人打招呼,喷空儿。摘下的豆角送到涛开在村后路边的超市里,送到周边几个村的超市、酱菜厂,最远时送到县城。活儿多干不过来时,用微信叫来几个人帮忙,叫来娘家嫂子一起干,报酬是送一些他们摘下来的豆角绿叶菜西红柿。万不得已，是不会雇人的。

"再掏钱雇人，那还不胜叫豆角烂到地里哩。"小洁下地干活，也戴着粗溜溜的金项链，两个手指上戴着金戒指，都克数不低。在乡村，这是经济实力的象征。

"像你这种身体情况，应该啥也不干，躺在床上静养。"我说。小洁的腿，如果不疼就不瘸，一疼走路就得趁摸着，显出瘸来。而如果不劳累不走路，也就不会疼。

"不干咋能行？孩儿还上高中，以后花钱的地方多着哩。"他们有两个女儿，都嫁得挺远，不常回来，以大国的精明劲，不会叫女儿寻不好的人家。感觉女儿们经济条件也都不错，常给大国、小洁买衣服。儿子在县一高上学，按说没有太大经济压力。但小洁闲不住，每天从早到晚地干活。

经常来帮忙的，是北乡她娘家嫂子。二嫂骑电动车来，帮小洁摘完豆角，地边拣一拣，不好的她带回家剁碎了喂鸡。

大国指着二嫂说："姑，你得把她写一写，那真是勤劳能干，从早到晚不闲着，一天不干活就难受，屁股大一点的地，她都刨刨平平，种上点啥。"二嫂蹲在地上和小洁一起拣豆角，只笑不说话。

小洁说，她二嫂娘家与她家一个大队相邻村子，哥哥和弟弟在外工作，都是事业有成的人，托她照顾娘家妈，每次回来都给她钱，成千上万地给，让她不用干别的，把老妈照顾好就行。可二嫂闲不住，每天回娘家至少一趟，安顿好母亲之外，还是一天到晚不停点，地里家里，总是在干活，自家活干完，骑电动车跑十几里，到小洁的大棚里帮忙。

在村里人的心目中,大国是个精于算计的人,时刻不忘揽钱,啥事凡经他手,必要有利才行。大国自己也从不讳言:"无利不起早,我从不做赔本买卖,没利的事我不干。为了事情的成功,动些脑子设点计谋,这是人之常情。但是我也有底线,不触犯法律,不害人。我只保护自己的利益,使自己利益最大化。"

天生体弱,不能奔跑劳动,从小大国就知道头脑的重要性,他会讲故事,编得精彩生动,引来一群小孩围着听。大国说,先帮我干活,干完活儿我再讲。孩子们一哄而上,不一时活儿给他干完。讲到快要吃饭了,大国留下一个悬念说,今天讲到这儿,明天接着说。其实是他编不出来了。晚上躺在床上,大国开动脑筋,必须再编出一个线索来,合情合理,还得能吸引人。他就像《一千零一夜》的女主人公山鲁佐德,每天有新的故事,吸引着孩子们围绕在他身边,为他干活,给他做伴。就像现在,身有残疾的大国,三朋四友很多,有时夜里楼门外停着几辆小车,那就是大国的朋友们来了,自带肉类熟食,来家里吃酒。席间谈的也都是怎样挣钱,种这养那,投资揽项目之类的大话题,小洁坐在沙发上织毛活,微微撇着嘴,听男人们瞎喷,一副女主人的安然。

大国和涛,经管全大队的土地,两千多人,将自己的土地交给他们,壮年人跑到外面打工挣辛苦钱,妇女老人病人吃吃玩玩转转,长天老日,打麻将抹扑克坐在街里喷空儿。而家乡这一片方圆十几公里的平展展大地上,是大国和涛两个腿脚不灵便人的战场。村里人说,好腿比不上好嘴,大国的智商,顶几个身体强壮的人。小洁对此怀有嘲讽地揶揄时,大国反驳说,我就剩这张嘴了,你还不叫我说,那叫我别活了。原来死也不认他的岳父岳母，早就对大国改变态度了，已经把他当成半个儿，有啥事还要找他商量，愿意教他拿个主意。

涛是因为爱喝酒，十多年前三十出头就喝出了股骨头坏死，做了个手术，坏死的一边，腿也是不能打弯，现在更是无一天不喝酒，他说一喝就不疼了。越疼越喝，越喝越疼。

这哥儿俩走在一起，很像是哼哈二将，一个细溜高挑像黄豆芽，一个健壮胖大外号"大头"，共同之处是腿都不好。涛憨厚实诚而不失勇莽，大国聪明灵活而精于算计，兄弟俩是大周村的黄金搭档，见不得，离不得，爱不得，恨不得，时不时为小事就吵架，涛一声大吼一通喊叫表达不满，大国就慢声细语前来缓和，毕竟大上十岁，有的是耐心，更能顾全大局。大国下地回来，外出办事，必得停车下来，进到路边涛的超市里，做或长或短的停留，跟涛夫妻俩说说话，超市里四处瞅瞅，巡视一回，倒好像这里有他的股份似的。

大国前几年买了一辆充电汽车，没有驾照，只能在家和坡里之间跑，要去镇上或县里，必得叫上有驾照的涛或者涛的儿子。

9月份回去时，我叫大国和涛去高铁站接我。他说，好的，小洁也去。在高铁上，想到前来接我的这三个人，我哑然失笑。可能他们也早已接受了自己的身体状况，时不时拿自己调侃，相互之间开开玩笑，讨论涛和小洁，到底谁瘸得更重一些。听说前些天，有人倡议大国、涛和东头另一个腿不灵便的人，展开一场走路比赛，大国早早认输，说我最慢，放弃比赛。剩下涛和那个人较量，比赛场面很是紧张而精彩。而小洁因为刚得上，内心里还不能接受，好几次问我，姑你看我到底瘸得明显不? 我说,不明显,就像是不小心脚崴了的感觉,你要是好好休息别累着,再及时治好,或许能完全恢复,就算不完全恢复,也是非常非常的轻微,属于正常人行列,不影响美观。

不想来接我的是四个人,还有一位姓尹的,他们的好朋友,据说是痛风,疼的时候瘸,不疼不瘸。接到我后,一路开回,过村而不入,去北边村庄饭馆吃饭,下车时,小洁说,一车上下来三个瘸子,大国说,三个半。于是又为到底是三个还是三个半,争执了一回,姓尹的站起来,利索地走几步,问我,你看瘸吗? 我说不瘸,一点都不。他安心地坐下来吃饭了。

关于股骨头坏死,我之前以为都是老年人得的病,可能是我孤陋寡闻。目前,我听到的全大队股骨头坏死者,就有四人,不知在人群中比例是否过高,而且都是青壮年。雨叔的儿媳妇因为前几年摔了一跤,没有及时治疗,落了此病,也是看了很多地方,花了不少钱。有一天,我在她的朋友圈里看到她发了一幅十字绣照片,写道:

　　大家早上好,看本人绣的八骏图马到成功,以(已)伴随我八年,刚好是在手术半年后绣的。一切因为腿的情况导致了我现在的情况,后悔2005年摔倒没有及时去检查,一切都是我自己的选择错误,连累了身边所有亲人和家人,是我不好对不起你们,给所有亲人家人带来了负担和连累,谢谢你们不离不弃的照顾,主要是我老公,特别辛苦他那一米七八高,只有一百斤出头瘦的身体,老公我爱你和三个宝贝。

　　不敢休息,因为没有存款。

不敢说累，因为没有成就。

不敢偷懒，因为还要生活。

一无所有就是我坚强和拼搏的唯一选择。

——致此时奋斗中的我们

大国能将这一大片肥沃土地的使用权弄到自己手里，绝非易事。其间有无尽的心机与较量、利益的谈判与权衡，斗争也是难免的，血雨腥风，惊心动魄。最紧张时候，一群四五十人的公家队伍，追到河西坡里，阻止大国雇来的人种地，并用绳之以法威胁。涛吓得当即淌汗，小洁也拉住大国，叫收摊回家算球，这地咱不包了。细弱而瘸腿的周大国毫不怯场，他挺身而出，舌战群儒，寸步不让，你吓唬他他比你更狠，反正我就这一摊儿，今天泼上了，你讲政策他比你知道得还多，条条款款摆得清晰无比，国家政策他比你国家干部吃得透，生是一群人拿他没法儿，说也说不过他，打又不敢打，大国终生服药，全身上下，一碰就黑青一片，一出血就止不住，最后几十个虎虎生气的大男人沿着来时的路，回去了。大国的地继续包，继续种，继续转让，继续挣钱。

当然，世上事情没有那么简单，有的我们能看见有的看不见，往往是看不见的那些因素在起作用。大国比别人多长好几个脑子，身体虽然不好，却有九州贩骆驼的雄心，又有非凡的耐力，很多事情他能上下摆平，他也是个讲究信用的人，该做的工作面面俱到，承包地款按时发放，所以乡亲们还是愿意叫大国和涛经管着他们的土地。

6月底，该发放上半年的地款了，大国的银行卡却丢了。去县上银行补办，手续麻烦，需要好多证明。涛开着车，拉着大国，跑了好几趟，不是少这手续,就是缺那材料,再就是去的那天,银行刚好不办此项业务。实在不行,他们想使些临时贷款。我坐上他们的车,一起去了县上。两个大周村能人,一胖一瘦,各自迈着一条不能打弯的腿,从他们掌控自如的乡村领地来到县城,缓慢跨上银行的台阶,坐在了县银行的柜台前,交涉几十分钟,卡还是不能恢复。想贷款也不行,县红薯协会把钱贷走了,正是栽红薯的时节,人们需要大量购买红薯苗。某个款项三天后才能到账。

两人慢吞吞走出银行,满面愁容。涛说,不能再拖了,好些人打电话问几遍,有的是在县里住着,专门跑回去领钱,扑个空。大国的身体弯成一棵豆芽菜,眼珠子转一转,不说话。涛说,你给二国打个电话,叫他先拿几万,咱使上两天。二国是大国的弟弟,在县上搞装修,手头上有些钱。大国说,你打吧,我上个月刚拿了他两万,还没还。涛问,你又借钱弄啥? 那语气很是惊诧,好像大国瞒着他做了什么事。大国头转一边,不语。

涛打通二国电话,问他在哪儿,二国说,在县城,送闺女来上兴趣班。涛说,你卡带在身上没? 给我取几万块钱,使两天。二国问,要几万? 涛说,五万吧,顶多一星期,就还你。

涛将车开到一个单位门外的墙边,我们三人坐在车内,等待二国送钱来。十多分钟后,远远看到二国拿着一个报纸包走过来。二国跟大国长得不像,个儿不高,看起来很是忠厚老实,由外人看,绝不会认为他们是亲兄弟。二国从车窗把钱递进来。涛说,咋弄,给你打个条吧? 二国笑着摆手。五万元犹如雪中送炭,涛驾车往回走,汽车好像都变得轻快了许多,打电话告诉媳妇小青:通知大家都来领钱吧。我问,这种借钱要不要写欠条？涛说,按说应该写的,但今天着急,不写了,我们之间这种事多了,急着使钱,借用几天,不写也中。

大国和小洁,三十多年的相识,结婚,日常琐事,像大多数中年夫妻一样,失去了早先的爱情和蜜语甜言,有的只是夫妻间的琐琐碎碎磕磕碰碰,少不了拌嘴抬杠。小洁常说,对别人那是真会说,耐心,嘴甜,全凭一张嘴,回到家对我,大声小气,没有一句好话。大国直接说,你眼界太低,跟你说不来。

本人拿到驾照多年,不敢上路,回到大周,乡村路上车少人少,大国叫我开车上路,他坐在旁边指导。于是,没驾照的教有驾照的开车。哪儿转弯,提前打转向灯,遇到会车不要惊慌,减速冷静。大国教得很是耐心。小洁在后边说,咦,你当年教我要是有这一半耐心,我早学会了。我问,那你后来是怎么学会的？小洁说,吵得恼了,我叫他下去,我自己慢慢练,也就会了。

初冬的一天早上,吃完饭,我们准备去镇上寄快递,把前天去王永杰那里拿的红薯寄往西安。明知快递费要比红薯贵,可就是想吃一吃老家的红薯。大国的堂弟超在他家里准备饺子馅,和好面装在塑料袋里,去北乡看望岳母,中午给岳母包饺子。我们等待超把一切弄好一起出门,好把一纸箱红薯抱到大国的后备箱。屋里四个人,只他有此力量。厨房里,传来有节奏的剁肉声,客厅里夫妻二人不知怎的话赶话吵了起来,嗓音越来越高,内容越发精彩,我录下音来,摘抄如下。

大国说:一说就是人家都咋着咋着,咱不能成天比人家。

小洁说:我成天跟人家比了吗?哪个男的不是干建筑队挣钱,上班的上班,你咋不去呀?

大国说:聪明人不干建筑队。都去干建筑队,原子弹谁造,科学谁研究?

小洁说:要是比人家,我早跑兹小舅啦。

大国说:咦,你有啥跑头哩!你那智商我还不知?

小洁说:那你不是说我成天比人家吗?

大国说:人家不知你啥水平我还不知你啥水平?你学问没学问,要啥没啥,你跑哪儿哩?

小洁说:你别管我多大学问,别管我跑哪儿,西头大仓家可大学问?各方面比我优秀?不是照样跑了吗?

大国说:真比你优秀,人家会你赡是不会。

笔者插话:小洁一会儿一块去台陈啊。你俩说的话我都录音了,非常生动,刚才说得好,谁不是为别人活的,咱都在为别人活。

小洁说:哈哈哈,录吧。

大国说:她这人就是有点太那个了,我成天都没让她满意过。啥事在她那儿都是绝对的。叫我说,月亮和太阳,这是绝对的,其他啥事,都不是绝对的。总之,俺俩就是说不到一块,我智商高,她智商太低。

小洁说:咦咦,见过你的智商高。

大国说:咦,你不服啊?

小洁说:我肯定不服,我不服的太多了!

大国说:嗯,前些时会上有个傻子,别人说你是凶球,他说人家,你是凶球,小偷也从不会承认他是小偷。就是这道理,看,我一说她智商低,她不愿意。

小洁说:我肯定不愿意,我智商低。是,超又快出来说话了。那一回你说我智商低,超就回过你:是,她是智商低,智商不低也不会跟你。

笔者插话:对,智商不低不会找你。起码那时候,是低的,女人在爱情中都智商低。

超在厨房仍然起劲剁肉,不知是否在偷笑这一对哥嫂。好一会儿二人不说话,我说,继续继续,我录音开着哩。

大国说:一般情况下我不跟她探讨这个问题,正话说了,还吃不吃? 不吃了。还喝不喝? 不喝了。就出门走了。俺俩很少说啥话,谈不来。我一说话好大声,一大声,她说我逮斗她了。委屈。所以说高智商跟低智商,没法儿沟通,她不懂的。

小洁说:咦,我就不服你,啥智商高。智商这么高别叫我跟着你淘劲出力,别让我整天地里死里活里地干呀,说了你就说,我没让你干呀。那你要是有本事每月忽吞(方言,突然)掉个几万几万的,我还挣这小钱弄啥哩!

大国说:非得几万几万吗? 你要是每天不劳动光坐那儿,每月给你几万,那还有啥意思哩? 活得空虚。

小洁说:你不是说我智商低吗? 你要是智商高干个啥事业叫我在后面跟你掂个包弄个啥哩。

大国说:我没弄过事业? 我没做过面皮? 我没卖过机器?

小洁说:你做过面皮,我跟着你淘劲了没有?哪一样事业都是我百分之八十的淘劲出力,挣一百块钱有我八十的功劳。

大国说:你八十的功劳,这我不否认,你付出的劳动多,但是必须在我大脑的精密指挥下才能完成。你就像那犁地的牛一样,不知道路在哪儿,我得给牛说,走这儿,你才知道走这儿。

笔者插话:咦,你多聪明,你是领路人,没有你人家不知往哪儿走吗?

小洁说:听他的破嘴数排吧,我要是听你的早都怦完了,你过不到今天。年里头弄那的时候,说什么咦人家小青,人家的老婆都支持,你不支持我。我给你说了没?你们干不到年下,干到年下了,把我的眼抠了,结果干到了没?

大国说:啥都得尝试尝试。

小洁说:你一弄失败了那就是尝试。

大国说:那你说去干啥,谁有前后眼,能看到?

小洁说:那你的智商这么高看不出来?那都是人家玩淘汰的了,情知不中的,你们再去尝试。你又不是没弄过,弄三伙兹小舅了。那就没有天上掉馅饼的,你记住。

大国说:那做原子弹就是这样,失败了还得接着弄,要研究。任何人都没有早知的。

小洁说:没早知的?生意上是没早知的,可你这都是不正当不正规的情知不行的,十个人有九个都说不中,就大头你俩非得弄。

作者插话:搞的啥呀,传销吗?

小洁说:也不是传销。

大国说:网络平台。

超从厨房走出,包饺子的所有东西准备停当,要各自开车走人,这场大家都司空见惯的夫妻抬杠暂告一个段落。但它还会在田间地头、车上家里不时发生,就像是家常便饭一样。

大国那天好像心情不太好,不知是不是跟早上的吵架有关。镇上寄完快递,我提出到大妮的厂里去看看。根据大妮的描述,再向东走一点就到。他不太高兴,害怕路上有查车的,我说我来开,他说路上车多,不放心我。去大妮厂里看过,回来的路上小洁我俩跟他说话,都没有得到好的回复。走到村口,他说要去地里看看,放下我们二人,一个人开车走了。小洁说他喜怒无常。我到街里闲转,说好中午到后边路上马李支书那里吃饭,到时与小洁联系。一个多小时后,我给小洁微信语音,叫她出门。我在小广场等她,不几分钟,大国开车出来,车上坐着小洁。二人腿脚不好,几步路都要开车。想他到地里去,也只是看一眼,并没有做什么,小洁没去,他自己也干不了啥活儿。

每天去地里看看,开着车在某种程度上属于他的两千多亩土地上跑一趟,让田野的风吹一吹,在几个大棚里巡视一趟,心里是踏实的,心情会好一些吧。

第五章

颍河的前世今生

河南文艺出版社编辑陈静说,颍河算是进入文学史了。我听此话,为母亲河欣慰。这得益于李佩甫、孙方友等前辈作家对颍河的不懈书写。当然,每个作家的笔下,颍河有不同的风貌,而我这个颍河的女儿,虽然不才,却也想用笔记录属于我的颍河故事。

我努力搜寻童年在河边的记忆,很多已经模糊,只记得有一年雨水多,秋天发大水,河水溢出河床,向两边河堰漫延,河面变得宽阔许多,淹住了桥面,人们过桥,只是凭着记忆,摸索前行,在水下几十公分之处踩着桥面行走,竟然顺利过河了。那一幕有时会出现在我的噩梦里,现在想来,有许多疑问,是我真的看到那个场景了,还是大人的描述?我一个小孩子,到河坡里去干什么?二锋说他十三岁那年,走过桥面,水位在胸口处,他过了桥,到自家地里,一个猛子扎下去,扒出一个红薯。我有没有过河呢？记忆里只是我站在河堰上看到人们过河这一幕。梦里的颍河，有时浩大平缓，岸边盖着高楼大厦，有时河水湍急，滚滚向前。

有一个初冬，天特别冷，该穿棉袄了，不知道为什么，奶奶给我穿了件毛衣去学校。现在想来，肯定是件粗糙僵硬的腈纶毛衣，也不是谁专门给我织的，因为妈妈和婶婶都不会织毛衣，那么，就应该是别人送的旧毛衣。总之那天我特别冷，一直缩着肩膀，努力抵抗寒冷，寒气像是很多细小针刺扎着上身，那是我有生以来第一次对寒冷的感知。还记得冬天穿的棉裤，好像是粗布里子，没有衬裤，风刮得皮肤皲裂，又扎又疼。我现在很想念小时候穿过的衣服，想看看它们是什么样子，哪怕能有一件拥入怀中，就像见到小时候的自己。

有一次，堂弟淘气，吃煮苞谷时，将一颗苞谷豆塞进了鼻孔，取不出来，婶婶用架子车拉着他跑去医院。我在家里，小小的心中，感到灾难降临般的恐惧。直到他们安全归来，心才放下。

1979年夏天，堂屋门里，我光着上身，让奶奶看我的胸口，是两个指头肚大的小鼓包，我告诉她，里面很痒。她用手指轻轻捏一捏，和另一个来家串门的老婆儿探讨了一下，说是"奶核"。这是我第一次接触这个名词，再一次对身体有所认知，这两个"核"在那年秋天我离开了奶奶之后，慢慢长大，成了它们该有的样子。

有关奶奶的记忆，我细细回忆，力争达到最早期，现在能想起来的，都如获至宝。我认识她时，她就是个老太婆了，应该有六十多岁。奶奶讲的那么多"瞎话儿"，是我童年的重要精神生活。有一个没有写进《多湾》里的情节是这样的:有一家娶了个童养媳,不给吃饱饭,每天只是没完没了地干活。这天,一只小雀飞进她家灶火(厨房),家里人忙关了门,老少齐上阵一起捕捉,想改善一下生活。小雀从窗棂拼命钻出去飞走了,在逃命挣扎的时候,翅膀受伤,流了几滴血在窗棂上。家里人拆了窗户,洗刷下血迹,熬了一锅胡辣汤,没有给童养媳喝。童养媳一路哭着回娘家诉说,是我先看到小雀飞进来的,他们却不给我喝胡辣汤。她娘扑上来抱住她说,闺女,哪只眼先看到的,快让我舔一舔吧。这个故事,我也是缠着奶奶讲了好多遍,每次都在最后一句时,我和奶奶一起开心地笑。就连一个孩子,也能理解幽默和夸张,这种艺术手法与我多年后阅读的一些文学作品,竟然有着一脉相通之处。

或许是奶奶没完没了的那些"瞎话儿",为我播下了文学的种子。

其余,吃什么饭,穿什么衣,基本忘记了。我只是惊异于爷爷奶奶,在他们明知等不到回报的情况下,还是悉心抚养我、教导我。这世上最吃亏的角色,可能就是爷爷奶奶吧,因为他们大多等不到孙子辈有能力报答。可这并不影响他们付出全部的爱,这可能就是人类得以生生不息延续下去的强大动力。

我的爷爷,身材高大,相貌堂堂,深眼窝双眼皮,一把长长的白胡子,长得很像外国人马克思。传说中他脾气暴躁,年轻时崇尚以武力解决问题,可他老年之后,变得特别温和,动不动就流泪,对我们几个堂兄妹,从来没有打过半下,甚至没有吵过一句。清晰地记得,有一次家里来了西乡表叔,是姑奶奶的儿子,把爷爷叫舅的。爷爷在堂屋八仙桌边坐着跟外甥说话,而人来疯的我跪在他腿上,给他的白胡子编辫子,叽叽喳喳说话、笑闹,用手扳着他的脸,让他配合我的工作,不许乱动。他只好不停地绕开我的脸,拨开的我手,跟客人说话。

秋天的时候,苞谷棒编成穗,挂在树上,我们在院子里吃饭,没有绑好的一大串突然松动,轰然落地。一岁多的堂弟坐在树下,那一大串苞谷几乎是擦着身体,砸在他身边。回堂屋取东西的爷爷听到响声和我们的尖叫,突然大哭着从堂屋跳了出来,高大的身影像一股狂风扑向院子。看到堂弟安然无恙,那串苞谷堆在他旁边,爷爷又嘿嘿笑了,脸上还挂着泪花。

随着人到中年,越发时常追忆从前的光阴。闭上眼睛,还原我家院落的样子,回家的过道,堂屋,东屋,灶火,压井,粪坑,碎柴火堆……那时没有电灯,奶奶不舍得点灯,直到万不得已,才用一根麦秸,从灶膛里引着火,点起如豆灯光。多年以后,我常常坐在昏暗之中,想时光到底是什么? 黄昏可以重复,生命能不能呢? 死了的人,再也不能用任何形式回到这世界吗? 能否有一个什么时光通道,与我的爷爷奶奶相见? 这些思考与想念,在《多湾》的下半部时常闪现。作家的写作,其实是想还原从前的时光,就像普鲁斯特的《追忆逝水年华》,他将失去的那个世界,在文学作品中重现。这也是我一次次回到大周的原因。

年轻时候阅读《百年孤独》,乌苏娜年老之后失去视力,还在摸索着做活,并且不让别人看出来她瞎了。我就想起我的奶奶,在我记忆里,她也是这样没有一天不劳作。右手手腕摔伤两次,骨头错位,戴着夹板养伤时候,用左手干活。类似的想法在读《约翰·克利斯朵夫》时也产生过,主人公受苦受难的母亲鲁意莎,也是永远在劳作,永远有苦难和屈辱降临头上,她唯一的反应就是承受,承受磨难,承受贫困,承受孤独。除此外,还能怎样呢?原来世界上的人不论生活在何处,在哪个朝代,都是一样的,莱茵河或者颍河,都裹挟和流淌着普通人的梦想和苦痛,原来作家可以将一个平凡的人化为永恒的形象。那么我,应该用我的笔将一个人,一群人,一个家族,将历史和眼下记录下来,将那些过往的故事,讲述出来,对那永不再来的似水流年,进行描摹与记录。起初最简单的愿望是,让奶奶这样平凡的人,成为一个艺术形象,让更多的人知道,芸芸众生之中有一个人,她这样活过。动笔之后觉得,有关她周围的人,她的后代,她的亲戚,一个村庄,颍河两岸,也都是可以书写的,每一个生命都是唯一的、神圣的。

可是,毕竟我所知关于奶奶的故事,只有一条简单线索,或者大致脉络,也就是说,奶奶的生平用几百字足以概括,她老人家要是填表写简历的话,可能不超过五行。其实大量的细节和故事推进,还是靠虚构。

2006年至2008年那两年,我不断地回到家乡,在各个村子里走来走去,漫无目的地寻找。完全不知有什么东西能进入我的小说,也不知未来的作品会是什么样子。有一天,我听到一个村子里的人说,这女的跟神经病一样,连着几天在这儿走来走去。

连一块砖瓦都没有的人,对别人说你想建一座大楼是可笑的,我只能给那些问我要干什么的人说,转着玩儿。人家用奇怪的眼光看我,问,你旅游为啥不去大地方,这农村有啥看的?

　　不能不去繁城,尽管我知道,小说里的故事不会跟这里扯上关系,但还是怀着向往的心情去了。童年从大人口中无数次听到繁城,它是繁华和富裕的代名词。颍河从繁城流入临颍境内,也是从这里取直的。此处是回民聚居地,煮牛肉很有名。

　　我从县城坐了班车,快进入繁城镇时,道路左边一个土台,那就是两千年前曹丕迫使汉献帝让位的受禅台。数回历史烽烟,几多重重心机,汉魏政权更迭的历史见证,如今只是一个几米高的土台子,像一个巨型麦秸垛,长着荒草,鸡狗在此刨食找吃。

　　老街十字路口,有高高的清真寺。在后街那里,我看到老颍河与新颍河分汊的地方。一个男人,站在老桥上,看那一细溜颍河水在脚下流淌。那男人着装颇为讲究,脸上写满小镇居民的优越感,些许油滑的样子。看了几十年河水,似还没有看够,一只脚在桥面,另一只脚踏着桥墩,面对河水,很是深情的样子。他无意中回头,瞅了我一眼,大概怎么也想不到,自己的一次回眸会被这个陌生女人,在十多年后,写进一本书里。

　　两条街很快走完,我也不知自己想找寻什么,看到一家门楼上写着"茶馆",便走进去。女主人四五十岁,深眼窝,双眼皮,头发自来卷,看长相就是回民。给我用大茶缸泡了一杯浓茶,是那种粗糙的茶叶末子。回民食牛羊肉,所以爱喝酽茶。院子里半自动洗衣机正在转着,女人给我说了许多这镇上的事情,不时走过去,将衣物从洗衣缸拿到甩干缸,盖上盖,在快速转动声中又回到我们待着的大门楼里,捅一捅炉子,加一些煤,给我续水。最后说起她家里的一些事,几个兄弟姐妹都很尊敬她,凡事都听她的。"兹言哩,给他们把啥都弄得停停当当,我这洗衣机,差不多天天开着,床单衣裳掬来扔下,我搭上水电洗衣粉,洗了晒干叠好,赌来拿了,咋能不说我好哩。"她一直陪我坐着说了几十分钟话。临起身,我给她一元钱,她说,嘿,顽哩,收啥钱。找了我五毛回来。我在这里之所以写成"顽哩",是因为在临颍,确实这个字不发儿话音,正像是《红楼梦》中一样。读《红楼梦》,我吃惊地发现,里面很多话是我们老家人常说的,如:没耳性,懒得动,执事人,仔细着,怪道,看看、堪堪(刚刚、正好的意思),多嫌……还有"菱花空对雪澌澌""金钗雪里埋"等,凡是用"雪"隐喻"薛"的,有多处。其实,在我们临颍话中,雪与薛完全同音同调,只是实行普通话后,声调不同了。

在荒张村,经人指引,我来到村后的地里,找到了正在种蒜的表叔表婶,那时他们还不到七十岁,但都弯着腰,老家人说的,弯腰瘸脊。表叔扁扁的愁苦的面容让我不忍直视,一个人要经历多少伤心事作难事,才能成就这样一张面孔?那两年,我先后几次去往表叔家,但没有在他家吃过饭,也没有见到记忆中那位带我去树林里玩的表哥,他外出打工了。

告诉表叔我想写一部这样的小说。表叔说,可写的太多了,过去的事情,几本书都写不完。你这本书写好后,能不能送我一本,叫我看看。我说,当然要送您。

表叔家的成分是富农,发家史不太清楚,总之没少受罪。

堂屋里有一个小方桌,稳重沉实,造型典雅,是民国或清末的东西,我伸手抚摸。表婶说,前几天有个收旧物的来,给五百块钱,我没卖。我心里一动,问,那多少钱愿卖呢?表婶说,自家东西,不卖。表叔说,这小桌在我家,超过六十年了,是蒜刘你表姑(他的姐姐,名唤水娥,《多湾》中大花表姑的原型)出门(出嫁)那年,俺爹从集上买来的,买来就是旧的,不知谁家使了多少年。整天拉来拉去,猫钻狗抓,人站上去够东西,放几袋子粮食,还是这么结实。我便不好意思再说下面的话。

起身告辞时,长长面孔的表婶在身后相送,她突然以一种类似于深情的语气叫我名字,瑄璞,那小桌你想要吗?拿走吧。我不好直问她多少钱,便迟疑不语,表婶接着说,你喜欢就拿走,不说钱。我说不不,要给钱的。我先去办别的事,过两天来拿。

我又游走了几个村庄,连带打听哪里有物流,可运送这个小桌到达西安。终于在铁路西一条街上,找到一间门面房的物流公司,我描述了桌子的大小,谈好价钱五十元,可送到西安城东的货运站,自己去取。

两天后,我雇了车,来到表叔家里,看遍堂屋,却不见小桌的影子。表婶说,儿媳妇拿去用了一下,咱现在过去取。我拿出六百元钱给表婶,她先是不要,来回几番推让,收下了。二人领我去儿媳家里。儿媳脸色阴沉,拿个干毛巾摔打自己身上的土,不与我照面。我看出有问题,给表婶说,你们意见不统一,那我就不拿了,不要我走了你们生气。表婶小声说,没事,搬走就是,我的小桌我做主。我和表叔将小桌抬回他们院子,问表婶,是否她嫌钱少,那我再加二百吧,您拿给她。表婶说,不是钱的问题,你拿走吧。表叔一直是那种沧桑悲壮的表情,不说话,拿来一块抹布,蹲下来,将小桌从上到下擦了一遍,还用手轻轻地抚摸它。我心有愧,六百元钱,就将人家喜爱的东西拿走,但确实已经对这个小桌爱不释手了。我给表叔表婶说,请你们放心,这小桌到了我家,我会好好爱护它,就像它在你们这里一样。表叔表婶在身后相送。我和小桌,在面包车上走出好远了,还见二人弯曲的身影在路边挥手。

就像是一场梦,小方桌摆在了西安我家的客厅里。

水娥表姑,七十多年前嫁到了蒜刘。那姓刘的朝上数几辈人,种地之外,做些小生意,辛苦经营,维持温饱,没有任何致富迹象。大约民国三十几年,棉花大丰收,秋天里收了很多棉花。那年冬天,几十年不遇的严寒天气,使棉花价格突然大涨,他家意外挣了一笔钱,很是置了一些田产。然后这些新多出来的土地,刚好够给他家划成富家,从此接受批斗。

某一天,我接到一个西安号码的电话,对方用河南话叫我名字,说他是荒张的自臣。我问,当年我跟着俺奶奶到你家去,有天早上带我去树林玩的,是你吗?他说是他,他现在在西安一家工厂干活,临从家走时,他伯(父亲)给了他我的号码。我说,三十年没有见了,你有时间来我家玩吧,看看你家的小桌。说这话时,我坐在地毯上,胳膊就放在小方桌上。他说,好,有时间就去。我问他工作咋样。他说,还好,管吃管住,工资也能按时发。如此电话挂了,后来,好像还相互发过短信,他却始终没有来我家。我不知见了后,能不能认出他来,只记得那时他是十来岁的少年,长脸,白皮肤,挺英俊的样子。

过了两年,我再回老家,问蒜刘表姑家的儿子,自臣表哥前两年在西安打工,还联系我,说是到我家来,怎么再没音了?刘家大表哥说,你不知吗,他死在了西安,掉到工厂的开水锅里了。天啊!工厂给赔了多少钱?刘家表哥叹息,唉,我舅和妗子年龄大了,没出过门,没有人去理论,听说丧葬费外,只赔了一点钱。你去我舅家,别问这事,大家现在都不提。我因为《多湾》还没出版,也就没有去表叔家,想表叔那张悲苦的脸,似乎生来就是为承受苦难的,自臣表哥这件事,只是他一生中无数打击的一个罢了。

我又去了商桥火车站——在小说中,我无数次写到这个小站,是人们到外面世界去的一个重要之地。那时没表,时间全靠估摸,上世纪50年代的一天,我那小脚的奶奶扛着一篮子馍,天不明从家里出发,走十八里地到商桥车站,误了火车,便沿着铁轨一路向南又走五十里,步行一天来到漯河,给在漯河高中上学的爸爸送馍。

商桥镇属于郾城,与临颍交界,抗金英雄杨再兴之墓,刚好跨在两县的地界上,临颍抢了先,将墓园大门开向北,在临颍境内。据说省上领导来考察,问,一般的建筑都是门朝南开,这墓园为何向北呢?一时众人无答,县委宣传部一人机灵,站出来说,为了纪念杨再兴英勇就义,他壮志未酬,怒望北方。

小商桥,是当今世界上现存第一座保存最完整的古代单孔敞肩石拱桥。这个专业性很强的名字来源于百度,当地人都说是老桥,它早于河北赵州桥十多年。2007年它还低调地隐藏在村子里,经过村民的指引,穿过向南的一条小路,我走上一座粉红色石头的古桥。桥身用青石补过一些地方,也不知是哪朝哪代补的,粉与青的交错,衔接得密无缝隙,桥墩也不完整,桥面起伏不平,厚重的石板已经被时光打磨成风吹绸缎般温和的起伏。我又来到桥下边的颍河故道,河水走到这里叫作小商河。远处河床已不明显,只是在接近古桥的地方形成河道,一点浅浅的水静卧桥下,为了成就这座千年古桥。上午的村庄很是安静,偶有农人匆匆走过,突然一辆拖拉机装满粮食,突突突地从桥上驶来,随着桥面那柔软的起伏,车身左右摇摆,像是被古桥全方位地按摩。每一个走在桥上的人与车,都接通了一千多年的气脉,知道自己走在前人走过的路上。今天宁静祥和的气息,谁能想象八百多年前,岳飞爱将杨再兴在此与金人相遇,寡不敌众,被乱箭射成一只刺猬,河水染成红色。或许那时此地并无村庄,只是一片沃野和战场。如今这里村庄稠密,桥东不远是国道,桥西几百米是铁路,过去与现代,并肩而立,各行其道,村人与古桥,晨昏相伴,鸡犬相闻。我在桥边观望了好久,也被村人当成景观看来看去。

等 2012 年再次路过时,这里被开辟成收取门票的 4A 级景点,在107 国道边,大门楼崭新巍峨,园子建得很大,人为的曲径通幽与亭台楼阁,要走好久才接近那座小小的桥,就连河道都砌成了石头。为了装点这座百分之一的古桥,扩建出另外百分之九十九的地盘与建筑。不知村民都搬到了哪里,迁得是否情愿。总之,要动用一切力量,来成就一个 4A 级景点。从一座远古而宁静的人间烟火气的古桥,成为一个面向国道的喧闹的大花园式的旅游景点,个人利益与情感总得让位于宏大叙事,这是我们的惯例。村民们哪里还敢想象,曾经粗笨的拖拉机驮着重物突突突地从上面碾过,见天鸡刨狗挠,畜生们在上面撒欢咬架屙屎尿尿。

　　见证了前后之变化,我们才知道全国各地的旅游景点,原是怎么回事了。西安的某条老街,前十多年也是破烂小房,各种摊点,烟火气十足,今朝街道拓宽,新石板铺路,门面装修一新,摊贩全部入室,而且竟然新建了一个某文化名人故居,买票才能进入,一切新材料被做旧,俨然高门大户深宅大院的样子。不知底细的外地人看来,就认为那位文化名人,曾与这个建筑相伴无疑。

　　摩的大叔很是奇怪,"没有一个火车在那儿停了,就剩两间破房子"。我告诉他,就想去看看。我感觉他的车放慢了速度,可能心里也在猜度,这女人,到底要干啥。他把我放在路口,说南面车走不了了。正是大中午,火辣辣的太阳在头顶,我沿着铁轨走向那个基本废弃的小站,心情激动,好像我就要看到当年的奶奶,想到《百年孤独》里的情节,雷贝卡在一座废弃的房子里,继续待了半个世纪,从窗口递出五十年前的货币。一列火车从我身边飞驰而过,轰鸣声中,我看到五十年前,我的奶奶扽着一篮子馍,馍上盖着一个大手巾,从铁轨对面的土路上向南走去。我大声喊她,但被火车的声音覆盖。火车全面提速,铁轨两边拦了铁丝网,人无法靠近,我也不能跨过铁轨到对面的小站。列车奔跑而去,奶奶也走不见了。我站在正午的太阳下,对着那几间淡黄色平房,哗哗流泪。京广线可能是中国最繁忙的铁路。又一辆火车呼呼而过,丝毫不知道一个女人站在道边,内心呼啸着不亚于它们的激情。写出来,一定要写出来! 写出奶奶这样的人,她娇小的肉体在世上生长、绽放、衰败,她度过了艰辛而充实的一生。一个人,不论在世上怎样生活,受过多少磨难和痛苦,只要能经历和见证这一切,她就是幸运的。还有我那些从未谋面的,甚至不知道名字的先人,他们活过,爱过,沉沦过,挣扎过,像这世上千千万万的人一样,最终归于泥土。人类有寻根的欲望,总想知道自己的来处。

也没有什么提纲,由季瓷开始,她身边的人,遇着一个写一个,出来一个讲一个,像夏季的豆角秧,越扯越多,如颖河泛滥,大水漫灌。

写到自己家族的隐痛,显得尤为严峻和凝重,似乎书写成为一种仪式、缅怀或审视。不停地自问,是这样吗? 如果是我,怎样选择? 我到底是一个写作者,还是一个亲历者? 是要为自己的先人树碑立传,还是将他们作为模本,投入人性的熔炉冶炼、拷问和取证? 那些生机盎然的先人,在大地上奔跑劳作觅食,在河水边繁衍生存筑梦,平凡而卑微,吃饱肚子是最大愿望。他们可曾想到,后代口口相传他们的故事,直到有一个姓周的闺女怀着决绝和热望,想要记述、演绎这一切。一些故事在我成长的道路上,作为只言片语、绯闻逸事,不时来到耳边,一点点养育我的好奇心和探知欲,连缀成似有若无的画卷。现在想来,好像我到这世上就是为了写出这些故事。是谁将这一光荣而艰巨的任务交付我?

历史本没有真相,故事也只是传说,只有人性的脉络柔韧而顽固地编织在那里。

不美化,不夸大,不矫饰,真实地还原他们作为人的梦想、挣扎、破碎与含垢。这是写作的初衷，也是一切优秀作品的标尺。现在回头看始于十多年前的这场书写，我还是在某些地方闪烁其词，有所退却，这或许是这部作品的小小遗憾，或者说既成风貌。写作之迷人和神秘，就在于跟作者的年龄、阅历、认知密切相关，同样一个人，三十八岁和五十岁写出的文字，会不一样。奶奶的前夫，并非如小说中写到的，是土匪打死，也不是结婚三年才死，而是新婚不久，在一次夫妻欢娱之后，痛饮凉水，暴病而亡。这听起来很不体面，也不高尚，可的确是事实，就像很多堂皇的事件，揭开幕布与装饰，里面总有不堪的原貌。世间事大多如此，看起来是上半身的事情，其实多由下半身引发；看起来是桌面上的公开事件，其实是桌面下的动作在起作用；人类为了下半身的享乐，动用上半身所有的智慧与能量。奶奶的一生，就因这样一个拿不到台面上来说的事件而改变，她因此而改嫁来到大周。十二年前起笔的时候，我还年轻，一切都想体面与正确，认为不如土匪打死来得无辜，较能说得出口。至于她在那样一个时代，怎样迅速再嫁，她家里还有什么人，不得而知，小说开头的情节，于枝兰、罗掌柜、宽婶子这些人，皆是虚构，是为季瓷这个女一号隆重出场而搭建的花车装饰。

　　是非起伏，都随着颍河水而去，颍河都能改道，还有什么不能改变的呢？人生是一条多湾的大河，《多湾》这本书，也由着它自己的命运，顺着长河漂泊而去，寻找它应有的位置。

　　多年以后，季瓷的颍河，已经由东向西迁移了差不多两公里，由曲曲折折一百多道湾而变成一条直线，从大水丰沛走向快要枯竭。

　　2015年年底，《多湾》出版；2016年国庆假期，姐姐夫妻和我们夫妻共四人,驾车回到临颍。

车子进入荒张,仍然像从前一样,找不到表叔的家。以前打听,就问张自臣家在哪里,现在,似乎连这个名字都不敢提了。突然之间,问题来了,表叔叫什么名字? 没有名字,又怎么打听他家呢? 姐姐说,好像叫迎顺,你忘了吗,小的时候,咱经常说迎顺表叔。对对,迎顺表叔。于是拦住村人问,张迎顺家在哪里? 路人摇头,没有这个人,再问一人,也说无此人。肯定是姐姐提供的名字有错。于是打电话问我爸爸,说我们现在荒张街里,表叔叫啥名字? 爸爸说,张松仁,比我小两岁。迎顺是你西乡的表叔。

我们被人指引到一条巷子里,变作土路,只见到路边一位老人,坐在轮椅上,自己用脚蹬地,在泥路上缓慢行走。我走过去问,请问张松仁家在哪里? 他不停地打岔,张会群? 张安民? 张雪轮? 我的声音一次比一次高,嗓子喊疼,问路成了体力活,气得够呛,拿出纸笔,写下张松仁三个字,他再问我,你们是哪儿的? 我说,西安来的,他亲戚。每句话要大声喊给他,三四遍才听清,然后他再问,你找他啥事? 他的每一个问题都比上一次更严峻,完全是审问态度。真气死我了,转身走开,不问了还不成吗? 他在后面说,算了,我给你说了吧,那语气好像他拥有多大的机密一样。我站下,转回身有些气恼地看他。他说,躺床上动不了了,俩孩儿家轮着过,大儿家在那边,这个是他小儿家。他指着我身后一个大门。我气未消,也不说谢他,转身拍大铁门。随着几声狗叫,走出一位妇女,我说明来意,她说,那院。领我们向西走,好像是那年不愿让我拿小方桌的那个女人,那么她是自臣表哥的妻子?

她不愿与我说话，我也不好细问。跟着她向西，进入一个院子，她推开堂屋门，再推开东边房门，指了一下，转身走了。

我和姐姐站在房间门口，看到床上的腈纶薄毯下，像是没有人一样。我俩叫几声表叔，无人答应，再向床边走去，惊起几只苍蝇。表叔醒来，挥动胳膊，又是一阵苍蝇飞舞。表叔抬起头看看，再慢慢坐起来，面色苍白，瘦得吓人，看起来比我爸爸老许多。他已经不认得我了，任我怎样解说，只是一脸懵懂，脸上充满戒备与冷漠，说话前言不搭后语。我和姐姐只好不停地说，大周，狗卯（爸爸的小名），西安……有一种东西在他脸上，一点点复活。或许是因为西安二字，让他痛苦地闭了闭眼睛，更加戒备，充满嘲讽地说，直说吧，老家哪儿的？来弄啥哩？我们再次说，大周，狗卯……

就像从一条幽深的隧道里走出，他终于搞明白了，叫我们床边坐下，我俩没有坐。屋子里散发着不好闻的气息，乱七八糟堆放着东西，灰尘厚厚一层，哪里也不能下手摸。

他说，表婶前年已经去世，他嘛，身体本来还中，就是三个月前骑三轮车赶会，下车时摔倒，在地上蹾了一下，把腰骨蹾坏了。我拿出《多湾》，送给他。他翻看着说，眼睛不行了，字看不清。

我拿出二百元钱给他，他推让不要，我装在他的上衣口袋里，握住他一把骨头的右手，与他告别，请他保重身体，我下次回来，再来看他。他摆了摆手，悲哀地笑笑，眼里现出一层泪光。

大表哥急急回来，说正在地里种蒜，听人说了，叫我们不要走，在这里吃晚饭。我们坚辞，说还要去看蒜刘表姑呢。我从大表哥那张慢长脸上,看到表婶的贤惠模样。对于自臣表哥,我却怎么也没有勇气问起。我让他给蒜刘那些表哥打个电话,就说我们现在过去。蒜刘表姑有七个儿子,接电话的是在县上工作的一个,说他现在就骑电动车回家。

在蒜刘街里,汽车进不了窄小巷子,只好停下,走路去往表姑家,四个人,手里提着东西,引来街里人观望。一个人背着农药桶,向着我们走过来,我认出是刘家大表哥。他前些年中风,抢救过来后,生活能自理,农活照干,但说话不伶俐了。我走过去叫他表哥,他惊惊呆呆一阵,说,咦,知了,知了。突然咧开嘴像孩子样哭了起来,一定是想起,我上次来时,他还亲热地接待,不停地说话,而现在,满心里的话,嘴上说不出来。

八十九岁的表姑,腰弯成九十度,耳聪目明,声音洪亮,说,你大表姐看(刚)骑了洋车走一会儿,真不凑巧,要不是你们也见见面说说话。大表姐是她的大女儿,七十岁了,还能骑自行车回娘家。我问,表姑您身体好吧?她说,耳不聋眼不花,浑身上下,脆(中原官话,无论)哪儿也不疼也不痒,就是干不动活儿了,你说气人不?县城里的表哥还是表弟我搞不清楚,也回来了,电动车扎在堂屋门前。大家围一圈坐在院子里。蚊子很多,隔着一件单衣咬人,一会儿我和姐姐身上就起了疙瘩,出一身汗,烦躁不安。大表哥背对我们坐在一块砖头上,情绪激动,全身颤抖地哭,被表姑大声吵嚷几句,止了哭,静静听我们说话,过一会儿,又忍不住抽泣起来,大大的灰色的嘴唇颤抖着。从前我们来,他这个大哥是主角,张罗着招呼,说话,亲热得不行,现在他只能坐在外围。

大表姑的三儿子或者四儿子,前些年得了渐冻症,郑州北京,到处看不好,最终死了。儿媳妇不愿再嫁,于是招了女婿,又称为招夫养子。一个娶不上媳妇的老小伙儿(据说是因为懒),来了后,管大表姑喊妈,接续死去的人,成为儿子、丈夫、兄弟和爸爸。不愿外出打工,嫌太吃苦,被村里人家里人说告来去,只好跟着别人出去。正月里走,三月里回,说身体有病,不适合在外打工,那么就在家里四处打点零工吧,也能多少挣点。可他每次干活不出三天,总得有点状况,不是点眼药就是打吊瓶,反正把自己弄得像个病号一样,最好是每天在家待着,三顿吃饭,四处闲逛。大表姑一家都是扒明起早干活挣钱的人,最见不得谁偷懒,碰到这样一个基本没有进项的"儿子"和"兄弟",也是没法儿。好在他挺听话,不惹事,喊妈也喊得真诚,愿意到老太太跟前来,老婆家存放的吃食,拿出来给他,也不嫌弃,接住就吃。大表姑要去哪里走亲戚、串门子、看戏赶会、坐桌当客,他也很愿意跟着,开个小三轮充当司机,吃喝肚圆,临走捎带,日子倒也能过。

回到西安后,微信上有人加我,说他是张松仁的孙子。我问他你爷身体咋样,他说还好,躺在床上养病。过年过节时候,这孩子会发一些大家来回转发的那些问候语。而我终是没有勇气问他,张自臣是你爸爸,还是叔叔?

半年后,我突然想问问那孩子,他爷爷怎么样了。半天没有答复,到晚上时候,微信里传来荒张大表哥的声音:瑄璞,你现在好吧?我爸……你们去年八月十五之后回来看他,到阴历十月二十七他不在了。

我问,刚才说话的是你爸吗?那孩子说是的。我问,你在家,还是在外面干活?他说刚回来两天。我看了他的朋友圈,感觉好像是在北京送快递。他已经结婚,有一个大眼睛的妻子和一个七八岁的儿子。

下次回老家,荒张那里,似乎没有理由再去了。我在荒张的街里,该怎么问路呢?我不知道大表哥的名字,也不知加我微信的这个青年,叫啥名字,他的微信名字只是一个"张"字。就算我们有一天在北京的大街上迎面而过,也互不认得。

我想再去姨家的大杨庄看看。大国开车。穿过刘孟街里,向东拐去,不足一里地,河道已经消失,基本与大地一样平了,只有一个牌子显示:颍河故道。老寨墙也没有了,那条记忆中的左手寨墙右边河道的小土路消失了,被许多新建的住房掩盖,四十年,足以让村庄改变面貌。只好继续向东,由一条陌生的小道进入,大国肯定地说,能走进大杨。仍然是那个巨大的村庄,安静得很,几乎见不到人,仿佛是一个埋伏圈。我们终于来到一个像样的十字路口,应该是一个村子的中心,一间小破房子的门头上,顶着大大的招牌,分为两行书写:河南省农村信用社郾城区大杨村金融自助服务。四处无人,大招牌下的小破门也是久未开过的样子,好像它存在的意义只是为了告诉我,这里就是大杨。我下车细看,东西南北,并无行人,只有南边巷口,一个推三轮车卖西瓜的妇女。村子静得吓人。经过辨认,它又与我四十年前的记忆结合起来了,向南走去,正是去往姨家的方向。走到那位卖西瓜的妇女身边,终于看到多年前通向我姨家的那个巷口,我走了进去,比我记忆中的还要窄小一些，如果对面来个人的话，都需侧身才行。穿过几十米的小巷，会不会走进四十年前，踏上我去姨家的节拍？高墙峡谷，盛夏的太阳照不进来，小巷比大街上凉爽几度。野草一簇一堆，恣意生长，碧绿如洗。我只听到自己的脚步声和呼吸声，走出巷口，就是个小小的空场子，它交错连接三个小街巷，信息人流交汇之处，孩子玩耍的场地，中午时候，人们端碗在此吃饭，大人小孩，鸡狗也有，阳光投射，树影婆娑，笑声语声细碎生动。纵然我姨已经不在，但起码会见到一两个邻居吧，他们或许记得，四十年前常来这里做客的大周的那个小闺女。

一脚踏入阳光里，我站在那个小小空场上了。更大的寂静和虚空。只有我的心跳，咚咚作响。像是进入一个不真实的世界，老旧院落仍在，青砖垒造的世界停留在四十年前，只是再无人迹。只有一两家新建门楼，看样子住着人，其余破旧的院墙房屋，青砖红砖被岁月磨蚀得没有棱角，一切圆润沉寂。花悄悄开，草默默长，新出的青菜身姿苗壮，阳光投下大树的影子，无言静卧。我向东走去，来到姨家的院门前，如今已不知是谁家领地，透过上锁的破门板，看到院子里种着一片青菜。我一个人在此徘徊停留五六分钟，见不到一个人，更没有人前来盘问。大杨庄的深处是一个不设防的空堡。面向东的我二妗子娘家院落，更是连薄板小门都倒朽了，这个上世纪六七十年代没有儿子的家庭，几个女儿嫁走，且因家族遗传的糖尿病都已离世，门户就此终止，院落里曾发生过的轰轰烈烈的几百年的生活与恩怨，从大地上彻底消失了。

我向回走,拿出手机,录制视频,随着我的走动,小巷有节奏地起伏,突然画面里出现一个粉衣少女,我俩都吓了一跳,我不好意思直对着她拍,收起了手机,二人错身经过。我又来到十字路口了。只有大国的汽车和卖西瓜的三轮车,暴露于热烈的阳光之下。刚才那安静阴凉的一切,犹如一场梦境。我买了那妇女一个西瓜,上车离去。

我来到漯河大表哥家里,看望大妗。母亲姐弟四人连带配偶共八人,现如今只剩下三个:我爸,大妗,二舅。大妗前几年高血压发作,有点偏瘫,行动不太灵便,日常生活凑合能自理,在三个儿子那里,轮流居住,每家半年,颇有点亲兄弟明算账的样子。我每次到漯河,都去大表哥那里,因为正巧大妗都在他这里。大表哥的店面比前些年大了许多,堆得满满当当,楼上住处也摆满了成箱的货物,把大客厅占满,只留下走路的道。想起十多年前,我为写《多湾》体验生活,在他家住过两天。那时,他的两个儿子正上中学,店面还小,经营品种有限,两口子兢兢业业地打理。我问下岗不久的大表哥,单位还给你发钱吗? 他慢着声说,他给咯我拿住,他不给咯算了。晚饭后我们坐在屋里聊天,说起外面的世界,大表哥在沙发上盘住腿说,我觉着还是我的日子好,也没钱,也不操那么多心,想去哪儿站起来走了。经过这些年的经营,两个儿子大学毕业,就业,结婚,生子,他恐怕再也不能说,想去哪儿站起来走了。经济好转,要操的心更多了,越来越大的店面,天天进钱的局面,万万不能停下的,如果关门出去玩几天,一算账,少挣多少钱,罢罢罢,还是不去了。

大表哥的两个儿子,生了三个孙子,小的八个月,大的三岁。大表嫂至少看管一两个,有时候三个宝贝全在,儿子上班前把孩子送来,下班来吃完饭,再把孩子接走。家里变成托老所、幼儿园。大表嫂听说我是回来体验生活的,幽默地说,别回大周了,就在俺家体验体验妥了,你看我这日子,早上睁开眼就忙活,一直到晚上还不安生,抱抱这个,抱抱那个,买菜做饭洗洗涮涮,就没有闲下来的时候。可她并没有厌烦和疲倦的样子,好像再来几个孙子——最好来个孙女那就更开心了——也能应付,货物堆得再多也能打理,总之日子很有奔头的样子。

　　我和大国、小洁驱车,一路向西。

　　现在这条笔直的颍河,被上游拦了水坝,几乎没有水。河道里长满青草,只在最中间的谷底,有浅小的一溜清水,静静地流淌,两边是柔软的泥潭。河面和田野上,不时有鸟儿掠过,蓝色的脑袋,长长的尾巴,大国说,那是蓝闷儿(音)。到底我也没搞清,那是什么鸟。

　　新颍河和泥河之间,相距两三公里,之间全是平坦良田。

　　车一路向西,直开到泥河,在一座桥头停下。桥上立着一个男人,守在一辆机动小三轮边,车上放了好几个大塑料桶。我问他这是干什么?他说捉泥鳅。

　　泥河又叫蜈蚣渠,听名字就是一条人工河。它比颍河还要窄小一些,跟颍河一样,河道长满了浓郁的青草,只在中间地带,有半步宽的小溪流,青草之下的湿泥里,已经被这个男人埋下了几张网子,从他车上的三个大塑料桶来看,成果一定不小。天黑前,他就要收网,收获物卖给夜市和饭馆,十多元一斤。我说,那你不少挣钱哩。他开心地说,挣啥钱,权当玩哩。路上开过来一辆白色小车,走到桥头,停下来,车上的人穿白衬衫,压低脑袋透过车窗跟他说话,伸长胳膊给他递烟,他客气不要,那人不依,胳膊在车窗前伸了近十秒钟,那根烟执着地晃动,他接过,那人才开车走了。

我问捕泥鳅者,河那边就是郾城了吧,泥河是分界线?他说是,突然指着对岸问我们,河那边是南还是西?我和大国一致说,当然是西了,因为泥河是南北方向嘛。那人更高兴了,总算找出别人错处的开心样,错错错,咦,你们临颍人咋都是这哩?到这儿就迷向。他带着没来由的优越感,好像他们这里是高深的迷魂阵,迷住无数临颍人就是他的胜利。那是南!他用刚才别人给他的那根烟,指着说。我们几人想不通了,南北方向的河流,河那边怎么会是南呢?我打开手机地图,显示出我们所在地的这段河流,是西北向东南的流向,那么河的正对岸,算是南边吧。在确凿的事实面前,在别人的地界上,我们只能认输。那人站在桥上,抱着膀子,耐心等待河底的泥鳅钻入网中,也将给一个又一个路过此地停留片刻的临颍人出一道难题,然后果断地说,答错了,扣十分。

我们站在河边,看厚厚一层不动声色的河底青草,想象泥鳅们误入罗网,变作这个男人的经济收入。看够了风景,吹尽了两县交界的秋风,满眼都是绿色,深绿浅绿暗绿艳绿层层叠叠无尽无止。大国说,空气多好。

告别捕泥鳅者,开车走人,沿着泥河的河堰,一路向前,果然感到河流绕了一个弧度,变成了正向南,这下可以果断地说了,河对岸是西。大国说,踏入我国国界,这一片都是咱大周的耕地了。车身更加轻快,一路向南。田野大得无边,只要有时间,好像可以一直这样奔驰下去,车窗开着,风呼呼进来,绸缎一样扑打脸庞,河面上不断有"蓝闪儿"飞过。大国再次感叹,姑,你看咱家有多好,空气新鲜,风景优美,吃的都是自己种的,这才叫绿色环保的生活。

我说,是,你们自己吃的那一溜菜不打药,其余卖给别人的都使劲打药。大国笑,不打药长不好,没产量。

秋天,小洁说,姑,我摘这一溜不打药的,给你晒点干豆角,你带回西安吃。

大国说,不出五年,农村又会变得重要,你信不信,姑? 我说,信。

第六章
京广线

京广铁路穿过临颍县,一路与颍河平行。

小时候,有一趟武昌开往西安的火车,夜里十点半停靠临颍站,停车两分钟。我由大人带领,去过几次西安。绿皮火车是我童年的重要记忆。

乘火车是一件很重大的事情,午饭后就从家里出发,奶奶央村上一个年轻人拉架子车,步行十公里,送我们到车站。候车也是乘火车这件事的一个重要环节,一定要经历几个小时的等待才显得隆重。如果午饭后不动身出发,奶奶就催促、吵人,当然,她那有限的行李,几天前就收拾好了。在这个中原县级火车站,我们买好无座票,守着行李,呆呆坐着,看着候车室里的人,好久被车站广播召唤,聚起一堆,向门外的站台走去,将自己交付钢铁的使者,带向远方。我跑到窗口看那个绿色的庞然大物，直到它走远，再回到行李旁坐下。有一次，天黑下来，随着一阵清脆的嘎嘎嘎嘎的声音，候车室进来一个穿风衣的男人，奇异的声音，从他的皮鞋底发出。我实在不明白皮鞋为什么会发出金属的鸣叫，后来知道，那是钉了鞋掌。从白天坐到黑夜，从喧嚣等到寂静，吃了自带的干粮，奶奶絮叨了许多故事，叔叔讲了好多生活小常识，终于等到那个神圣的时刻，那个温柔洋气的女声这次真的是召唤我们了。我跟着大人，来到站台上。南边耀眼的灯光照过来，黑夜一下子华光万丈，大地轰隆隆震动，火车像一个巨大的梦幻开过来，车头的灯光一晃而过，车厢一节一节，从眼前闪过，火车长出一口气，缓缓停下。我们拼命挤上火车，把自己变成洋火匣里的几根火柴，动弹不得。那时候不知道有没有"春运"这个词，我们只是接到爸爸的来信，让奶奶带着我去西安住几个月。正月初五，我们满怀热情地扑向春运的火车，一路快要挤死、躁死、渴死，我哭了几回，终于靠着那么多人睡着了。经过漫长的十三个小时，停了二十多个站，贴在拥挤的人群中，一个长夜，半个白天，第二天中午到达西安，与父母团聚。奶奶在火车上得到一个信息，列车员不耐烦地说，嫌人多，大年三十来啊，人都没有，随便坐随便躺。从那以后我们家里的人春节回家，专门等到大年三十，果然火车上空空荡荡，享受卧铺待遇。

　　正是这次西安之行，父母感到了我和他们的陌生与隔阂，下决心，再苦再难，把孩子带到身边。1979 年秋季开学，我转学到西安上学。

　　经常回家乡看望奶奶，乘坐那趟西安至武昌的火车，西安是始发站，能买到硬座票。坐一夜火车，早上七点多在临颍下车。背着行李，走过一个又一个村庄,步行两三个小时,回到家中。有一次我和姐姐,遇到一位赶马车的大爷,捎了我们几里地,真是十分幸运。我们给了他几颗西安买的牛奶糖,大爷也很开心。

上世纪 90 年代初期的一个夏天,我乘坐绿皮火车回临颍看望奶奶。十个小时的旅程,一晚上硬座,天亮时分醒来,发现对面一位青年,白净文雅,默默注视我。我看他的时候,他垂下眼帘,若有所思,我不看时,他又抬起眼睛,目光投向我。这样闪来躲去,总有视线对接的时候,火车缓慢行驶,前方到站就是临颍。仿佛是抓住最后的机会,他主动跟我讲话,问我哪里下车,我说,前面就下,他说他还长路漫漫,在本次火车的终点站下车。他在一张纸上,写下地址、单位和名字,我撕掉那张纸的一半,也写了我的。一张对折分开的纸,一人拿了一片。我走在站台上,看到他的脸贴在玻璃后面,白净的面孔变成微红,用一种叫作深情的目光注视我。我们挥手再见。快要三十年了,我还记得临颍车站,清晨微凉的站台上,那张玻璃后的单薄面庞,带着南方人特有的精致与温婉。2014 年,我结识了长篇小说《多湾》的编辑,一位福建籍女子,她的眼睛,酷似当年那位青年,每当她说话、沉思、大笑的时候,我仿佛又看到那张面孔。莫非她是命运派来的使者,提醒我曾经有一位广西青年的存在。

我在老家待了一周,回到西安,一封来自广西的信在单位等待我。他说,回到家第一件事,便是给我写信。他是这个单位的一名技术员,此次来西安出差,那天和我同乘一趟车,坐在了我的斜对面,一上车他就注意到我,但是我很快靠在座位上睡着了,他只好等到天亮跟我说话。我回信，介绍了自己的工作情况。由此我们开始了长达两年的通信。如果他的信中有涉及情感或者抒情的成分，比如什么思念呀、月光呀，远方的你呀这类的词，我在回信中不予接应，只谈工作与学习、日常生活的琐事与想法，或者单纯摆弄一些心灵小造型。我在内心权衡过这份"感情"，我不可能到那么偏远的地方去生活。

远方，只是我们偶尔为之的一个想象，对眼前现实的补充和调节，有时候我们不是在和某一个异性交往，而是和整个异性世界在对话、交流，是和远方在交接着什么未知的东西。那两年里，我该写了多少文字啊。等信，收信，回信。如今那些信件，都到哪里去了？是在某次搬迁中扔掉了吧，它们化为纸浆，重新盛载着另一些人的书写。或许，我并不在乎收信人是谁，我只是在给远方写信，有没有收信人，我都是要写的。

多年之后的网络诈骗，听起来匪夷所思，哪里有什么令人动心的异性，分明就是个男人就是个骗子就是个作案团伙，而这边从没有见过对方面拉过姑娘手的人，甚至没有视频过，就是愿意不停地转钱给对方。其实，他是转给自己的一个期许。

后来火车提速，去掉了沿途一些小站，西安到临颍，十个小时可达。新世纪再次提速，临颍车站，从很多车次的时刻表上抹去了。我们再回老家，要到许昌或者漯河下车，辗转回到县里。

十多年前的某一个晚上，或许就是去了繁城和小商桥的那次吧，我在漯河车站等待上车。广播提示火车晚点，我在候车大厅里游逛。满眼望去，打工者居多，青壮年男子，每人一个蛇皮袋，圆鼓隆咚相伴身边,可坐可靠,悠然自得。一个胖胖的五十多岁女人,城里人模样,是个科级干部也说不定,长着一张中原女人特有的大圆脸,非常健谈,见多识广,很快就跟身边的乡亲们聊上了。她手里拿一张卧铺票。一个男人撇凉腔说,就一晚上,搁住躺那儿了?那女人说,咦,还是躺那儿舒坦啊。我暗笑一声,真理往往就是大实话。卖土特产的角落,一个男子,靠着柜台打电话,我不回去,你说再好也不回去,要是回去,管叫我头挪挪……我这些年对你咋样,自己想吧。二十分钟后我转过来,他还在对着那个黑壳子破手机说,反正,不回去!语音铿锵,如果候车室没有播音,如果乘客不再喧嚣,大家都能安静下来,大厅里就会回荡他的声音,一波波荡漾开去,不回去不回去不回去!不知道有怎样一本情感的账目纠结,让这个壮年男子如此决绝,我想象那边一定是个女人,曾做过对不住他的事,有些心虚,有过矛盾,有了裂痕,但毕竟舍不了他,正在低低地哀求,小心地赔着不是,也或者外强中干地威胁,不回来,我们的关系就玩完。而这个男子所有的一切表达,也都是一个意思:玩完就玩完,反正不回去。可是,他们还是不愿就此掐断话题,仿佛要在他上火车之前,非要理个清白。那女子是否还期望,这趟火车永远不要来?我们一次次被通知晚点,别的旅客一浪接一浪,站起来排队走人,候车大厅里我们这一拨滞留者开始焦躁不安。那个中年女干部已经将那张高人一等的卧铺票看来看去,揉得变了形状。我踱步到进站口,那里靠栏杆站了一位五六十岁的半老汉,脸上皱纹排列得十分顺溜,竟然没有一点着急的样子,好像很享受晚点带来的这种热气腾腾而又疲倦无奈的氛围。一个小青年,急得走来走去,开始骂人。那老汉对他说，又没事，你去恁早弄啥？那小青年看到他手中的无座车票，问，你的票咋那么便宜？老汉开心地说，咦，我还嫌贵哩。

终于，在火车迟到了一个多小时后，我们被通知，可以进站了，人们拥出闸口，但见那辆绿皮火车，伸着长长的懒腰缓缓停在橘黄色灯光普照的第一站台，等待我们进入它的怀抱。

高铁开通，西安到漯河，竟然三个小时可达。于是高铁成为首选。

每次路过，我都要贴在窗玻璃上看一眼高铁边的台陈镇，因为陈星聚纪念馆的建筑和塑像，在时速三百公里的高铁上也能认出来，一闪而过，也就是一秒钟吧，但我每次都要趴在门口的玻璃上，截取这珍贵的一秒。因为台陈向西五公里，就是大周。有一次黑夜里，从武汉回西安，车过漯河，我就走向车厢门口，等待捕捉那一秒的幸福感，幸亏有纪念馆门口的灯光，否则不可能认出全部相同的大地与村庄。而此刻的大周，人们都准备睡觉了，绝想不到一个人在飞速奔跑的高铁上，在尽可能离他们最近的一刻，获取到一点心理满足。

2016年夏天与秋天，带着《多湾》回到漯河，来到郑州，受到了真切的欢迎，这是一个写作者最幸福的时刻。我之前远距离遥望的河南作家，竟然并肩而坐，成为朋友。面目温柔却性格飒爽的邵丽，温厚可爱的乔叶，智慧深沉的何弘，还有那些锋芒初现的青年评论家……让我对河南人有了新的认识与解读。我对于郑州人，还有着一丝仰慕，因为我内心里，总觉得自己是来自大周村的乡下人，而他们是省会大城市的人。好像我的写作，也是为了结识他们，让我从一名粉丝，成为他们的同道。

上午漯河,下午郑州,赶场子一般乘高铁奔走,累并欣喜着,仍然不忘车过漯河后,走到门口,透过大玻璃窗看陈星聚纪念馆在脚下一闪而过。新旧时光在这里交替,六十年前奶奶步行送馍在这条线上,十年前我搜集素材在这条线上,今天奶奶变成季瓷,我和读者见面,又奔走在这条线上,只是火车换了高铁,速度越来越快。书里书外,已经不知哪个是真哪个是假,恍惚中感到昨日重现。人生是一个圆,我们不断回到起点,可再也回不到从前,我们只能在写作中一遍遍追怀,在文字里,试图重现昨日的世界。

2019 年清明节之前,和叔叔约定,一起回家给爷爷奶奶烧纸上坟。手机上订好车票,我和姐姐在西安乘高铁,不到两小时抵达郑州站,与叔叔会合,再一同乘坐一趟在临颍停站的慢车。我这样计划,完全是想重温一下绿皮火车。这些年来,坐着高铁四下跑,乘了飞机到处飞,京广线上的绿皮火车,倒成了遥远的记忆。在郑州站台上,我专门对着绿色长龙拍了照片留作纪念。因为只是一个半小时的路程,没有硬座票了,三人只好站着,站票还不在一个车厢,叔叔 13 车厢,我和姐姐 15 车厢。上车时,给列车员说,叔叔年纪大了,需要人照顾,能不能让我们上到同一个车厢里。列车员不同意,没有通融余地,挥挥手让我和姐姐往后面车厢走。

上车后,我们站在车厢连接处。以为这年头乘绿皮火车的人少了,或许只有我们三人是站票吧。却不想车厢里拥进许多人,眼看着走廊里站满了,下面还在不断往上挤。人们只好收缩自己的身体。车开了,姐姐说要到 13 车厢看看叔叔,我说不如过一个小时再去,拿上你的东西，就在那边待着，到站时跟叔叔一起下车。

我专门走到车厢里看看，以期找回当年的感觉。尽管是拥挤的车厢，但是干净整洁，连体座位上方套着洁白的座套，上面印着广告。再也不是当年的绿色人造革通椅。乘客们都在低头看手机，打电话的年轻人，说的是就业、面试这样的事情。戴着白手套的列车员按照程序工作与服务，每一站关门后都要再把门推一下，确保关好。没有我童年记忆里的呵斥推搡，态度蛮横，令人惧怕。到站的时候，中年列车员下车，站在门口，乘客上下的两分钟里，他闭上眼睛，好像睡着了。哈，我多傻啊，我都长大了，变老了，这绿皮火车怎么可能还停在从前呢，我怎么就幻想着能在此看到四十年前的画面？

在长葛车站，几个人拖拽着行李，奋力挤下车去，一个人脚落在站台上，突然扔掉行李卷，伸展四肢，仰天大声骂了一句脏话，说，总算回来了！听声音是个女人，但看背影，却是高高直直、没有曲线的身材，短短的头发，无法判断是男是女，只是从那句骂声带出的感慨，感觉此人可能多年没有还乡了。

在临颍下车，入住提前订好的酒店。叔叔很是不解，一个内陆小县城，怎么能有如此多的酒店，谁会来住？我说，既然酒店林立，就证明有人住，如果没有需要，早就关门了。

蒜刘表弟（大表姑的儿子，我其实一直搞不清他是表弟还是表哥，就以表弟称吧）开车来酒店接我们，到他家里吃饭。他在县城工作，媳妇在颍河西边的大郭镇，每天开车上下班。乡村公路没有堵车一说，道路顺畅，那些从前听起来很远的地方，竟然一会儿就到了，这大大颠覆了我小时候的认识,比如在我印象中,繁城、大郭、北舞渡,都是远得去不了的地方,而现在,也就几十分钟的事。我再次提醒自己,时代进步了,一切提速了。第二天他又带我们回村上坟烧纸。叔叔的儿子也从许昌开车来,我们在台陈十字路口会合。从县城回村,只用了二十分钟,还没有好好看看窗外的麦田,已经到了。表弟计划得很周到,一起烧完纸,留下我们在村里跟乡亲说话,他将他二姨(我二表姑)送到他大姐家里,因为大表姑住在大闺女家,今天中午,我们大家要在那里大聚会。他昨晚给他大姐打电话,倡议明天中午吃豆腐韭菜素饺子。过了一会儿,大表姐电话打来商量,亲戚们多年不见,在家招待不好吧,不如到饭店包一桌。他大姐三个儿子,都在漯河搞装修,在市里买了房,经济宽裕。叔叔姐姐我们三人立马说,在家吃在家吃,就是要吃她家院里刚长出的韭菜。

中午到了大表姐家,她和大儿子忙着在厨房炒菜做饭,一会儿摆满一桌。九十二岁的大表姑身体很好,耳朵一点不聋。一辈子生了十个孩子,吃苦受累,没少遭罪,晚来有福了,儿孙辈过年回来一人给她十块钱,都叫她花也花不完。"这辈子没吃过药,连一片感冒药也没吃过。年轻时候害眼,包不起眼药,天天烧着疼豁着疼,净流泪,也不管它,一直到瞎了。全身上下,哪儿也不疼也不痒,就是不会做活了,每天光吃闲饭,你说气人不?"大表姑说。

吃完收拾完,大表姐的儿子领上小孩回漯河去,孩子下午要上辅导班。原来去漯河,也是分分钟的事情。早先人们去一趟市里,是一件多么重大的事情,从头到尾,得啰唆好几天。

午饭后我和堂弟、表弟,出门散步。颍河故道,蓝天白云,大地安静,油菜花与麦苗黄绿相间。故道那边,有一片桃花盛开的地方,我们奔了过去。是一对老年夫妻,将自家责任田建成桃园,边上盖两间小屋,在此生活。桃园周边和里面,埋几根大棍,四周和上方罩一张巨大的网,连同他们住的小屋,全部被网罗其中,防鸟,否则桃子成熟时候,鸟儿们飞来,每个都叨几口,全都毁了。"一亩多地,收入还中,顾住自己生活,不用问孩子要钱了。现在年轻人不容易,需要的都是大钱,买房买车,小孩上学,哪个都少不了钱。"

老人说,小小桃园里,其实有好几个品种,桃树苗来自不同的地方。外地一种特别甜的桃,移过来种,头两年结的桃还甜,三年头上,慢慢就变味了,这跟水土有关,桃树也知道离了自己家乡的土地,心性有所演变。

河道里,村子里,房前屋后,一块一片的油菜,正在花期,满眼嫩黄,香气袭人,蜜蜂嘤嘤嗡嗡,简直不像真实的生活。路边长着蒲公英,我想拔一些回去泡水喝,表弟说不用拔,他大姐晒了很多,走的时候给我装上一袋。

饭后大家坐在院子里,说话聊天,然后就是每次相见的最后一个内容:告别。我小声给姐姐说,咱们走吧。没想到几步远的表姑耳朵那么好使,说,急啥哩,时候还早。但我们不得不走了。午后两点多,大家也都很困乏了。任再亲情荡漾的会面,总是要分别的。这个我们称为老家的地方,永远是一个温暖而又复杂的所在。你热爱家乡,留恋土地,但回来后,你面临吃在哪儿住在哪儿的问题,面临看了这个没有去看那个的纠结。我突然明白了,县城里为什么有那么多酒店。除了流动人口入住外,还有出外打工的年轻人,像我们这样的探乡者,再回村里,已经住不习惯,多选择住在县城,交通方便,出租车、网约车随时可叫,二十分钟就到村里,行使完亲情的科目,回到县城适意的有卫生设施的酒店房间里。眼见着城乡一体化已经来到,镇上盖了商品房,村庄也有社区楼。我设想,我的那些腰包里挣够了钱的乡亲,或许早晚会回归大周。

高铁返回,叔叔在郑州下车,他说高铁票太贵了,漯河到郑州就要七十块。我说,可是很快呀,只半个小时就到,你从前敢想吗? 还没有说几句话,郑州站就到了,我们将叔叔送到车厢门口。

回到家后,将大表姐给的一袋蒲公英倒在阳台继续晾晒,见塑料袋上贴有超市小标签,赫然印着:刘孟时代广场。这一定就是她们刘孟街里那个超市喽。

2019 年 6 月底的一天,走进临颍车站的候车室,我的心莫名地激动,好像往日就要重现,能看到那个跟着大人一起来等火车,从白天坐到深夜的小姑娘。尽管站房早已推倒重建,所有设施更换,但我的心,还是怦怦跳动。我本可到漯河乘高铁,三小时回到西安,但我却想到郑州再转高铁,而从临颍坐绿皮火车北上。

候车室里人群来去匆匆,我有些胆怯似的,怕被这里的空气认出,哈,原来是你啊,这几十年,跑哪儿去啦? 我抻一抻脖子,把自己理顺。挨个儿看那些陌生的面孔,重点跟进几位,默默观察。我心里有一个恶作剧般的声音:都别装了,我统统认识你们,是的,统统的,你们,不是这庄的，就是那村的，总之都是这片土地上的人，不出二十里，撇洋腔说什么普通话呢，我能从字里行间听出本地音儿。那些年轻的女孩子，描眉画眼，面带活力四射的笑容，生活如此美好，这个能让人可着劲到处跑的社会真是可爱，让一身力气的她们永远也笑不够似的，将自己打扮成城里人的模样，拿着手机，坐上火车，去往四面八方，嫁到祖国各地，让本地的一群又一群男青年找不着媳妇。

站着，坐着，排队，进站，我被一种安妥而温情的气息包裹，内心宁静如水，想长长久久地坐在这里，一点点梳理从前的时光。

缓缓来到站台，仍然在找寻什么，几十年前的一个深夜，跟着大人，站在这里，越过那么多迷茫遥远的岁月，距离一千多里地生活着，我没有被大人弄丢，也没有被生活的洪流冲走，竟然今天又出现在这里了，心情熨帖地等待，脚下大地震动，火车射出耀眼的光芒，从南边而来，照亮了我的童年。头顶烈日朗朗，我的车厢还有很远。我拉着箱杆，向南走去。火车自南边来，天天如此，走了近百年，只在这个中午，被我见证，它的正面在太阳下闪着亮光，它安详又仁慈地滑行，我和它默默对视。火车，你好。孩子，你好吗？你看，生活就是这样，来了，去了，想了，忘了，哭了，笑了，然后，我们就老了。它沧桑悲壮的样子，缓缓地有节奏地向前，越来越慢，将13车厢呈现在我的眼前。

是广州开往包头的火车，由南到北一路拉来各地的人，还有信心继续北上强力吞吐。走道里也站满了人，估计都是短途旅客。一个六七岁的小姑娘，戴着高度近视镜，在人群中穿梭，散发小广告，递给她认为可能有兴趣的人，认真地用镜片后放了很大的眼睛看着你说，装到包里吧。她的妈妈坐在座位上,从粗糙的皮肤就能看出她们母女很可能属于本次列车的终点站,她向身边的几个女人介绍她的一种精油,列数着多种功效,好像是无所不能的。我再次细看手里的小卡片,上面有与她口头表述的同样内容,其中一项就有皮肤保养,上面还有电话、二维码。小女孩从车辆那头散发回来,再次给我说,放在包里吧。并从我手中取下来,装在我的布包里,轻轻拍了拍,安放妥帖了。在她小小的心里,把卡片放入包里,就比随手扔掉,对妈妈卖出东西的希望要大。

　　我的手机微信里,正在说着三天后在西安某高校召开新长篇研讨会的事,主办方让我问一下,一位北京专家发言的题目。我向专家发去询问。前方快要到站,有人下车,推着箱子艰难走来,站着的人向两边弯曲、分开,给他腾路,到我这里,我必须挪动我的箱子,他才能经过。北京专家发来题目的时候,列车员推着小车走来,我不但要挪动箱子,还得翘起一条腿,跨到坐着的人的腿边,眼睛盯着手机,将"嵌入历史的人生二重奏"转给主办方。列车缓缓停在下一站,上来的人比下去的还多,车厢里更拥挤了一些,我踮着脚尖,吸着肚皮,侧着身子,在微信上回答主办方的下一个问题。不知道人们为什么不爱打电话了,两分钟能说清的事,非要反反复复地微信输入,是为了事后好查询记录吗? 小女孩跟一个刚才和我一起上来的小男孩已经玩了起来,嬉笑着在人缝里钻绕追打,小男孩的奶奶,半个屁股挤坐在一个年轻人身边,低声制止孙子,叫他不要乱跑,前面就下车了。不起作用,两个孩子钻到列车连接处了。小女孩妈妈气定神闲,继续给身边女人讲解精油的用法,长路漫漫,或者她相信孩子有自理能力。估计小女孩被圈在火车上时间太长了,想抓紧时间跟刚认识的小朋友玩耍一下,两个人起劲地挤过来挤过去,小男孩的奶奶,眼睛一刻不离自家宝贝,好像一眼看不着,他就会被车厢的人群蒸发掉似的。当男孩再次经过奶奶身边,被奶奶拉住抱紧,不许动了,小男孩鱼儿样拧着身子,必要挣脱束缚,小女孩在旁边抓住他的胳膊,跟老人争拽,老人只得放手,胜利的一对孩子,开心地又钻人缝去了。列车员播报前方车站,火车减速,老人带着孙子下车,两个孩子四只眼睛相互望着,一生中唯一的一次相识与相见,分离开了,随着列车启动,永远成为过去。小女孩有所怅然,呆呆地站了一会儿,又去检查她的传单,是否按她的要求,放进人们的包里了。

一个少妇,边哭边喊,从车厢那头挤过来找列车员。她的婆婆,不该在此站下车,却从这个车门下去了。"还给她说,不要下,不要下,还没有到,她偏偏下去了。"列车员说,我刚也看她车票,还没有到,问她干吗要下,但她说到了,就要下车,你说我也不能不让她下车是吧?一口东北腔,竟然使这件事故好像在他看来是个小幽默。少妇说,带她去郑州看病哩,给她说得好好的,站这儿别动,等我过来叫时再下。车上乘客问,老人有病,为啥不在一起呢?少妇说,买的站票不在一个车厢,不让一起上。那你应该一上车就过来找她,跟她站一起呀。少妇悔恨交加,失声再哭,"她也没拿电话,也不知我的号码"。列车员正在跟车站联系,叫寻找一位独自出站的老人。车站不知怎样答复,这边一车厢的人,都伸长脖子等待消息。

好一会儿,列车员说,找到老人了,安顿她在办公室等待。少妇挤向那头儿,到那个车厢拿行李,前面站下车,再返回来。人们长舒了一口气。小女孩睁大的眼睛,在镜片后现出一丝恍惚。她的妈妈,还在专心讲解精油的用法,身边听着的女人,无从逃脱。

第七章

大周的日常

　　大周村一天的生活，从我还没有醒来，就开始了。早年间，赶集是人们日常生活中重要的事情。集，是乡村的信息、经济、文化中心。赶集是一件快乐的事，因为你先得有钱，集上有好吃的，新鲜事，稀罕物。现在，村村有超市，还有很多骑着带后斗电动车的人，将各种各样的食品送到你身边，买东西很是方便，集也慢慢失去了强大功能，变得不重要了。

　　据说我不在的时候，小洁和大国二人吃饭都是凑合，早上吃点馍，吃点面包点心，喝包奶，或喝开水。小洁说她不爱做饭。可我回来，每天小洁早早起床，准备早饭，稀饭熬好，菜切好，只等八点左右我下楼来，她开始炒菜。

　　头一次回来，早上六点四十分，还在睡梦中，电话铃响，大国深沉的语音,只说俩字:吃饭。老天爷,这么早。我起身洗漱,收拾。下楼吃饭,给他二人说,以后不用打电话,我晚上入睡困难,早上多睡会儿。大国说,这不是太热情了嘛,天不明就起来给你做饭啦,俺的心情你得理解。保管叫你在家的这些日子,吃舒心,不重样儿。

大国会做饭,爱做饭,看似平凡的食材,豆角青菜西红柿,叫他做出来,就不一样,吃起来更可口,弄得也干净。

小洁说,你回来前,我都把筷子、碗使开水煮煮。有的人家叫你吃饭,你嫌不清洁,心里不舒服,就不要去了,就说时间排不开。

生产队里的人,走得近的几家,都叫着我去家里吃饭。

我在吃"百家饭"的同时,也了解到不少最为鲜活的生活素材,早年间计划生育的,当下村民打工挣钱的,农村男青年找媳妇难的,老人养老,孩子教育,人情世故,世态炎凉。如今农村人都不种地了,而是变成了打工者,给土地承包人打工,给小工厂作坊打工,时间由自己安排,吃的用的,全都要买来,他们自称现在也吃上了"商品粮"。

超市里,牌桌上,扑克牌,麻将桌,闲话场,你来我往,是是非非,信息交汇,日复一日,生生不息,构成乡村的日常生活。

吃过早饭的人,一个个来到街里,聚拢在一起闲谈,大多是中老年人,或者在城里干活受了伤,回家养伤的。似乎他们需要扎堆来抵御漫长的时光和内心的寂寞。闲谈是流动的,随意的,有人来,有人走,说着,散着,加入自愿,来去自由。建军的手腕因车祸受伤,胳膊里打了钢板,不能干活了。他说,秋冬正是挣钱的黄金季节,可只能困在村上。自然在家里坐不住,一天出门十来遍,好手托着坏手,这儿走走,那儿看看。此时坐在矮小的板凳上，跟几个妇女老汉，抹骨牌，输赢几块小钱。

我满街里寻找献东他妈，问她要我家老院的钥匙。听说她在献东家摘秦椒，我去往村后路边，大门锁着，扑了个空。在村头向北的路上，她听人说我找她，寻了过来，二人一起又走回南地她家，打开堂屋门，进到东里间，拿出一个铁盒子，我凑上去看，她警觉地瞥我一眼，我赶忙缩回，退在外间等待。只听得她在铁盒子里扒拉了一会儿，拿出小绳儿绑的两把钥匙给我。我知道她那盒子里并没有宝贝和机密，只是老人惯常的思维，想想她是八十岁的人了，我的奶奶，当年也是这样，仿佛每个老太太，都有一个存放东西的盒子，我奶奶当年是个黑色木箱，她如今是个用过的食品盒。又一路出来，我踅入我家过道，她去后地儿子家继续摘秦椒。其间说了不少的家常。

用钥匙打开我家老院，走进一地阳光中，四十年前的时光，再也回不来了，这个盛放过我的祖先们喜乐悲苦、打打闹闹、热热火火传宗接代几百年的院落，再无人迹，先人们无数只脚踩踏过的热土，洒过层层汗水和血水的地方，闲草野棵铺满一地，曾经的粪坑、压井、灶房、柴火堆，连带我出生的小东屋，都没有了。我回忆起小时候靠在门上玩；奶奶外出锁门，我摘掉门槛，贴在冰凉石板上爬进去拿馍吃。阳光静静地照着，屋里院里，我傻傻地站了一会儿，除了自己的心跳和呼吸，再没有一点声音。锁门而出，踩着一地杨树叶子来到街上。东边邻街的两间小屋里，建军一只好手在桌上，一只坏手在桌下，和一个妇女一个老汉，还在抹骨牌。我站着看了一会儿，终也看不懂什么名堂。有老人骑自行车缓缓而来,车上取下自带的马扎,加入进去,抹骨牌的变成了四人。

我取了一只高圆凳,坐在门外晒太阳的几个人里。

玉米豆子入仓了,花生嗑皮了,红薯出完了,小麦吐绿了,一车一车半干的红薯秧被人拉回,喂猪喂羊喂牲口。乡村漫长的冬季就要来临,基本不再有农活,接下来的任务就是每天晒太阳,闲谈,打牌,赶会,看戏,串门子,走亲戚。

老人妇女,安静地在街里出没。乡村没有秘密,也没有隐私,你只要走出家门,一切行动,都置于众人目光之下,你十几分钟前打街里走过;你开着电动车带着发烧的孩子去刘孟输水;你在集上买了个啥东西提在手里;今天中午你家要吃啥饭;谁家的鸡下了个蛋;谁家来客了,一行几人身高长相穿着提礼;谁家夫妻吵架五天了还没有说话,谁家孩子在外惹了祸失了财……都是全村人立马就知的事,这一切都是公共的,理应成为大家的谈资。你要是买了新衣裳,当街里被截住了,拿出来叫大家仔细瞅瞅摸摸,现场穿上叫老少娘儿们品品评评。

偶有骑着电动三轮车的,向晒暖的人扔下一句打招呼的话,并不减速,听得半清不清,迅速而去。

退休工人黑妮哥走来。我说,前一段在西安见到你外孙女李莹,我在省图书馆做讲座,她去听了。黑妮哥八十岁,思路敏捷,非常精神,看起来就像六七十岁。一个男人,皮肤并不黑,却从小叫了黑妮。据我爸爸说,因为他天生白净,长得漂亮,全家都很宠爱,但越娇贵的男孩子,越要起个贱名,于是正话反说,叫黑妮吧,此名叫开,昵称一个字:黑。若是他原单位来人,走进大周,寻找周贵祥,大家反而不知是谁。

前年的一天,有个年轻女孩来电话,说她是艳霞的女儿,在西安工作,想来看看我。艳霞是我小时候的玩伴,黑妮哥的女儿,因为父亲在外有工作,家里条件比较优越,记得她曾穿过一双红皮鞋,羡煞了我们一众小伙伴,她对这双鞋也很爱惜,脚面伸向后裤腿相互擦拭。我转学到西安后,再没有见过艳霞。后来就算回到村上,她已出嫁走了。突然到来的李莹,脸上带着当年艳霞的些许痕迹,是个二十多岁的大姑娘,大学毕业后,被招到西安一家大型国企工作,经常到全国各地出差。

黑妮哥说,李莹爱看书,爱学习,就是因为文笔好,从郑州毕业后,通过网络自己应聘到西安这家单位,工资不算高,但奖金福利很好,一年拿十来万没问题,在西安已经买房了。

"对象找了没?"我问。

"找了,富平人。"

"富平人好啊。"

"可好个小伙子,八月十五两人一起回来,看我了,她也去过男孩家,算是谈成了。房子也是俩人一起买的。"

"那快结婚了吧?"

"还不中,房子得两年盖好。"

"艳霞不回来看你吗? 我跟她四十年没见了。"

"她没空回来,漯河打工哩。儿子医学院毕业,在漯河一家医院实习,她给儿子做饭,顺便在附近超市打工,多少挣几个。"

两辆汽车停在路边,车上下来几人,径直关了车门,走进一个大门里。坐着的人冷眼观看,都不言语。是有钱人从省城回来上坟烧纸。都传说此人回到村上从不理人,今天果然亲见。

乡村自有一套人情逻辑,发达了的人,外面工作的人,回到村上,要主动招呼乡亲,给老少爷儿们发烟。做得好的,成为楷模,被乡亲传颂。说起谁谁谁,无人不夸,进村必下车来,走进打牌场,男人让烟,女人小孩发糖,从没空过手。乡亲们在乎的不是一根烟、一块糖,是一份情义,一份尊重。

有钱人进家门了,三分钟,当大哥的立即出来,骑电动车向东而去,可能是买急需的什么东西。有男人说,这车,听说一百多万,你们见过没? 有女人撇嘴,一百多万,搭了,咱也不认识。人家就不稀罕你认识。几分钟后,大哥急急奔回来。我想着,有钱人刚才下车急于回家,没来得及说话,一会儿出来时,肯定要跟大家打招呼的吧。过了一会儿,大门响动,街里坐着的人再次屏住呼吸,不说话了,我也赶快低下头去,要是目光对视,就有点尴尬,我也算是外面工作的人,又是同龄人,小时候一起玩耍。他跟我说不说话呢? 如果说,我仿佛乡亲们的叛徒了。当然,他并不知道我在这群晒太阳的人里面坐着,我只是他手机通信录里的一个名字,过年过节时,发一下问候短信而已。看不见我才好。一行人出来上车的几秒钟,倒好像是一种煎熬了,乡亲们都别开目光,看向别处,我低头看手机。一时间街里静得要命。一百多万元的黑色越野倒车而去，白色汽车跟在后面，大家明显地都舒了一口气，中断了的和谐气氛恢复如常。一个女人对另一个女人说，咱这些老农民，入不到人家眼里，你要是县长，那肯定跑上来握手，你好你好。女人拉起另一个女人的手，握住上下紧着摇晃，被握的女人甩开了她，去一边吧，再问我旁边的女人，哎，老赵，他们回来给谁烧纸哩，谁的周年？

老赵说："不知是谁，可能十一烧纸哩吧。早清明，晚十一，整个十月里都能烧。"

"烧纸哩，不早点回来，快晌午兹鳖孙了，烧了也不当。"有人撇嘴说。

"当不当是人家的事，你管哩。"

据说有钱人每次归来，乡亲们心里就不舒服一回，嘀咕一些冷言冷语。有一次见到他的车进村，减速，准备拐弯，村头十字路口站着几个男人，有一人小声说，谁接他的烟，× 他妈。没想到人家压根就不停不理，就像在城市里一样，对离他汽车不足一米的人，完全陌生，完全无视，直接开车到自家门口。男人只好将刚才那句打赌的骂，送给汽车屁股。在乡村的伦理中，你发达富有也倒罢了，我们可以努力掩饰一下心中的不快，可你再拿架子不理我们，回到我们的地盘，把我们不往眼里拾，那就更是可恼，于是他变成了全村最可恨的人。

第二天上午，我也去给爷爷奶奶烧纸。秋风吹过，只担心飞起的燃纸，点着地里的枯碎豆棵引起火灾。刚才没敢多买纸，拿了三刀，快快烧完,对着坟磕了几个头,眼见着火苗全灭,自己站在小麦刚钻出半拃多的田地里,胡乱想了一些关于生死的问题,各种供品留下一个,其余的装入包里,糖果橘子香蕉,沉甸甸的,想着路上遇到小孩子分散。这是本地风俗,小孩大人吃了供品,健康成长不得病。却一路见不到一个小孩,都圈在学校里上课呢。在村头,见穿着环卫服的几个人坐在路边聊天,面孔是熟的,却不知怎样称呼,只好对着笑笑。他们主动招呼我。我走过去,将包里的糖果橘子分发,都客气着不要,我说是给俺爷奶烧纸用过的,立即接了,一位妇女剥开糖纸放嘴里。我问,不是俺杰叔负责打扫卫生呢吗?妇女说,孙子不让干了,该寻媒了,嫌他爷扫地丢人。

“那他奶奶不是也在郑州扫马路吗?”我问。

“郑州远,挣得多,那叫打工。咱这儿打扫卫生,一个月工资六百,太少还丢人。这不是,他扔下一个多月,养羊去了,到处都没打扫,村里找来我们几个集中干干。”

吃着糖的女人问我,没多大哩吧?我伸出一个巴掌说,马上五十。几人摇头说,不像。我对一个自称是贾井的人说,我小时候跟你们贾庄一个叫什么丽的是同学,她家住在路北,她爸爸在外面工作,家里是老式楼,我们上去过她家楼上玩,四十年再也没见过。那人说,我知道,叫芳丽,没这人了,寻了短见。也在她爸爸当年工作的城市里,跟俺闺女住一个楼,俺闺女东边单元,她西边单元。上个月刚自尽。对,也是五十岁,可不是嘛,你俩一般大。

我问:“为啥事想不开?”

"她爸前些年去世了，她妈又给她们找了个后老大，没想到她妹子跟这后老大轰到一起，两人跑了。芳丽想不开，觉着丢人，上吊死了。"

"还有这事？后老大应该比她妹妹大得多呀。"

"大了将近三十岁。"

"很有钱吗？"

"有啥钱？"

"那怎么能跟一个老头子跑了呢？"

"那谁知啊，年轻轻的，四十嘟当岁，离了婚，找谁不中呀，非得弄这一事。"

我继续向街里走去。脑子里努力想着芳丽小时候的模样，却想不起来了，只记得去她家玩过，上到她家的老式楼上，从花门楼里往下看。她的妈妈，是个挺好看挺讲究的女人，脖里爱系一条纱巾，显示着工人家属的优越性。

接近十点半，不断有人向学校门口走来，接学前班放学的孩子。

学校门口常年坐几位老人，每人一个小车，卖小东西。白奶奶去世了，运财大娘也没了，现在只有两人，一个管大门的宗义叔，一个卖小零碎的老冯。

老冯一辈子生了六个孩子，二女四男。老冯喊我姑姑。农村辈分低的，说明家族人丁旺盛，祖上富裕，娶妻早，繁衍快。比如一个家族的男丁十七八岁结婚，和另一个家族的男丁二十五六岁结婚，如此一百年后，就错开了辈分。老冯和丈夫精良的身体基因，使得孩子一个都没有夭折，他们勇敢地闯过了天花、麻疹、高烧、破伤风，见风就长个儿,喝水能长膘。小弟弟聪是在他二姐的腰胯上长大的,二姐一手夹着弟弟,一手耙地扬场,或者夹一袋子粮食疾走。六个孩子要是只吞风喝水就好了,可他们毕竟是人,得吃粮食,老冯两口子没有一天不劳作,日子仍然过不到前面。丈夫可能是积劳成疾,不到六十岁,死了。老冯变得更加坚强,更加能干,她的身体好像被上了一个永远律动的发条,不能停歇下来,现在,还骑个电动三轮车去县城批发小东西,回来后在学校门口卖。她在村后路边盖了间一层薄砖的小屋,与庄稼为邻,自己生活。

门口零零星星站几个大人,学校里铃响,老师从楼里领出几个小孩,排队,唱歌,向外走。宗义叔起身打开铁栅门上的大锁。

"怎么才这几个小孩?"我问。数了数,十三个。

"现在学校里小孩少了,每班就只十来个,从育红班到四年级,一共六十来人。小孩都走了,有的到镇上,有的去县里,还有的跟着大人到城市去了。我这生意都不好做了,卖不住钱。"老冯说。

孩子们跑出大门,大人们有的接到带后厢的电动车里,有的架在电动车后座,还有近的,扯上手走了。宗义叔锁上大门,再次袖手坐下。我却走不了了。老冯的话语像河水流淌。

"你的脸咋还是圆乎乎,光溜溜,不见老,也是每天晚上拿面膜贴住? 我见电视上女人都那样。"老冯坐小板凳上,笑容灿烂,仰头问我。

我说偶尔贴一下。

"三十个糖,一堂课卖完了,带少了,回家做饭去。"老冯说完却不起身收拾三轮车,还在跟我说话。

"身体好着哩，要不是那年摔一跤蹾住胯骨，还骑着三轮车到处跑哩，一气儿掸到车站，批发一车子货，半天打个来回。我自己能动，就不指望旁人，到处赶会，有时候生意好，一个会上，卖二三百。"

"那，利润多少？有一少半吧？"

她狡黠一笑："利润不利润，不管它，反正赔不了。没会的时候，守在学校门口，一天也卖几十块钱。不问孩子们要钱就中了，他们开销也都大，联的孩儿，在郑州上大学，上的啥国际学院，一年学费两万多，自己也争气，带的家教，教英语，明年毕业了还打算考研究生，前一阵说学开车、考驾照哩，要了两千多。学吧，考到哪儿供到哪儿，供不动了再说。要了就给，没叫孩子受过委屈。联媳妇有病，他也不能出去打工，就守在家里，弄点地里的活儿，不容易，我能贴的，就贴给他们。你说我老了，要钱干啥，有吃的不饿着就中。过年时候俺俚女来看我，给了我二百块钱，我转身又给她小孩了。过年过节，这些孙子孙女，来走亲戚的小孩，我没空过，五十的，一百的；谁考上中学、大学了，都给钱。我只要能动着，就多少挣几个……"

站得我脚疼，她没有说完，也不好离去。直到她终于起身，收拾自己的三轮车，骑上走了。瑄璞姑姑你听我说——将她说过十几遍的话又说一回——将来不管啥时候，恁闺女结婚，你得给我说说，我给随个礼，啊，没多有少，是我的心意。挥挥手，潇洒地骑车而去。她坚信自己一定能活到我那正上大学的女儿将来结婚。

五十多岁的有，穿得干干净净，推个自行车，路过学校门口，扎住车子，叫住我再次说，瑄璞姑奶，我请你去镇上喝啤酒，吃烧烤，叫上大国,时间由你来定。几天来,这话已经说了三遍,见我一次说一次。我说不用,我不爱在饭馆吃饭,就爱吃个家常便饭。

他说,那就去俺家吃饭。我说,已经各家排满。再问他,你有媳妇吗? 在家吗? 他迟疑一下,说,有啊。事后我才明白,我问的是他妻子是否在家,因为我从没见过他妻子。而我们老家这里,媳妇一般是指儿媳妇。

因 9 月份我给村上捐赠了一个小书架,供孩子们读书和借阅。有穿白衬衫,外出腰,扎皮带,站在人群中全程观看了捐赠仪式,他评价说,俺瑄璞姑奶长得也好,气质也好,就是个儿低了点,再高上几公分就好了。仪式结束后他走过来问我,有没有养牛的书,给他弄两本。我回到西安后在网上买了两本,直接寄给他。他打电话来说要给我钱,我哪里会要。于是便有了请我喝啤酒吃烧烤的事。

在我们大周,对人的昵称常常简化为一个字:雨,杰,涛,有,枝,娜,平,赖……我常常被长辈人叫作璞,小洁叫大国为国,透着亲近与心疼。我从小只知大家都喊他"有",寄书时还专门打电话落实了他的全名叫周新有。

有大我好几岁,说话语速慢,文绉绉的,爱咬文嚼字,给我说起他1990 年在陕西洛川打工的经历。

"咱一个老乡在县职业学校当校长,我跟着咱这儿几个人,去给学校包工程盖房子。学校旁边是乔西村书记侯忠斌(音)家,家里有个苹果园,我们经常帮忙给他苹果园干活,平个地呀,挖个沟呀,反正很对得住他。工程结束临走时候,也就是这个季节,天快冷了,他非要送给我们三箱苹果。我们说没办法拿，路这么远，我们还得去西安转车回河南，他说他弟弟在西安火车站啥部门工作，把苹果先给拉到西安，能给我们送到火车上。结果把苹果直接给我们搬到了站台上。"

"三十年了。你记得那么清，书记叫侯忠斌？"

"是叫这名儿，忘不了。咋？你能联系上他？"有认真地问我。

"联系不上，我是说，这么多年了，他可能都不在世上了吧？"

"嗯，也可能不在了，那时候都有五六十岁。我说这事的意思是，不管走到哪儿，世上还是好人多。三箱苹果，是他的情义。希望你把这事写到你的书里。"

我开始写此文的时候，打电话问有，你愿不愿用你的真名？他说，愿意。我问他，在干啥？他说从张陈回来，刚走到王街西边，拉了些豆腐渣，给羊吃哩。马上要割麦了，现在都有人开始割了。怪不得很久才接电话，肯定是要停稳电动三轮或者自行车，稳稳当当地掏出电话接听。挂电话前，不忘记他的礼数，像每次通话或见面一样，说，琯璞姑奶你见了俺老老向他问好，他身体还好吧？你上次说他耳背，那不算毛病。他说的是我爸爸。我说是的，我家人耳背是传统，他其他都挺好。有说，不对，恁家俺太老我记得那时可不耳背。他说的是我爷爷。但我爸爸却说我家人祖传的耳背，不知是谁的说法有误。我和有隔着千里，他那边陪伴着豆腐渣，讨论了一会儿我家人的耳背问题，挂掉了电话。

杰叔开着一辆电动小三轮，拉一车红薯秧，停了下来，问有，有没有可杀的羊。有说，没有，我的羊还不到杀的时候哩。杰叔让他帮着打听一下,哪里有要杀的羊,他外甥是杀羊的,最近没羊可杀。杰叔也不急着走,坐在驾驶座上,脚蹬车把,加入我们的闲谈。我问杰叔拉红薯秧干啥?他说喂了几只羊。我再问,俺秀凡婶还在郑州干活吗?杰叔说,是哩,还是扫马路。有说,她在郑州从事环保事业。杰叔的车停在路当间,跟有俩人交流着喂羊与养牛的话题,直到一辆小轿车开来,鸣喇叭叫他让路,杰叔开着小三轮向左拐,往后地开走了。

　　身后的小门打开,从庙里走出秀茹姐,叫有进去,给她看看电,屋里两天没电了,做不成饭,照不了明。我跟着有走进小院,进到供龙王爷兼秀茹住处的小屋里。烟熏多年的两间小屋到处黑乎乎的。八十多岁的秀茹个子很高,超过了一米七。她年轻时嫁出去,后来男人没了,也没孩子,她去过武当山,据说得了什么道法,发功时候能去往凡人去不了的境界,看到我们看不见的东西,能与去世的人对话。但这只是传说,没有人亲见过她作法。二十多年前,秀茹姐回到大周,住进小庙里,如今这里就是她的家。她的户籍应该在婆家村上,不知是否享受"五保"待遇。平日里生活,就是附近善男信女们的捐助和香供钱。

　　有上到凳子上,对着电闸瞅了一会儿,说电上的事,安全第一,不敢乱动,应该给电工打电话。秀茹姐说,咱庄没电工,南边刘孟有一个,我托人叫他来,请了两回不来。也没人管我,这么大个庄子,没个电工,我哪天死到这里,都没人知。有说,再找找电工试试。出得小院,见东边过来安庄一个年轻人,胳膊不得劲,也是受伤在家休养的,有叫他进来。那年轻人也看不出名堂,说他认识一个外村电工,打打电话，看来不来。他这边电话接通，说了情况，秀茹姐大声说，你就给他说，人快死这儿了，还不来看看。电路老化，成年没人管，我就刚买了个电饭锅，没使两天哩，电就坏了。

太阳已经照到头顶，屋窗下，一只花猫从一捆芝麻棵里钻出，看了我一眼，眯缝下眼睛，眼里的光很是吓人，这神秘小院里的猫咪，似乎也通了什么灵异。

我在长篇小说《多湾》里，写过这座小庙，由此对它怀有敬畏与谢意，每次回来，给秀茹姐的桌上放五十或一百元钱，拿几张纸，在门外地上的铁箱子里烧了，告诉龙王爷，你的子民回来了。秀茹姐如常地追忆一回她与我母亲当年的友谊，说"咱婶"是多么好的人，有时候说着还要抽泣一阵，搞得我挺难为情的。今天她忙着电的事，没工夫和我谈"咱婶"。

待我烧完纸，安庄青年还在屋里，爱莫能助地站着。窗台上的花猫伸伸脖子，喵呜一声，跑了。

不知电工何时能来。

我从前回老家办事，停留个一天半天的，在茹嫂家吃饭。茹嫂做饭干净，讲究，也好吃。可她半年前摔伤了腿，做了手术，还在恢复期，现在行动离不了双拐，家里做饭，是她丈夫国珍哥。我对茹嫂说，等你能做饭了，再来你家吃。

一天下午，雨叔从村里走到东头的小区，喊我去家里吃饭。身后跟着他的孙女。幸好在路上我们相遇，便一起去他家里。

雨婶在家做饭。小米稀饭，街里买的馒头，炒豆芽，炒鸡蛋。豆芽是在村后涛的超市里买的。小桌在院子里摆开,苍蝇蚊子嗡嗡叫。二孙女从屋里拿出蚊香点着,放在桌下,我们五人坐下吃饭,小孙女不到两岁,不一时弄翻了小碗。他们儿子在上海送外卖,腿不得劲的儿媳在县城打工,不知搞什么推销。大孙女十岁,在镇上上学,村小学现在只有四年级,因为学生少,五、六年级办不起来。雨叔家生活看样子不宽裕,用的还是老式旱厕,这在农村已经是少见的了。旁边人家荒废的院子里,他们圈起来养了一群鹅,一有人经过,鹅们就伸着脖子嘎嘎嘎地叫。雨叔在村里村外附近干活,多少挣一点。雨婶说,明儿黑来吃饭,有一个鹅蛋,今天刚下的,给你炒了吃。我说,今后吃饭不用管我,也不用去叫,我要来吃,会提前打电话。

吃完饭离开,见门外的黄瓜架上,长着一只小火腿肠般大小的嫩黄瓜,孤零零吊在那里,还得耐心等待几天,才能吃它。

街里遇见秀珍嫂子,邀我晚上去她家里吃饭。她儿子在西安开车,儿媳妇丽娜在北边村上小学当聘任老师。家里装修得时兴,收拾得干净。问我想吃啥菜馍,我说要有荠荠菜最好。她去地里挖了一下午荠荠菜,可着做了一个厚厚的大菜馍,其余几个都是门外地里自己种的青菜做馅。

切了半个叫我吃,我说吃不完,太厚了,再切一半吧。她和丽娜说,吃吧吃吧,再切开就不好拿了。让了几回,我捧起那个大菜馍开吃。太实在了,菜很厚,放了许多油,我的手上沾了很多油水,再一会儿顺着手往下流到胳膊上,但是不能丢手,这菜馍皮薄,馅多,油大。不停地流油,掉菜。我只能张大嘴尽快吃完,拿餐巾纸擦两手的油,整擦湿了一张纸,黄拉拉透明。肚子已经很饱,可还有一大碗红薯糊涂等着哩。刚才吃菜馍时候,已经掉进去几滴油和菜水,落了几小团菜叶。擦完手,端起碗对付它们。丽娜身材修长健美,脸盘方正规整,典型的中原美女,一笑露一口白牙,天生丽质,皮肤本就不白,经过夏天,晒成了小麦色,也没有刻意打扮,一条背带长裤,一件 T 恤扎进腰里,却楚楚动人,宛若央视主持人一般大气。两个女儿各有各的可爱,一个像奶奶,一个似爸爸,一个是个头高高两条长腿的腼腆的初中生,一个是活蹦乱跳的小学生,怎么看都是可人儿。初中生姐姐早早吃了饭,坐在一边书桌旁不说话。小学生话多,挑食,任奶奶和妈妈怎样劝,靠在沙发上四蹄乱动,小嘴不停,仿佛饭进到肚里是个天大的难事。小洁也被邀来吃饭,跟小学生谈笑。我说,这么聪明漂亮的孩子,好好吃饭,长好身体,将来有好前途。小洁说,长大当个空姐。小学生连带着妈妈奶奶都很高兴。在她们心目中,空姐可能就是女孩子最好的出路吧。

新挖的红薯,甘甜温软。恨不得再多出一个肚子来。一顿饭吃得又香甜又狼狈。

饭后闲谈一会儿,我和小洁起身告别,少不得大小几个都要相送。正在写作业的初中生突然也从屋里出来,跳动长长的笔直双腿,撵上来,走在相送的人群后面,还是不说话,只在黄昏里抿着嘴笑,难以形容多么可爱。

马李村的支书,在村后路上涛的超市对面,建了一大间临时房子,切出一小块做卧室,其余的是厨房兼客厅,宽展,敞亮。常有人在此停留,喷空儿。请我和大国、小洁去吃饭,他妻子会擀手工面。涛夫妻俩也被告知中午不要做饭了。女主人挽起袖子,大显身手。边聊边干,朗朗笑声不时响起,不一会儿案板上一堆面条。涛说,嫂你有这手艺,路边支个案板,赊卖了,生意准好。女主人说,我不卖。涛说,卖吧卖吧,肯定有人买,反正我天天来。咯咯咯,一脸坏笑,嘴上占了嫂子的便宜。女主人也不计较,开心地张罗大家吃饭。专意递给我一双新的一次性竹筷子。之后几次来吃饭,都享受一次性筷子的待遇。

那天是星期天,我说,到李书记那里,我教大家做一次麻食,他那里场面大,铺得开。

几十岁的大人们,突然都变成了孩子,好像过家家一般,大家分头行动,各忙各的,给每人指派的工作,都愉快地去完成。后来围着大案板,搓麻食,女人很专心,男人觉得好玩,洗手加入进来。历时两三个小时,做了两大锅,陕西传统特色面食麻食吃到了嘴里。大国的儿子从学校回来,只在家几个小时,吃饭,洗澡,换衣服。用小盆给他盛了一盆,小洁放在电动车踏板上,上面也不套塑料袋,给他运了回去。

乡间的日常,在日头的缓缓移动中平静地滑过,对面走来的一个又一个人,那熟悉的面孔,会突然与几十年前相接,那些认为我还是个孩子的人,听我说出年龄,先是吓了一跳,然后说,可不是吗,我都快入土了,你可不得五十啦!欷歔时光的飞逝,竟然一晃几十年,我怎么又出现在故乡的街里?一些人,一些事,不因为我的不在就不发生,不管谁来了走了,都不耽误他们的日子。孩子出生,老人死去,风声,气息,乡音,流水一般,不曾断过。

说起生产队里的人,有人死去;有人发财;有人跑出去几年不见再也没有消息;有人闹婚外恋翻脸,女的告发强奸,男的抓走判了两年刑,老家叫住法院,住了两年法院回来,继续跟自己老婆恩爱相守……童年记忆里,平静和美的村庄,立时纷繁错落起来,从前不愿给一个孩子呈现的画面,严严捂着的锅盖,如今像蒸好的馍锅,盖子揭开,热气扑面而来,黑面白面窝窝头,全部现出真容,人性的秘密骤然炸裂,纷纷剥落。我知道了,这世上不论生活在哪里的人,不管坐着飞机来回跑的年薪百万的人,还是一生守在村里每月领六十元养老金的人,在某种意义上,其实都差不多吧。

乡村并非一个淳朴静美的世界,也不是田园诗那么简单,错综复杂的关系,所有的心机与争斗,都潜伏在平静谦和的表象之下。人们表面上和气地度日,因为世代生活在这片土地,大家都是爷们儿,要为自己的名声和形象负责,应付的客气话说起来一套一套,听起来亲得不行,共同维护安定团结的大好局面。十多年前我体验生活,雇了一辆小破面包车回村,一路跟司机说话,到了后,掏出说好的十五元钱给他,他说,你拿住吧;有时,你路过外村的小卖部买个一两块钱的小东西,掏钱时店主也会说,你拿住吧。当然你不能就此拿住,把钱装回自己口袋,而是要执意给他,对方在客气一句后,也会接下钱。这只是一种必不可少的客套方式,当地人称为"作假儿",作假儿一番,钱该是谁的还是谁的,只是突出了一股人情味。

可在这平静平和之下,盘根错节,草蛇灰线,包裹覆盖着大量的心理活动,攀比竞争,有意义无意义的闲言碎语、窃窃私语。假如城市里的钩心斗角是有层级的,立体的,层层摞起的,随时可以相识和决裂的,因为人们的阶层差别较大,人员众多而复杂,很多人转身之后,一辈子再也不见。那么乡间的这一切,有稳定性长期性,呈摊开状平面化,大家在同一个水平线上,都是以村为单位世代居住,几辈子守在一起,知根知底,无论怎样,大家要维护表面的和谐与融洽。

11月的一天傍晚,我饭后在街上从东走到西,看两边的人家,与我童年时候有什么变化。除了街道走向不变,两边的房子全都更新换代,成为新式房屋,装修到位,设施齐全,每家都是大致相同的朱红大铁门,里面大多水厕淋浴到位。那些不论跑了多远外出劳作的人,都以各种方式将钱源源不断弄回到这里,改变更新着自家的生活。哪怕一年只回来几天,或者几年都不回来,这里还是离他们内心最近的地方。有些人家门口种着花草,菊花开得浓艳明黄,大多门口空地上种着青菜、葱蒜。我看到有一家大门紧锁,门前一小片空地,全部被开垦出来,种上了白菜,竟然没有留下走路的地方。我觉得很有意思,拍照片发了朋友圈,配上解说词:看来是不打算回家了。

村里加过微信好友的人问我,你知道你拍的是谁家吗?我说不知道。对方说,这是谁谁兄弟的院子,人在新疆打工。我也没有在意。

2020年元月的一天,大国微信里说,西头有个不姓周的人来要了我的电话。过一会儿,电话打来,一位听起来年老的人说,我是西头那谁谁,你不认识我,可我跟你爸你叔都很熟。听说你拍了一张我家门口的照片,发到网上了,还说看样子我们不打算回家了?

我说,是的,有一张这个照片。

他问:"你拍这照片,没有啥政治目的吧?"

我说:"没有啥政治目的。就是散步时看到了,觉得那个画面挺有意思,拍下来发朋友圈了。"

他说:"噢,没有政治目的就好。那你在西安工作,回来到底是弄啥哩,想写啥,都采访了啥?"

我说:"我只是回村里体验生活,写啥还不知道,就是先转转看看。"

他说:"噢,没有政治目的就好……你知道吧,这次县里重新进行宅基地确权,给我家没确上,我想不出是啥原因,有人说你来我家门口拍照了,是不是跟你说那句不打算回家了有关? 我呢,是常年和小孩在新疆打工,这是咱的家呀,走再远都想着家,早晚是要回来的,这不是每年春节都回来嘛。一回来就听人说,你那天在街里走,把我家门口拍下来了,还以为是调查啥哩。这次没给我家确上权,有人说是不是跟你拍那照片发到网上有关。"

我给他解释,我深入生活,是中国作协安排的,跟县里没有关系,我也没有把图片发给县里任何人,我并不知这是谁家门口,更不知道宅基地确权的事。

他像是安慰自己,再次说:"噢,没有政治目的就好。"

电话挂了,过几分钟,他又打过来:"你别嫌我啰唆,我就是想让你帮我分析一下,这次没有给我确上宅基地的权是啥原因。"我说,我真不知道，也不懂这事，是不是分好几批确的，或者人家确的时候你没在家，没办法对接。这样吧，我一会儿就把朋友圈的图片删掉，你不用再担心了，好吧？我没有任何目的，也不是谁指使的，我拍的时候，根本不知那是谁家，就是当成个风景照来拍的。如果对你造成不便，我赶快删掉。他如释重负，用很知心的语气对我说："你常年不回来，不知道，农村情况很复杂，有点啥事大家都互相盯着咬着，一时给你说不清。好，打搅你了啊，别见怪。"他挂了电话。

我立即删除了那条朋友圈，那张生动的照片，连带着几十条有趣的评论，转眼间从微信里消失了。

乡村的人性规律，与这个世界上各个角落一样，都有着莫测的变幻，又有着属于人类永恒不变的法则。

大概七八岁的时候，我曾经被人推到过锄头上。那是芹芹的大姐寻媒，说的是一个现役军人，到家里来见面，英俊的青年穿着一身新军装，就像是从电影里走出来的，轰动全生产队，大人孩子，都拥到芹芹家小小的院落，堂屋门口挤满了人，我们小孩挤不进去，在院子里干着急，嘻嘻哈哈打闹喊叫。突然有人从后面猛推我一把，我冲着东屋墙扑去，随即像被蝎子蜇了般吱哇大叫起来。这哭声太凄厉了，所有人停止了兴奋的拥挤，把目光聚拢向我。不知是芹芹家的人乐昏了头把锄反着放，还是来的人太多谁动了那锄，总之在所有人的注意力都在新女婿身上的时候，那明晃晃的锄刃向着外面，我的小腿向锄刃上冲去。血顺小腿往下流，肉翻开一个大口子，像是小孩子张开的嘴，要是腿上没有骨头，我的小腿会不会被锄刃从中间切断？

那件事使我知道，肉刚被切开时，并不疼，而是麻，过了几秒，尖锐的疼痛才降临。我那尖厉的哭声，是被血吓的。血不停地顺腿流下，布鞋都粘湿了。我被放在架子车上，拉到王街卫生院缝了几针，我在手术床上乱动，哭哑了嗓子。乡村大夫缝针水平不好，伤疤翻着，很难看，幸亏是在腿上。我将这一情节写到了《多湾》里，让西芳承受了那一番小劫难。一位评论家看过书后，再见到我，刚好是夏天，我穿着裙子，他先低头看我的小腿，说，我猜准了，这就是你的经历。

在小说中，我写到是孩子淘气打闹，推倒西芳。三十多年里，我一直都是这么认为的，直到四十多岁的某一刻，我这个经历了世间很多事情，对人性有更多了解，成为一个能够明察秋毫的差不多老油条的中年人，在一个难以入眠的夜里，突然脑中一闪，电光乍现：有人成心害我！这个闪电，一下子照亮我的内心，将我游走世间行走江湖的人生体悟全部打通。

越过数十年的光阴，我梳理那把锄头的来龙去脉，锄刃何时朝向了外面，阴险地等待我。我之前一点没注意到它的存在。每个农户家的墙边，都放着几把锄，一般都在东屋的窗下，平常得就像它们是墙的一部分，不可缺少的点缀，谁也不会刻意看到它们，直到它沾着我的鲜血，狰狞地立在那里。推我的，可能是个孩子，因为我记得那双手，来自跟我差不多的高度，但是很有力量，不是嬉笑打闹、漫无目的的一推，而是攒足了力气恶狠狠地猛然一下，目标明确，就是前方那个锄刃。那么，是两个人完成的这件事？先是策划好，一个人在前面转动了锄，给我身后的小孩使了眼色？什么样的两个人，才能如此心领神会？

在那个偶然却是必然的夜晚，一半谜底揭开，我多年来一直想不通，几把锄应该是一律刃朝里——如果朝外的话，会有人立即去纠正过来——听话地靠在墙边，怎么其中一把，突然面向外了呢？农村人都知道，锄刃朝外，成心谋害，每一个开始摸锄把的人，都被教诲到，放锄时刃要朝里。

那么是谁呢？

伤害你的，一定是离你最近的人。长大之后的我，经受过背后的陷害、中伤和谩骂，很是领教人性的恶意能走多远。参考这些成年人的游戏，我猜想，定是跟我每天玩耍的小伙伴，或者是跟我妈同龄的妇人教唆。再次缩小范围，说得白些，要么是嫉恨于我的小伙伴，要么是眼气我妈的妇女——对，只有这两个解释。

人性的迷宫，曲曲弯弯，小小的孩子也大胆试水，或者生来就携带全套程序与密码排列。那时我爸妈在西安工作，我常年有画书、糖果，有来自城市的稀罕物。而那些围绕在我身边的孩子，定在某一个或某几个的心中，燃起恼恨的火苗。或许那次推向锄头，并不是偶然行动，而是觊觎已久或者之前有过几次失败的行动而这次终于成功。

一旦有了这个想法，我如遭雷击，再看大周的人，眼光不一样了，我想猜测，观察，分析出谁是那个三十多年前的凶手。

明白这个事情是五年前，为叔叔盖房那次回去，老冯坐在她的小屋门口，喊我名字，向我招手。

老冯精瘦身体，褐色皮肤，长长的细腿，狭窄的脸形，这一切都显示着她年轻时候是个强女人、好劳力。头发全白，晶莹剔透，就像顶着一头龙口粉丝。

"进我屋坐会儿吧。"她绽开爽快的笑脸，摁住左腿侧着起身，说她一条腿不得劲，前几天骑三轮车叫人碰了。她思维敏捷，耳聪目明，一点没有八十岁老人的迟缓。从五六十岁就头发全白，腰身微弓，可精力不减，让人觉得她八十、九十、一百岁，总还是这个样子，她会永远以这个姿态驻守大周，啥时回来都能见到她。我挑门帘看她的小屋，地面堆着一些货物，床上被褥里躺着个十来岁的小孩，在玩手机。我只站在门外与她说话。门口的一小片地，她扫得很净。

"这几天没去批东西，腿碰住了，得养养，快割麦了，我还是个好劳力哩。聪？噢，对了，比你小好几岁，深圳打工去了。去之前离婚了，在深圳又处个女的，过年领回来，一看就不中，不是过日子的人。听聪说，见天黑里，聪回去，哪个兜都叫她掏掏，全给弄走。我打电话劝过几回，这样女人不能要，你干活挣的钱，都叫她给你捋捋，你自己兜里净光。就不是处心跟你过日子，婚也不结，也不跟你回来……"

在我的注视下，老冯不停地伸手整理自己的头发，眼光躲闪着我，脸上表情变得奇异而害羞。钢铁般强硬一辈子的人，何以扭捏羞涩起来？好似有一个摄像机对着她，每句话有了表演性质。她用奇怪而温柔的声音问我："你今天有空儿没？你在谁家哩？我想去找你说说话。"

我心生疑惑，咱俩不是正在说话吗？

听海岸嫂子说，前几年她做蛋糕的大儿子一回来，冯的小儿子聪就来借钱,聪跟她儿子从小是同学。聪的媳妇跟人跑了,他自己住在没有安门窗也没有粉刷的三间新房子里。聪从来没有给人还钱的习惯,每次张口就借一万或者几千,要投资个项目。"保准一把挣回来,项目绝对没问题,只差投资了。"聪拍着自己岩石般的胸脯。她儿子磨不开面子,给他一百或五十元钱了事。后来聪去深圳打工了。

"唉,也没地方去,就搁这路边说话。"老冯低头把自己门前的地面扫视一圈,又现出某种羞怯,说:"你这样儿,跟你妈真像。"

"很像吗?"我问她,"没有人说我跟我妈像。"

"你个儿没你妈高,也没你妈壮实,可是眼神,说话的温存样儿,跟你妈可似可似。"她薄薄的湿润的嘴唇快速闪动,亮晶晶的。

她到底想说什么?

是她指使儿子推的我吗?

冯和儿子一起,前后配合? 一个在前面转动锄把,向后面的人使眼色? 感觉不像。快言快语的人,或许内心没有那么阴暗,男孩子家,也没有那么多细密心思,去嫉恨一个女孩。再说冯每天有干不完的活儿,那一天她可能压根就没有出现在芹芹家。嗯,不会是她。

在海岸哥家大门楼里,我们正坐着说话,走进来了青梅婶,穿着缎子罩衣,光光亮亮。感觉她应该很老弱了,可不是嘛,也快八十了,可身体竟然很硬朗,小小的个儿,微微的八字脚,像年轻时候一样,蹉蹉蹉走得很快,是非经她的嘴也传得快。年轻时常常闹病,干不了重活,家里活儿都让男人干了,她有的是时间串门子说闲话,专职害病。此番一见,我对她的完全不是病弱者的精神面貌有点意外,真应了那句话，病秧子活得长，因为她们爱惜自己，注重保养。也或者年轻时身体有病，是装出来的。几十年没见，应该是很亲热的样子，我们却突然感到陌生，有什么东西隔在我俩之间，我的余光看到她从眼角瞥我，闪着无法掩饰的敌意。我心里一惊，是她吗？她的女儿跟我同龄，当年一起玩，天天跑她家，或许她没少用这样的眼光剜我。可那时几岁的孩子，哪里懂得来自暗处和背后的目光。不妨暂且把她定为嫌疑人？

这个问题不时左右着我，使我变得疑神疑鬼，看谁都像是那个把我推到锄上的人。

排查出凶手，能怎么样呢？过去四十多年了，谁会承认呢。

作家的我，只是有些好奇罢了。

我想勘察的，是人心。

第八章
南院情结

　　我在大周村的日常,除了走走看看,坐在乡亲们中间听他们说东道西,走一走小时候没有去过的村后田地,穿过童年一个人不敢去的孙拐,还包括常常站在街里路南的一块空地上,对着一片野草发呆,无数次想象着这里盖起一座房子。我甚至用脚步丈量,估算着房子占去多半地方,只留下一个小小的院落,种上花草,栽两棵树,从书房窗户,扭头可看到花儿开放、树叶摇动。关闭大门,守住院落,一种安宁和温馨之感。这才是真正的家园吧。

　　六年前的冬天,叔叔来电话说,想在老家的南院盖房子。

　　南院这片宅子,属于我家已有七十年,是我爷爷奶奶买来的,当时一个四方院子、三间大瓦房。一直没有人住,慢慢房倒屋塌,成为一片废墟。

　　爷爷奶奶的两个儿子,爸爸和叔叔,都上了大学,在外工作。母亲和婶婶是农村妇女。我们堂兄妹几个小孩,在老家出生,度过童年,都随母亲,是农村户口。上世纪80年代落实知识分子政策,家属农转非,我们姐妹随母亲转到西安,两个堂弟去往郑州,哥哥年龄远超政策规定的十六岁,并且已经结婚,不能随母亲转为城市户口,留在了老家。爷爷奶奶去世后,家里只有我哥一家人,前后两处宅子都住不完,更不会在南院盖房。二十多年前,哥嫂来西安打工,孩子在西安长大,现已参加工作。家里老院,归叔叔继承;南院那片废墟,我爸爸继承,宅基证上写的我哥名字。

　　这个当年我爷爷奶奶辛苦劳作给后人挣下的一片家业,其荒谬之处就是,七十年来,我们家没有任何一个人在那里住过,它只是名义上属于我家,成为我们纪念爷爷奶奶、捍卫他们创业精神、维护家族情感的某种象征。多年来,生产队里,不断有人觊觎那片地方,前几年,有人专程坐火车到西安找我爸爸商量,能否让他家在那里盖房,爸爸叔叔都没有答应;三顺哥几次请求借用那里盖个烟炕,经营烤烟生意,只用三年,期满归还,老哥儿俩也没同意,害怕烟炕是幌子,实为借荆州。我叔还专门给有亲戚关系的周而复交代,请他看好这片地方,但凡有人想打主意,要在这里动点什么,立即通报他。几百里外省城的叔叔,随时会知道谁在那片地上堆粪了、放柴火了、扯绳子晒衣被了。这些小动作,都不足以让他心惊,突然那天一个电话,我叔叔立即买了火车票回到老家。

　　宗理叔的儿子树功,拉了一车砖堆在那里。

叔叔的推理是,树功今天能在这里堆砖,明天就敢在这儿盖房。

担心是有道理的,树功真有在此盖房之意。

南院这片地,在漫长的演变过程中,有所变动,先是相邻的一个生产队变换过道,多出来一过道的地方,我家又从村后某个地方补给人家一点;因为当年我哥结婚时,新划宅基地,生产队将我家旧院后面一片地划给我哥,可那里面有我们生产队周庆洪的一部分,大家口头协议南院我家那里,有五分之二置换给周庆洪,也就是说,实际上,现在南院,只有五分之三属于我家。

周庆洪没有儿子。他去世后,他在我家南院那片五分之二的宅基地,归他弟弟周理洪经管。

村东头临街的这个黄金地段,由于如此复杂的历史原因,意外地成为一片空白,因为它只够一处宅子,只能盖三间房外加一个门楼,也就是说,要么经周理洪同意我家盖房,要么经我哥同意他家造屋。可周理洪只有一个儿子,不需要那么多宅子,我哥常年在西安,不回老家,也不需盖房。并且周理洪和我哥的关系十分要好,两人谁都没盖,只是共同维护,好像要使那片地方世世代代闲置下去。从前我哥在老家时,两人各自种树,后来我哥走了,周理洪在那里种树。现在树功想要在南院那里盖房,是因为他跟周理洪的儿子小军是好朋友,据说小军答应他了。写这件事情的时候,我致电问过树功当时的经过。他说他并无意在此处盖房,那块地方对于他来说,有点小了,只因当时他的砖在学校存放,而学校要翻修,让他腾地方,他临时把砖放到我家南院空地上。看看,只是过去了六年的事情,便各有各的说辞,很不一致了，那些历史上几十年几百年几千年的事件，就更说不清了，书写历史的人，也只能是根据自己的猜测来写，或者沿用前人的一个失实或错误解读，一路记录下来，于是历史就成了后人们看到的样子。

"我哪怕把那片地白送给别人，我不能眼看着我仇人的儿子在那上面盖房。"叔叔在电话里说。

可能邻居是这世上最容易结仇的人，我家与宗理叔家，一直不太和美，不外乎是因为谁家多占了一砖地方，谁家的房盖高一头超过了自己。我叔控诉的版本是，因我家院子在后，他家院子在前，回我家，要从他家东屋后的过道里经过，而他家人将厨房烟囱垒得过大，致使我家架子车出行不便，心里就不痛快。有一次我爷爷挑水回家，走到烟囱后面，不小心碰破了水罐，我爷爷是个火暴脾气，挥起扁担，捣了他家烟囱，他家人出来叫骂，身材高大的我爷爷抢着扁担，一人对付几个男人，从此两家结下仇怨。十多年前，宗理叔翻盖堂屋与门楼，因我家常年无人，他将堂屋向后盖了几十公分，大门楼向我家过道多垒出一砖，本就不宽的过道，又窄了一点。我叔叔回到家里，发现了这个问题，可他家新堂屋已经住进人了，为此我叔叔与他大闹一场，据说宗理叔推了我叔叔一把，叔叔扑上去打他一拳，宗理叔抓住他的手，差点把他一个手指折断。我叔叔坚持要打官司，让他将堂屋推倒重盖，过道向里收缩回去一砖。经生产队调解，宗理叔只承认大门楼侵占了我家过道，答应五年之内，再次翻修门楼时更正过来。可这事已经过去十多年，宗理叔得病偏瘫，病床上歪了几年后，去世了，老宅院划给二儿子二功，二功外出打工，大儿子树功对此事当然没有责任。再说我爸爸已经八十多岁,我哥只想在西安多挣点钱,在城市扎下根来,老家的事,不愿多管,只有我叔叔一个人像圣斗士一样,折腾一阵,无人理会,含恨回了郑州,从此与他口中的"小个宗理"仇恨更深。

"这么多年了,宗理叔人都死了,还计较啥? 南院那片地,咱家从来也用不上,树功想要,给他算了,落个人情。"我在电话里说。

"我随便送给谁,也不能叫小个宗理的儿子占去。"

"那咋办? 他已经把砖拉来卸到那儿了。"

"咋办? 他立马给我搬走! 那地方,我要盖房。"

"盖了房,咱们都不回去住,还是荒着。"

"怎么没人回去住啊? 我回去住,我马上七十了,你爸八十多了。人老了都愿回老家,或者你们谁回去看看,办事什么的,连个落脚地方都没有。再说,你不是曾说过,想在老家盖房嘛。"

"我是说过在老家盖房,那是到快退休的时候。可我现在离退休还早呢。"

"反正这房,得先盖上,把那片地方占住,省得别人再打主意。"

"也行,您要实在想盖,就盖吧。"

"主要是钱的问题。我问过了,盖三间房子,大概需三四万。"

"三四万恐怕拿不下来。我听说在咱老家,十年前盖三间房就得四万。"

"咱先凑凑试试。我能拿一万五,你看,你,能拿多少?"这才是叔叔给我打电话的目的。

"让我跟家里人商量下,我想,大概,拿两万,应该没问题吧。"我心里没底，先这样说。

"你要拿两万，你哥再拿一万，一共四万五，就差不多够了。"

"我哥能拿吗？他去年在西安买房，还借了我几万呢。"

"给他盖房，他能不拿钱吗？宅基证上写着他周冲的名字，房子将来盖好，是他周冲的呀，他只用拿一万块钱，别的啥都不管，我在家操持着，给他把房盖起来。"叔叔说得很有把握的样子，但我知道我哥的情况，只好说，那你问问他吧。

过了几天，叔叔又来电话说："上次给你说的，我拿一万五，现在情况有变，只有一万了，你不要问为啥，也就是说，加上你的两万，一共三万块钱，显然盖三间房子是不够的，你看看，还有没有别的办法。"

其实我已经问过我哥，他说，一分钱也拿不出来，近年他也不打算再回老家居住，也不支持叔叔盖房。他的一个信合存折因为上次要办什么手续，在叔叔那里放着，上面两千块钱，叔叔已经取走，除此外，他真的拿不出钱。给儿子买套房，办的按揭，首付款还借了一部分，剩下的钱，他要在有生之年，和嫂子到处打工挣钱来还，他们唯一的希望是三十岁的儿子能顺利找到女朋友，尽快结婚。否则，"我死了也闭不上眼"。看来，哥哥对于在老家盖房的事，没有一点兴趣。

叔叔上次说能拿一万五，这次又说只有一万，显然是我婶也不支持他盖房，并且他两个儿子一分钱不拿，可见他们也是不赞成的。

可叔叔是个不达目的不罢休的人。见我这里再挤不出钱，不知他在那边又做了什么工作，过几天后，说，又能拿一万五了。他打电话游说我爸爸和姐姐，描绘房子盖好后的美好前景，今后我们要是回老家，就有个落脚的地方,不用再站到街里,思量去哪家吃饭合适。说得大家动了心,爸爸主要念及那是他爹娘起早贪黑劳作挣来的一片地,也想在有生之年看到那里盖起一座新房。他答应拿一万,姐姐愿意拿五千。我被叔叔的执着精神感动,对他说,你执意想盖,那就盖吧,我们大家再想想办法,我除了两万之外,或许还能再拿出几千。叔叔追问,几千呢? 我说,五六千吧。这样算来,加上我哥的两千,将近六万,似乎够了。房子先盖起来,晾上一两年,等有钱了,再装修也行。我请叔叔注意,与工程队谈价时,不能只图便宜,防止有的包工队先用低价吸引你,然后一步步加价。我说了两个原则:一、房子质量一定要保证,不能为省钱盖个住不成的房子,哪怕面积小些,少盖一间都成;二、要盖成城里单元房的样子,三室一厅或两室一厅,房子里要有厨房和卫生间,不能像农村人的房子,厨房单独在外,厕所在院子的另一头,刮风下雨,跑出屋外上厕所。做到这两点,我才有可能将来退休了回老家居住。叔叔说,这两条都能做到,保证盖一座让你满意的房子。

叔叔立即发挥工程师的才能,画了几个图纸快递过来,还将哥哥在他那里保管的宅基证复印了一同寄来,意思是让我们放心,房子盖好绝对在我哥名下。图纸有三份,两个三室一厅,一个两室一厅,总面积都在八十多个平方米,外带能进汽车的大门楼,让我选择。我选了一个八十二平方米的三室一厅。同时我很怀疑,不足六万元,很可能拿不下来这个“安居工程”。叔叔却一再保证,没有问题,再次给我描述未来的美好前景,到时我们回老家,汽车直接开回院子,住自己的家,也不用像现在这样,白天在邻居家吃饭,晚上回到县上住旅店。农村已经住不惯了，虽然吃饭是邻居做好端上桌来，可洗漱、如厕这些事，得亲力亲为。卫生间、马桶、下水道，对我们的日常生活是多么重要。

他让我将两万元立即打给他，趁着春节前砖便宜，先买下来。"一过了年，砖价'呼'一声就上去了。"我按他发来的账号，将钱打过去。他取出钱，买好了砖，放在了树功腾出来的地方。这是用实际行动向全村人宣告，他将要在此盖房。

春暖花开的时候，叔叔带着行李，从郑州回到大周，借了山大爷家一间小屋住下，准备动工。山大爷几年前过世，一儿一女都在市里工作。因为山大爷晚年一直在市里跟儿子过，家中院子一片破败。办完丧事，海文哥掏钱将旧院修整好，盖一间小西屋，院墙砌起来，大门楼立起来，大锁头挂上，钥匙交由前院里他的本家大哥周海岸保管。海岸哥是个勤快人，给院子里种些花花草草、果树青菜。这小院也就成了海文兄妹二人偶尔回来站站看看，默默追念从前艰苦岁月，思念一下去世太早没有享上他们福的娘亲的地方。现在，我叔叔就借住在这个安静小院里粉刷一新的小西屋，施展盖房大计。海岸哥曾邀请我叔叔在他家吃饭，叔叔觉得他在村上不是一天两天，而是几个月的事情，不便于麻烦人家，就自己在小屋里做饭吃。

接下来的一个问题就是，说动周理洪，请他允许我哥在此地盖房。我们的统一口径是，我哥周冲要盖房，用于过两年他在城里干不动了回老家住，这个工作要我哥出面来做。

关于我叔叔这个人，想特别交代几句。我婶婶说，人是好人，就是脾气倔。由于我叔的性格原因,说话办事容易得罪人,村里人对他普遍评价不高。"哼,他回来,一根烟都是主贵的。"叔叔回到村上,当着众人掏出烟盒,抽出一根放自己嘴里,再把烟盒装回兜里去。小洁说,她女儿两三岁的时候,有次我叔回村,早上去王街集上吃饭,没吃完的两根油条,拿绳提着,回到村里碰见她公公,也就是大国他爸,领着孙女在门外玩,叔叔停下和他说话,小洁的女儿踮脚抬手去够油条,够一下,我叔把油条举高一些,再够一下,再举高一点,就那么把胳膊高高举着,跟大国他爸说话,任孩子在下面仰望着油条。海岸嫂子还说一件事:我叔虽自己在后院做饭,但海岸嫂子也没少关照他,烙的油馍成张成张地拿给他,而我叔买了一块腊牛肉,怕天热容易坏,装塑料袋放她家冰箱里,每天自己拿个小刀,切下来一块,够自己吃,余下的再放回去。

叔叔也自知,跟周理洪交涉这事,准得没希望,便让我哥打电话说。

我哥电话打给周理洪,说是他想在那片地上盖房,因为单位忙走不开,委托"咱叔"回去招呼着盖。村后新划分给我哥的宅基地,比较偏僻,在一片凹地里,要变成能住人的地方,得费大动静,愿意用那一片整宅子,换取临街这一少半宅子。周理洪一口答应,"好,盖吧"。

叔叔为了节约成本,托人给他买旧砖旧门窗,这引起周理洪怀疑,看阵势不像是周冲盖房,其中定是有诈。周理洪收回诺言,不再允许盖房。我爸爸又给周理洪打电话,说就是我哥盖房,我哥盖也就等于我爸盖,用于我爸回去养老,因为盖好后暂时不住,先用旧门窗安上,旧砖把院墙垒上,防个鸡狗就中,过两年要回来住时,再安新门窗,好好装修。周理洪将信将疑,再次答应可以盖。可是得由我叔跟他说个口头协议,因为南院里,周理洪种了几棵树,我们要盖房,他的这些树就得挖掉,适当给他赔付点经济损失。我们也都答应。

那天晚上,我叔请中间人联合叔去给周理洪打招呼,明天找人来伐他的树。联合叔被人叫去打牌,忘了嘱托,当晚没有去通知周理洪,致使第二天路过街里的周理洪看到我叔叔带领两个人正在伐他的树,并且正忙着干活的叔叔没有看到他,没打招呼没让烟,周理洪觉得受到蔑视,已经走过去了,想想心里不舒服。周理洪曾当过几年大队支书,在村子里没有受到过如此轻视。他又走回来,质问我叔叔为何擅自伐他的树。我叔叔也是走南闯北之人,年轻时候扒火车全国串联的红卫兵,岂能将一个退了休的大队支书放在眼里,他反问道,咋了? 伐你的树还得一遍遍请示? 不是有人跟你说过了吗? 两个有身份有个性的人,当即吵了起来。周理洪说:立即停止伐树,这房子,你盖不成。我叔叔以曾有口头协议为由,以打官司相威胁,周理洪气恼之下放出话来:这片地,我宁可白送人,就是不允许他这个郑州人在此盖房!

事情又僵了下来。

叔叔给我爸打来电话,请他给周理洪去个电话,把这个疙瘩解开,尽快启动盖房。砖已经堆放数日,工程队的价钱已经谈好,工期也都排好了。

我爸爸给周理洪打了一个小时的电话,从祖上两家相好,说到我哥在家时他的种种关照,嫂子怀了二胎,计划生育小分队进村,他提前告诉我哥,把嫂子转移走。一件件小事说起,只是为了打动周理洪。

周理洪说,若是贵叔您要在这儿盖房,我完全同意,若是周冲在此盖房,我也没二话,只是,我再也不愿跟郑州回来的这个人打任何交道。既然是周冲盖房,那么请他从西安回来给我签那个协议。

我哥在叔叔的三番催促下,买了周末的火车票,带着打印好的协议,回到老家。

一天后回来,告诉我们,周理洪没有签协议。态度倒是非常友好,留我哥中午在他家吃了饭。我哥除了带去西安买的礼物之外,还给他上小学的孙子二百块钱。但他就是不签协议,亲热地叙旧,好听话说尽,只说他儿子小军打回电话来,不同意放弃南院那一少半地,等儿子回来再说吧。儿子出外打工,下月村上过会,或许能回来。

我们很是不解,周理洪为何出尔反尔,既然不愿签协议,就不该让我哥专程回去一趟。我哥的建议是,让我爸再回,说动周理洪。我和爸爸经过分析,认为不能回。周理洪一会儿答应,一会儿收回,不知什么意思,能感觉到他心里一定是矛盾挣扎。我爸八十多岁的人,又是他的长辈,专程回去,如果再拿不下这个事,那就彻底没招儿,而且我爸面子搁不住。

不妨再等一等。

我们计划,5月9日,即阴历三月二十一,我们村上有会,我和姐姐专程陪爸爸回趟老家。不如等到那时,再说此事。

我和姐姐分析,叔叔不会为人,说话办事也都不太到位,一个人在村上，万一为盖房的事，惹了纠纷，如若与人打闹，必是吃亏的。而且盖好的房子我们不回去住，再叫人半夜里给扒了砸了，岂不倒霉。干脆，劝劝叔叔，不要盖房了。实在需要回家居住，旧院里三间破堂屋，花几千块钱，简单装修一下，也能住人的。南院那片地方，宅基证上白纸黑字，写着我哥周冲的名字，没有我们许可，任谁也是不能在那儿盖房的，且让它继续荒芜下去。

由我姐给叔叔打电话，再由我婶和他们的两个儿子劝劝，算了，不要盖房了，回郑州去，安心过你的退休生活吧。

叔叔立即给我打来电话，生气地质问，不是说得好好的吗，怎么又不让盖了？你们这是打的啥主意，钱的问题有变吗？我说，叔，钱没有任何问题，我姐的五千元，都已经交给我了，还有我承诺的另外几千，也会兑现的，我爸的退休金，下个月就攒够一万，这些钱，随时会打给你。我们只是操心你的身体和安全，你也快七十岁的人了，一个人在村里，吃不好，住不好，与人相处不快，为了盖房得罪一圈人，对咱全家名声不好，实在是得不偿失。他说，我很好啊，我愿意啊，我最大的心愿就是把南院的房子盖起来。你们放心吧，除了少数几个人，大家对我还是很好的，很尊重的。我说，那……好吧，我们的原则就是，只要你安全，你开心，你愿盖，那就盖吧。

过几天叔叔又打电话来说，他决定了，准备在南院属于我家的那五分之三上面，盖两间得了。我说这样也好呀，我们盖上这一多半，那一少半对于他们来说，就没什么用了，他们农村人要的都是完整的三间房大宅子，而咱们偶尔回去一下，两间小屋足够了。再者说了，真要

想盖,在咱家老院子东屋地方也能盖,我哥村后那片新宅基上也能盖,
为啥非得要盖南院呢?要去求人,得到别人许可。叔叔说南院那里临
街,相当于城里的门面房。老院子,要走个过道才能回家,而过道太
窄,你们若回来汽车开不进来;你哥那片村后新划的宅基,是个凹地,
先得垫几车土,代价太大。看来,叔叔是一心看准南院那里了。

可是问题又来了,我叔叔和周理洪都坚持说,自己家的是五分之
三,对方是五分之二。我叔叔找了几位老人,让他们证实当年的口头
协议。几位老人说,确实你家是五分之三。我叔说,那你能否给写个
东西,按个手印,算是证明?老人说,那我不能写,你们再论这事的时
候,我去说说,是中的。但是我叔叔和周理洪始终无法坐到一起再论
这事,二人都声称再不与对方打交道。周理洪那一方面,也私下找那
几位老人,叫他们证明他家是五分之三。几位老人为难之下说,算了,
我不管了,我啥也不知道了。

同时,我又得到一个不幸的消息:舅家大表哥中风住院。大表哥
一表人才——当然,我大舅三个儿子都是仪表堂堂——早些年下岗
后,在一个市场上开两间门面房,卖日用百货,现在经营得挺好,地盘
不断扩大,财源滚滚而来,大表嫂精明能干,两个儿子大学毕业后分别
有了体面的工作和挣钱的营生。现在五十出头的大表哥,突然遭此劫
难,我和姐姐心里非常难过,决定5月提前一天回去,先去市里看望大
表哥。

我们决定,回去坐快车,毕竟便宜一些,回来坐高铁,让爸爸体验
一下三个小时从老家回到西安的感觉。姐姐要来爸爸的身份证,由我

去买票。卧铺票还是去售票点买的好,如果网上买或电话订票,很可能出来几张上铺。不想爸爸却说,你买票之前再给我说一下,我再考虑考虑。

我知道他心里是想回去的,只是操心钱的问题,他正在加紧攒下退休金,好凑够一万元交给叔叔。可他回去后,去看望他的表姐表弟什么的,总不能空手相见。我告诉过他,回去不用他花一分钱,我们负责来回车票、路上花销,再给他一千元钱由他支配,想给谁给谁,想咋花咋花。

爸爸又反复几次,终于同意了。

第二天,我去预售点买了三张火车票。

第三天,叔叔打来电话,说今天,村上"矛调"小组一位妇女来找他,要陪他一起前去周理洪家里,赔礼道歉,握手言和,让他许可我们在南院盖房。

"不是不让你再去找他了吗? 咋又去呢? 结果怎样?"

"以失败告终。那妇女一连来几次,说道下歉就好了,村上很多矛盾都是这样解决的。我就跟着她去了,在那位妇女的开场白引导下,给周理洪说,'是我不对,是我不好,致使这件事进展不利,今天特来向你赔礼道歉,希望我们尽弃前嫌,好好协商,使盖房之事顺利进展,我也好对得起周冲的托付,给他把房子盖起来'。"

"他怎么说?"

"他用很大的嗓门说,'西安贵叔,大大的好人,周冲也是好人,就你这郑州的周大福不中,再也不能共事'。"

"那这是自相矛盾,我爸是好人,我哥是好人,他为什么还不同意他们在此盖房呢?他变来变去,是何用意?唉,叔你不该去。"

晚上,我正在城墙根散步,爸爸打来电话,说,他决定回老家了。

"你听我说,情况是这样的,你叔打电话来说……"

"爸你别说了,我不需要听那么多解释,你只要说你不回,就行了,我明天去退票。"我气得挂了电话。

反反复复,来来回回,这是闹哪样?!我在路上愤愤地走着。快走到家的时候,给姐姐打电话说这件事,让她再去找爸爸确认一下,只要他一个肯定的答复,我去退票就是,不带他回也好,我钱也省了,心也不用操了,非要尽这个孝干什么,出力不讨好。八十多岁的人,省得路上再出什么麻烦。

我回到家一会儿,姐姐电话打来,责怪我不该挂电话,应该让爸爸把话说完。情况是这样的,叔叔可能今天在周理洪那里受挫,越想越窝火,给爸爸打电话说,让他回去后,必须找到周理洪,指着他鼻子大骂一顿。我哥回去时候,给他带了礼物,还给了他孙子二百块钱,礼物不要了,他因没有答应我们的要求,心里过意不去,肯定会将二百块钱还回来,我爸接到钱后,要当面撕碎扔到他的脸上。如果不给他出这口恶气,他当时就扭身回郑州,再不管盖房的事。

"咱爸很为难,他从来也不会骂人,也不应该骂人家呀,所以就说他不回算了。你说我要不要给咱叔打个电话,说说他,哪有这样办事的?咱凭啥骂人家?"

"哎呀,这事我不管了,你们去扯吧,只要告诉我咱爸到底回不回,我去退票好了。"

五年前的这个盖房大计,像一棵突兀长起的大树,地面一树繁花,地下盘根错节,且让我们耐下心来,遇到哪枝表哪枝。

第九章
周涛超市

涛是焕章大爷的孙子。爷爷和爸爸,都曾在县里工作,家里条件在队上算是好的。他爸爸每月有退休金,现在村里生活,开个小汽车,下地种点菜,自家吃和供应他的超市。涛当年接爸爸的班,也在县里有工作,单位倒闭后,办的有养老保险,残疾证还挂在一家企业里,每月领取六百元生活费。他在村后路边开了一家超市,面积近百平方米,直通通一间大房,门口一个柜台,柜台后一张床,夫妻俩常年吃住在超市。

在我的印象中,涛还是个孩子,可他却已经有了两个儿子,一个二十出头,一个十五六岁。男孩子正是有个性的时候,都像石头块一样有棱角,一碰就冒火星,有一天只为一句小误会,对话一个来回,迅速升级为吵嘴,哥哥对弟弟说,不叫我说你是吧,好,从今往后,要是再说你一句，我就不姓周！一甩手出了超市门，双手叉腰站着，长挑身材绷得紧紧，小脸气红，两条浓眉皱在一起。好像这是件很重大的事情，值得拿姓氏来抵押。妈妈小青不说话，干自己的工作，涛也不生气也不劝架，慢慢拧着头，自语般地说，吵吧吵吧，赌狠撑住吵了。

涛的幽默属于冷幽默，把别人逗笑，自己的脸还定得平平。当年大儿子高考完，别人问他孩子去哪里上大学，涛平静地说：在郑州大学。别人说：哎呀，好大学。涛心里一乐，其实他少说一个字：在郑州上大学，至于哪个大学，不告诉你。涛的小儿子上中学，进了重点班，他给老师送去一捆菜，说，孩子健康成长最重要，学习不要逼得太紧，可不敢给俺造成心理压力，给弄抑郁咯。

超市和街里一样，是信息集散中心，路人村人，络绎不绝，男女老少，各色人等走进来，除了买东西，还连带着拉家常、扯闲话，友情赠送各种新闻与消息。如果在柜台后面架一台摄像机，拍下来的，将是鲜活的人生百态。有的人买了东西，并不急着走，停留几分钟，等来下一个人，说说话，再慢吞吞离去。

时间对于乡村来说，很是宽裕。

我坐在涛的电脑前，临时写点文字，今天要给出版社发出去。听到每个人的说话，再回过头看看说话者，就像是照相机对准了他，咔地拍张照片。

一个六十多岁的男人，来买面条。涛问候他，病怎么样了？

"还那样，这病，得上就好不了。全是自己不在乎落下的。就觉得世上只有肉最好吃，小时候吃不上，现在有了，恨不得天天吃、顿顿吃。

那年去新疆干活,一个猪头,火车上两天,自己吃完了。一天不吃肉,日子就难过,吃得血稠了。"

那人走后,我问涛,他得的啥病?

"脑梗。"

猛听到涛打招呼:"秀凡奶奶回来了?"

"回来了。"秀凡婶熟悉的声音传来。她带着孙女,买菜买豆腐买鸡蛋,看来晚上要做好吃的,顺便给孙女买饮料。我忙起身走过去打招呼。在郑州搞环保事业的秀凡婶一人顶两份工,没有休息日,每月收入五千元。明显的精神面貌跟村妇不一样,穿件枣红上衣,头发梳得光光的,从后面扎起,戴了个年轻人常戴的暗绿色头花。身前斜挎一个亮亮的黑色小坤包,很是时尚,并不像一个六七十岁的人。她满面春风地说:"想家了,回来看看。只请了一天假,明天一早就得走,我不在,那段路就没人扫。"语气中明显有工作人的优越,她对我说:"也不请你去家里吃饭了,我常年不在,家里乱得没处下脚。"买了一大堆吃食,我要替她付款,她死活不让,拉扯了一番,涛做出裁决,只让我给她孙女的一瓶饮料付账。秀凡婶领着孙女走了。

一个青年男子,自己托着不得劲的手,来买盒烟。抽出一支,点着吸上,停在涛的柜台外面。涛问他,最近没出去吗? 他说,暂时不想出去。短暂沉默,然后又说,只要愿干,就有车来接,不干了,没意思。站那儿吸完一支烟,转身出门。

我问涛,他是技术人员吗,这么吃香?

"狗屁技术,前几年在广州跑摩的,出了车祸,伤得不轻,走路都不利索。也没听说给赔多少钱，在家养了大半年。现在重活干不了了，每年出去几个月，也不知到底干的啥，挣几个钱，回来吃吃花花打打牌，没钱了就又出去了。快四十了没娶媳妇。兄弟四个，他哥找了个四川女人，跟人跑了。老三找了个离婚茬儿，给生了一儿一女。老四那年发大水，淹死了。"

"农村离婚的女人，也很好再嫁是吧？"

"咦，热门得很，只要是个女的，转身就能嫁出去。"

马李今天埋人，下午我去看了响器。本想着跟去坟地看看下葬过程，穿的鞋不合适，土路上不好走，作罢。来到超市，继续用他的电脑写点东西。进来两个青年人。办丧事用不完的鞭炮，来退。拿了三十挂，退回七挂。

"刚才还拿走两条烟。"涛说。

"嗯，不都在你本上记着哩？算一起吧。"

啪啪啪按一阵计算器，涛说，一共四千零五十八元。

"咋没把三轮给俺骑来？还有俺的馍筐，也记着拿来。"小青提醒二人。

"打个折吧，俺都没搞价，别人买个豆芽都搞价哩，优惠点。要不每人给盒烟，一人一盒中华吧。"

"给不成，恁仁人吸一盒吧。"涛说。

"仁人咋分一盒，你是想叫俺打架哩？"

"再饶一根，三七二十一，中吧？"小青说。"赶快回去把俺的三轮给骑过来，馍筐拿来。"一番笑闹争执。最后给了三盒烟，价值差不多一百元。

走了后，涛说："没挣钱，白忙活了。"小青埋怨道："给一盒就中了，你还给三盒。"

一个妇女带着两个孙女，要糖吃，泡泡糖，两个。妇女说，买个瑞士糖吧？一问价钱，两元一个。不要，太贵。孩子又闹一阵，买两个泡泡糖，走了。我走到柜台前问涛，啥是瑞士糖？进口的吗？涛指了指，我拿起来看，小纸盒包装，普通硬块糖果，汉字写着瑞士糖。就像是城市里的超市，结款台附近有许多小包装的糖果，便于拿取。仔细瞅瞅，皆为供应中小城镇的粗劣食品，好处是价格低廉。

又一个当奶奶的，带孙女进来。孩子说，我想吃这。

"咦，你一说吃这我就头疼，呼啦呼啦跟老鼠一样，半夜不安生。不是说好吃花生吗，咋一来就变了？"孩子又闹一阵，僵持不下。

一个老人进来："涛，帮个忙吧，给俺孙子微信上转两千块钱。"

奶奶最终满足了孩子最先要求的"这"，带着走了。涛在身后喊："豆腐，你的豆腐，不要了？还想再跑一趟哩？"奶奶又转身回来，拿了豆腐。

涛对老人说："得加他微信，一会儿小青来，她微信上有钱。"到门口叫小青，却不见人。老人和孙子通电话，要他加涛的微信。

"给俺孩儿钱哩。头时（前一段时间）有病，搁医院里，差点去球了。"

又进来一个男人，要两毛钱瓜子。涛离开柜台几步，从一个放在地上的袋子里，用小盆掫来，给他称了。小青回来。

对方加了涛的微信。"我心永恒"。涛叫小青转给他两千,他又转给不知在哪里等着要钱的孙子永恒。爷爷这边颤颤巍巍数出两千元给了涛。

一个大哥哥引着小女孩,问,想吃啥,拿吧。很是豪爽的样子。大哥哥一身运动衣,外面罩着牛仔服,连着个帽子戴在头上,小女孩扎着马尾巴,穿着呢子裙、长筒袜、小皮靴。两人不像是农村人,可能是路过此地,也或者是来走亲戚的。

一个老太婆进来,不及开口,小青直接问,还是两块？老太婆说嗯,小青拿塑料袋给装了两块钱蒸馍。

小妹妹拿了好几样。大哥哥小声说,拿个不是糖的东西吧,给姐姐,吃糖多坏牙齿。安静,文雅,一股温馨的气息萦绕在黄昏前暗下来的超市里,小女孩听话地换了两袋。

一个男人进来,要一种烟。涛说十四。

"不是十三啊？"

"十三不卖。"

那人转身走了。

小青自语说："整条都一百三十五哩,十三咋能卖？只该你走了。"

柜台侧面,还有一个电脑,承担着农村信用社代理点。不断有人来存钱取钱。一个老汉,拿了好几个折子,耐心地驻扎在柜台前面。

小青告诉她："一个七百七十块,一个一千三,给你,再查查。"

老汉问："住院补贴的五百,折子上有吗？"

"没有。有个五百多的,是粮食补贴。"

再问:"教师补贴有吗?"

"我只能查你这上有钱没,查不出是啥补贴。那个粮食补贴是每人都一样的,所以我知道。"

"那这个社保,你再看下。"

"我给你查。"输入密码,机器说:"正在处理,请稍候。"

"一千八百九十三。"小青说。

"这是啥钱?"

"给你说了,只能看多少钱,但不知是啥钱?"

"高龄补贴有吗?"

"不是说了吗,看不出是啥钱。只能取。取不取呀?"

"取吧,全取了。"

"你取那么多干啥? 搁折子上是保险的。已经取了不少了,花得了吗?"

"咦,你不知我前阵生病,花了几万,借了不少钱。都取了吧。"

"取一千八中吧?"

"中中。"

小青边操作边嘟囔:"怪不得镇上不让这些老人都去取钱,在底下设个点,要是每天去几个这样的,问这问那,再讲解也讲解不清,人家一天就办不了几个。"再给老人说:"这个折子上取五百吧? 来,再签个名。还有个折子,我给你查查还有钱没有吧?"

"中。"

机器又说:"正在处理,请稍候。"

小青说："没钱了。"

"这多方便，就不来回跑了。"老人收好所有的折子，满意地走了。

快晌午时，一个精瘦男人，六七十岁，细高个儿，戴着眼镜，进来见到大国坐在涛的床上，打了招呼，买了东西，没有走的意思，高调赞美起大国："对人诚信友善，做事踏踏实实，办事不恧不捣，一打一实，人品好，情商高。"我赶忙从电脑前站起来，走到他身边说："哎呀，你刚才说的话能再说一遍吗？我得录下来。"那人对着我的手机，重新说了一遍，屋里众人一片哗然，笑作一团。涛说："你没跟他共过事吧，一辈子就那一回吧？我跟他认识几十年了，第一次听人说他是好人。"大国激动得满口牙龇出来，笑说："知己啊知己啊！伯乐啊伯乐啊！千里马虽好，没有伯乐不中，我就是那千里马，世上只有你是伯乐，他们都没有眼光。"那男人更来劲了："我是拍着心口说的，大周和周边几个村，我就认准你是好人，别人说啥我都不信，就认你是大周第一好人。"那人又问小青，下午能取钱吧？小青说，能取。

"好，下午拿了折子再来，回来办退伍军人认证哩。张家口哩啊，还得赶快回去，恁嫂俺俩，在那儿带孙子哩，下次有空再喷。"潇洒挥手，出门而去。涛摇头说："瞎眼了瞎眼了。"大国问我："姑你录上了吗？回去就照这写到书里啊！听听群众的呼声。"涛说："姑，你这样写下来，要把大周的人牙得笑掉。咦，这词安到他身上，真是瞎眼了。"大国咻咻直乐。

此事有因，前几年大国的女儿，说媒到北边村子，换过手巾定了亲,闺女突然又不愿意了。退媒在农村是件非常麻烦的事。约定俗成的规矩是:如果男方悔婚,给女方的所有花销礼金女方都可不退;如果女方提出退婚,那么男方付出的所有礼钱,连带买的衣服吃的饭都得折成钱,退回男方。这事具体操作起来,比较难办,尤其过年过节的走动提礼,摆桌请客,双方都一起吃了喝了,算起来总是纠缠不清。常常有为此打官司闹到法院的,争来闹去,伤及脸面。中间人来回跑路,为几百几千元钱扯来扯去。早些年听说曾有一桩退婚案,扯清爽钱还完时,女方都已经嫁往别家生过孩子了。

北边村子男方家来了几人,拉出账单,算得仔细,某年某月某日,啥啥啥项目,一列而出,最后得出三万二一个数字。大国二话没说,从里屋拿出三万五给男方家长,说其中还有对你孩儿的补偿,这女婿我是真相中了,无奈闺女有想法了,婚姻大事咱也不能勉强。男方家长愣在那里,随之大为感动,说,只要三万二,多一分我们也不要,没想到你是这么好的人,我们在家里想着,能要回两万五就不错了,因为年节里,摆桌的饭,大家一起都吃了。拿了钱感动而去,送大国一个称号:大周第一好人。那男孩的父母,跟刚才那位夸奖大国的退伍军人,原是亲戚。

我在写这段文字时,刚好接到《小说选刊》的一个通知,要去江西省万安县采风。几天后,在万安县博物馆,讲解员引导我们认识了一个又一个万安历史名人。其中一位的名字,引起大家关注。刘悫,明朝嘉靖进士,累官至工部侍郎,著书立说,抗击倭寇,真可谓文武双全。可这个悫字,难住了大家。手机上查,发"确"音,四声,释义为诚实,谨慎;厚道,朴实;恭谨。但还有一个意思是河南方言,发音为 quó,欺骗,哄骗。如:你别悫我了;你别悫人家小姑娘了。哎呀,真是奇遇啊,就在前几天,我正为这个 quó 字犯难。那个张家口回来的人夸奖大国"对人诚信友善,办事不 quó 不捣"。话说这个在普通话发音里没有的 quó 字,在中原大地,是个使用频率非常高的字眼。方言在流传的过程之中,很多字只有其音,并无其字,或者人们约定俗成地使用几个相近的字代替,我也是实在想不出这个 quó 应该是哪个汉字,连音都没有,也无从去查,于是只好暂时写下"不缺不捣"。意思相去甚远,但也只好先如此吧。不想此来万安,却有一个意外的收获,学会了一个字。只是这个本意为满满正能量的好字眼,流传到我的家乡,却意思完全相反了。是因地理之遥远,年代之久远,文化之差异,还是性格之不同?"心"上蒙个壳子,可有两种解释。一可说这颗心保存完好很保险,于是诚实、厚道;二可说心灵隔着一层东西,人心隔肚皮,于是不真诚,有欺瞒。事物总是有两面性,从不同角度解释,就有不同的结果。这真是个有意思的事情,就像那个万能的动词"捣"一样,其间历史文化背景之演变,实在是无从考证。

夜里,顾客渐少。熟人们聚在超市闲谈。小青将一个塑料筐放到柜台上,几个女人围着筐子择韭菜,剥掉最外面一层烂叶,显得干净些,明天好卖。

进来一位小个儿女人,上身穿格子呢大衣,下身牛仔裤,挽起裤腿,露出细瘦的光腿,往卖酒的货架那里走,大声责骂站在门外的男人:叫你喝,今儿黑非喝死你不中,进来交钱! 男人站在门外,不想进来。妇人音量更大，想死哩吧你，我×你妈，我×你八辈奶奶，叫你进来，听见没有？外面男人还是不动，女人拿出手机，微信扫码付钱。污言秽语炒豆子般蹦出，如若真是小豆子，一颗颗全喷射到小青脸上，得把她砸个麻子脸。闲谈的人都静下来，听她一个人站在我们中间，骂外面的人。我不由得好奇，到底是个怎样的男人，任这样骂，只是不吭。门外灯光下，一个文静瘦弱的青年男子，眨巴着小眼，也不恼，也不回嘴，竟然脸上浮现着温柔与爱意，只静心等着女人出去。女人又大喝一声，出得门去，看那样子，是应该将酒瓶子砍向男人脑袋的，却不想又走回来，刮开包装纸，摸上奖了。好不容易的她，对门外男人怒火万丈，恨不得立时掐死，对待摸着奖这件事，却很是细心，拿进来，柔声向小青兑现。情绪转换无缝对接，小青说，那你还得扫两块钱。她温顺地照办，拎着一大桶洗衣液挑帘而去，对着那缩头缩脑的男人又是一声厉骂，骂声融化在温柔的路灯下，两人相跟而去。

超市内大国说，日她奶奶，这号女人搁我手里，一锤上去，头给她打烂，叫她满嘴流血，跪地上喊爷。众人论证这女人哪里的，大妮说，像是桥口的闺女，早年间赶会见过，婆家不知哪儿的，平日都不太全精，可能是喝了酒，仗着人多，有点跃势（作势，表演）。小洁问，是两口不？大妮说，哪是两口，她男的不长这样，八成是新找的相好。我说，婚外恋还这么厉害，谈啥感情哩？大妮说，别看这样，换得可勤了，后边排长队。

第十章

耕读王永杰

6月底,正是栽红薯的时候。一望无际的田地,四周看不到村庄,收过小麦的土地经过翻整,暄腾湿润,大卡车停在路边,卸空了红薯苗,地上掉着几棵踩烂的。上百人匍匐在大地上,弯腰快速地栽苗。干的是计件活,按垄付钱。大多是妇女,也有一些老年男人。这片三百亩土地的承包人是王曲的王永杰,昵称大孬。他看到我们,从地里走出来,光脚和小腿上沾着湿土。

大国说:"干得火呀。"

大孬王永杰说:"要的就是这效果,你还没见刚才,车一停,哗地上去抢哩,真是激情澎湃。"

大国给大孬介绍我:"这就是你常说的周瑄璞,俺姑哩。"又对我说:"大孬说了,请你去他家吃一次饭。"

大孬说："忙完这两天,红薯种地里,去我家坐坐。"

颖河与泥河之间,相隔有几公里,放眼望去,两千多亩,平展展的沃野良田,都是我大周大队的领地。一车车的红薯苗拉来,人们争分夺秒地劳作。每天工钱大约七十元,赶在几天之内,要把苗儿栽到地里。场面如同打仗,光脚的王永杰拿着手机,在田地里走来走去,监工带指导,红薯苗入土五厘米为宜,不能深也不能浅,太浅了不好活,太深了不结红薯。一个老年妇女还在讲价,说工钱之外,应该管一顿饭,给北乡那家栽红薯都管饭哩。大孬说,一百多人没法儿管饭。妇人说,其实每人两三个蒸馍就中,不用跑回家吃晌午饭,耽误时间。大孬说,蒸馍也没处买去,我忙得脚不沾地。说着手里电话响了,妇女还在说,北乡那家都管饭哩。大孬不耐烦地说,那你去北乡栽吧。说完接听电话,不理她了。妇人不再说话,深深弯下腰,继续栽红薯。

9月底,地里的红薯快要长成,已经可以扒出来吃了,王永杰慷慨同意,我们下地时,扒几块红薯回家下锅。真是好吃。

王永杰从小练习书法,写得一手好毛笔字,心灵手巧,热爱文学,是耕读世家的典型代表。当然,网络发达的今天,他还有一些各地文友、微信好友。一位外地文友温朝辉听王永杰说我在老家时,驱车几十公里从平顶山赶来,就在王永杰承包的红薯地边,我们会面了。没有茶水,没有板凳,就站在丰收在望的红薯地头,吹着清爽适宜的秋风,谈文学,谈乡村与城市,大国吹嘘他早年间闯荡城市的经历,在火车上怎样和小偷斗智斗勇,给别人说他们夫妻俩都是运动员,别人问是什么运动员,他说小洁是拳击手,他是长跑运动员。我和温朝辉哈哈大笑,都想起了大国的腿。大国自嘲地说,当时坐着哩坐着哩。路上有人干完活儿回家,有的骑电动车,有的开电三轮,有的加入进来喷几句,有的打个招呼继续走。从下午直到日落,我们站着聊了差不多两个钟头,第二天一早还要出差,温朝辉开车匆匆离去,赶回他的城市。那是我印象最为深刻的一次文友相会。

作家的生活与写作,是他们很好奇关心的事情,于是我转给他们我写的大作家贾平凹忙碌的情景,王永杰读后也有所感触,写下了他自己一天的生活。

今天早上五点半,老妈便在我的窗前把我叫醒。她从来不管我昨晚什么时候睡觉,或者半夜失眠什么的。就是理直气壮地叫醒我,因为她已经起床了,并且从家里到集市上买了馒头后又送到了这里。我只能听从她的号令。

洗漱毕,刚刚六点。建涛哥和景力哥他们都到了,因为淀粉池已经用了好几年了,需要重新修整一下,说是修整,不次于重新建一个。业务量越来越大,并且还要加高一点,多亏都是好兄弟。我只是安排一下,他们比我操心。老爸老妈也参与其中,因为将入收秋时节,活儿紧,人也不太好找。事他们有条不紊地推行着,不需要我过多地操心。

安排好了他们,拉砖的也到了,就连卸哪里都要问几遍,给他们说了地方后,又和他们闲聊了几句。看了时间,已经到了七点,想起来还要送小儿子上书法课,赶忙到了他们的屋子,催他们起床,孩子们挺听话,乖乖地起床了。他们穿衣服,我听到老妈叫我,赶快跑到南边,回答了他们提出的几个问题。等我又回到孩子们的住处,小儿子竟然还在床上坐着,说他该换衣服了,不知道衣服在哪里。气得我头蒙,让媳妇给他找了衣服,他才磨磨蹭蹭地出屋了。

媳妇早饭早做好了,又催着他赶快吃饭,在他吃饭的时候,让媳妇过来给我帮忙,把昨天整的红薯卸下车两袋,剩下两袋。因为农业局让参加今年的丰收节,咱们的红薯算是临颖的一个亮点。剩在车上的今天上午送到农业局做丰收山。卸车的两袋让媳妇在家装精品箱,并且再把粉条也装一些精品箱,以备明日参展之用。就这样在这个空隙的时间里,又给媳妇安排好了半天她的工作。小儿子饭吃好了,时间已经过了七点半,他自己也急了,让我赶快走。等我拉着他到了县城,已经快八点半了。幸亏他老师是我的老同学。因为和农业局的领导约好了时间,就和老同学打了电话,说孩子自己上去了,我就赶到农业局。

到地方后,领导们看到了今年的红薯长得这么漂亮,也十分喜欢,说放到丰收山上一定特别醒目。简单地交流了几句,我又询问了明天参加丰收节需要准备的事情,看着他们都忙,便告辞出来,到物流园区取合作社为参加节日准备的彩页。

一早出来的时候,老爸让我讨要两个月前别人用的电缆线。因为又快要打红薯淀粉了,那是机器上必备的东西,所以他很着急,出门前叮嘱我了好几次。此时才想起来,给那个人打了电话,没有接。又打了一次,还是不接。又给他们的同伴打电话,拒接。

几天前已经电话了好几次,也微信了。他也发朋友圈,并不是没看到消息。看来这个电线是不打算还了。郁闷,生气,我相信所有人,也相信任何人不会随随便便骗我。既然他们不想还,算我买了一个教训,不要了。我想老天爷应该不会饶恕谁。生气也无用。领过物流发过来的彩页,郁郁闷闷地回家。路上想起来还没有吃早饭,便在台陈一口气吃了两个菜馍。刘广电话说谈小麦种子的事,人已经在家里了。我便匆匆赶回。

到了村北,发小在拔花生,一早便说让看一下,到了地头,下来看他的花生,不是太好,但是果还是不错。他心情不好,我安慰他了几句。聊了没多久,因为现在人工不好用,所以他要去招呼着。我回家。

刘广他们在家里等了好一阵子了,感觉不太好意思,赶忙让他们进屋,好久没见了,寒暄问询了一通,又聊了我们共同熟悉的朋友,他才开始给我介绍今年育种的情况。因为媳妇对育种有了心理阴影,一直不赞同做育种。我给他们说了我的情况,他们又一一解答了我的难题。又聊了好一通,走时最后说让我考虑考虑。他们说的真是很有道理,我承诺了一定考虑。

他们走后,一看时间十点四十,小儿子快放学了。顾不得去南边看他们改池子的情况了,急匆匆又赶到县城。可偏偏遇到堵车。看来是准点接不了孩子了,就又给老同学打电话(我想他一定会怪我怎么那么多电话,但是没办法)。小儿子脑筋比较轴,上一次没有找到他的老师,他竟然步行回家了,害得我在县城找了好几大圈,最后还是朋友在台陈遇到他,给我打电话,又给他送回来了。想起来这事,我就后怕。

到了地方,已经十一点二十了。本想过老同学那儿聊几句,但是女儿也快放学了,就匆匆告辞,到了女儿的高中。

这次不错,还没有放学。等了一会儿,十二点整。我和小儿子站在楼梯口等着。没多久她看到了我们,兴高采烈地叫了我一声爸,站在我们跟前,女儿快和我一样高了。我简单地问了她热不热什么的,边走边聊,出了他们的教学楼。她说还要去寝室拿一些东西。我告诉她车在大成殿西边,让她拿了东西直接过去。我领着小儿子便来车里,等了一会儿,她就过来了,开车回家。因为接学生的太多,又堵车一会儿。到家已经快一点了。半天了,一直就是跑来跑去的。累得不想吃饭了都。

发小午饭后来到屋里,他是一个急性子,问我还有什么没有准备好,等等。言谈之中,能感受到他的关心和焦急。有这样一位好朋友,真的很好。我呢,性子不太急。这样更好。聊了好久,又该送小儿子上吉他班了。唉,就这样送来送去。想到一会儿还要回来再送大儿子和女儿,真的让我烦得受不了。

媳妇给他洗澡后,老表电话说一会儿到学校给女儿办理转校。非常紧,还让快点,带上现金。女儿听到了非常高兴,也急忙收拾一下,准备出发,我说让大儿子也同他们一起走,想不到这家伙竟然溜之大吉。时间紧,找不到他,我和妻子带着他们又急匆匆地把小儿子送到吉他学校,便到老表这里找人办理入学手续。

　　老表是一个心直口快办事利索的人。我们直接到了高中,取了一些现金,学校说必须现金(跑了几圈才找到银行)。人太多,撑了一身汗才把钱交上了。小两万,莫名的心疼。然后又是完善各种手续,找班级,找她的班主任,等等。办理好已经五点了,又赶忙来到她的老学校。给老师说了好久,才舍得放行。

　　整理好所有书籍和杂物,到了新高中,已经灯火通明。给她送到班级里,床铺却没法儿铺,看时间已经八点,索性等她放学再说吧。带着媳妇出来吃了饭。说是午饭不妥,就是晚饭也不算早了。然后给女儿也买了吃的。就这样在他们教学楼下,草草记录下我的也可以说是忙碌的一天。

　　一个傍晚,大国夫妻俩陪同我,来到王永杰建在王曲村南地的一个大院子,这里是他的红薯加工厂,一家人吃住在此。

　　王永杰在外办事,还没有回来,一个文雅娟秀的青年女子招呼我们到处参观,两个男孩乖乖跟在身边。我不敢肯定这女子是他妻子还是女儿,因为听说他有三个孩子。天生丽质和常年的劳动,使她身姿健美,标准瓜子脸,皮肤小麦色,一笑露一口白牙,说话时适当羞涩,楚楚动人,比着那些削成尖脸,无尽造作的明星,不知要美好多少倍。关键是夜色中看不出年龄,十八至三十八,好像都行。

　　院子很大,因王永杰自建了红薯窖,划分出高低两个区域,共有好几个篮球场那么大。

　　直到天黑透王永杰回来,我弄清楚了,女子是他妻子,名叫迎春。他们的女儿高中开学,此时在学校里。两个儿子一个十来岁,一个十岁的样子。可能为了我来,全家人有所准备,床上的被子叠得整齐,两个儿子换上干净衣服,当然或许人家一直很干净整洁,只是两个男孩扣到脖子最上面的扣子,表明这是家里要来客人的感觉。他们端端正正地坐在妈妈身边,眼里闪烁着幸福欢乐的光芒,为自己参与了家里的一件事情而兴奋,他们表现出自己最可爱的一面,不说话,不插嘴,但是高度关注,黑亮亮的眼睛,追踪着说话的人。这一切,注解着这是一个和谐而又有所追求的家庭。

临时建的一排房子,每个房间都很大,其中一间是书房兼卧室兼会客室。一个简易书架,装满古今中外名著,不是用来装点门面,都是王永杰阅读过的。窗前一个大书案,铺了大块毡布,供他写书法和读书,墙上贴的、挂的,是他自己的书法和绘画作品。茶具齐备,证明着不时会有人来喝茶聊天。

王永杰说起他读过的书,如数家珍,拿出《多湾》来,现场朗读他曾经画线、点评过的句子,述说他在一个个深夜阅读时的心情。而他的妻子和孩子,将主要位置让给我们客人,他们在几步远的床边坐成一排,幸福而娴静地注视着他,听着这一场乡间静夜里的文友闲谈。我注意到他们家庭成员之间的目光,不论夫妻,还是母子、父子与兄弟,都是含情脉脉,充满着关爱。

门帘被挑起,走进一位穿红衣服的六十多岁妇人,一位罕见的强势女人,在我的讲述里隆重登场了。

安妞,是王曲连带周围一片有名的女人。小洁说,其能干程度,顶十个男人,家里家外都要做个强人,把丈夫和儿子管得服服帖帖,没有人敢于挑战她的权威。

不过，此刻她是以王永杰母亲的身份出现的，也是听说儿子这里要来客人，晚饭后，专意洗了头，换了干净衣服，从村子里老宅过来见个面，算是礼节。安妞的面庞比起儿子儿媳，其小麦色更为深重，一张稍扁的圆脸，眼睛很小，一笑就成两条小小的缝隙。我想，王永杰的父亲，应该是个美男子，否则他怎么能长得浓眉大眼、明朗帅气，跟母亲完全不像。如果不是有我和孩子们在，安妞平常与大国的打招呼就是互称瘸 ×、瞎 ×。因为王永杰称大国为叔，那么大国与安妞就是同辈人，可互开玩笑。虽然此场合不能说粗话，但大国还是忍不住揶揄她，因她的头发洗了还没有干且梳抿得光溜溜的，大国说像是牛舔舔。安妞开心一笑，说，牛舔舔就牛舔舔，家里来客了嘛。说了一会儿话，承许给大国一盆新做的凉粉，她先走了，让我们路过老院时拿上。

告别的时候，一家人站在屋门口挥手再见，车刚一发动，两个儿子突然一齐跑向房子的东头，我一惊，不知出什么事了，原来，他们跑过去为我们开门。那是一个出车的门。灯光照到两个英俊少年，一人手扶一扇铁门，面带微笑，再次向汽车挥手。小洁说，大孬家这俩孩儿真是少有的好，聪明，听话，长得还漂亮。

才开始不熟识他们一家人时，有一次小洁见到安妞带着一些人在地里摘棉花，迎春秀秀气气站在一边观望，没有泼出去干活的样子，安妞对她大声喊，磨磨出出弄啥哩，不赶快干，看你婆子一会儿腾出手给你爪子剁下来！小洁问旁边人，呀嗨，她婆子是谁，咋那么厉害？旁边人说，骂她的就是她婆子呀，别人谁敢？对儿媳妇，安妞也毫不客气。

迎春自然没少受气,但强人自有强人福,安妞就遇上了知书达理的儿媳妇,顶多自己躲起来哭一哭,经大孬劝一劝,也就罢了,并不敢触犯婆婆的权威。

也就是说,安妞外表有些浑不吝,惹不起打不过,人们除了对她敬而远之,谁也没办法。王永杰之所以事业能干得大,自然少不了妻子的支持配合和母亲的强悍支撑。

只不过母亲是用她自己理解事物的方式来处理身边事的。那年秋天浇地,几百亩地自然忙不过来,大孬想掏钱雇人浇,叫安妞大街里嚷骂不止,说他有几个骚钱烧得慌,学会雇人了,想当地主哩。直骂得大孬抱头求饶,不敢提雇人的事,白天黑夜一个人在地里奔忙,睡觉时间都没有,终于累出呼歇病(气喘),躺倒输水。这下安妞吓坏了,日夜守在儿子身边,怕他死了。

反正一切都得按照她的意思来才行,有时候安妞为点小事大喊大嚷,闹得鸡犬不宁。儿子问她,妈你非得把咱这一家弄零散喽? 安妞才算罢休。

迎春说,大孬心灵手巧,从小练书法,爱写写画画,拿半根粉笔头都能用小刀刻个亭子、小桥什么的。

大孬说,少年的他还喜爱收藏,因热爱书法,天然对一切古物感兴趣,在村头的颍河故道里捡了几个石刻的佛头,抱回家仔细研究。安妞说这东西不吉利,吵骂他不许往家拿,掂出去给他扔回河道。他再捡回来,安妞再给他扔得更远,直到找寻不着。后来,他结识了许昌一些搞收藏的朋友,发现这些佛头都在他们那里,这些年来回倒腾,发了大财,回来跟母亲说,安妞却怎么也不相信,河道里几百辈子没人要的东西,能值多少万。

安妞名声远扬无人敢惹,不只是靠她的泼辣能干、外表刚硬。没有人能单靠耍横树起权威。她爱憎分明,疾恶如仇,对坏人严冬般地残酷,你有多强我有更强,对弱者春天般地温暖,喜欢行善帮扶弱小,十几年帮助村里一个寡妇,拿吃送喝,关照撑腰,使她不受人欺负,帮她盖房,给她张罗着娶儿媳妇。这位寡妇的两个儿子,基本是在安妞家里长大的,跟王永杰亲如兄弟。

六十岁以后,安妞的脾气不再那么火暴,对一些新生事物也慢慢学着理解和接受。她身体很好,干劲仍然很足,看那架势,为了儿子的红薯事业,准备奋斗终生。

11 月初,正是出红薯窖红薯的时候,王永杰夫妻俩连带父母忙得没有吃饭时间。地里的红薯一车车拉回加工厂,红薯山一座挨一座。又是另一个战场。雇来几十个老年人,每天三十元,管一顿午饭,自带小板凳,分拣红薯。完好的装入网袋入窖做红薯种,明年育苗卖往全国各地;有伤的清洗磨粉,卖粉子,做粉条,打凉粉。

我再次来到王永杰的加工厂。因上次来时,他女儿在学校,回来后听说我来过了,很生气,说,怎么好事总是她不在家时发生?非要爸爸专门带她再来见我,父母劝她,今后还有机会,作家还会来的。于是这次我先问好,女儿何时在家。高中生只有每周日中午回家几小时,吃饭洗澡换衣服,下午四点就要出发去学校。于是我说好,两点半过去。

我们的车从王街十字向南,下了柏油路,进入田间小道,前行几百米,就是王永杰的加工场。后面有汽车鸣笛致意,我们靠边一点,让王永杰走到前面,他是掐着时间从外面赶回来的。我们进到院子,他已经下车,妻子和两个儿子站在院里迎接,从屋里叫出女儿。女儿刚洗过澡,长头发还滴着水,高高的个头,健壮的身姿,圆白的脸儿,一双明媚的双眼皮大眼,闪动着少女的羞涩,吸收了父母的全部优点,生长在一个充满友爱与奋斗的家里,父母又有能力让孩子们受到尽可能好的教育,任你上到哪里都供得起的样子,除了你自身成长的机密与烦恼外不会有另外让你苦恼的事情。眼前三个孩子,呈阶梯状呈现,阳光明亮,长势喜人,让人觉得夫妻俩连带安妞老两口的所有辛勤劳作都将有着无穷的动力。2020 年大年初一的下午,王永杰的朋友圈发了一段视频、两行文字:喜气洋洋过大年,地里遛娃更健康。三个孩子穿着大红衣服,两个男孩子加了黑色外套,从头到脚全是新的,走在麦田小路上,两个弟弟并肩在前,姐姐在后。略有些面对镜头的不自在,掩饰不住过年的喜悦,配合地让爸爸将他们录下来,发到朋友圈。告诉这个世界,王永杰的最大财富除了他的红薯事业外,更是几个可爱的孩子。

院子下方,是一个大红薯窖。院子的一边,挖下去三四米的深度,一个大坡下去,红薯直接运往窖口的场地上。窖外一座座红薯山堆放。一群老人坐小凳,弯腰分拣红薯。安妞嫌其中一个老妇说话多影响干活,点名骂她,那老妇扭头回骂,安妞走过去,高抬脚轻轻踩她后背,印上一个土黄色脚印,像一个胖大的感叹号。

红薯窖管理非常严格,闲人不得入内,只要大国一走近,安妞就大声斥骂,怕他喝过酒身上有酒气。红薯窖里最怕酒,沾上一点酒气就容易坏。但安妞却热情地邀请我进去看看。这是王永杰自己设计制造的红薯窖,借助于窑洞的原理,上面是他们院子,从侧面挖进深十多米,宽几十米,进出的门很小,里面却别有洞天,用砖垒砌一个个柱子,顶上棚起玉米秆,冬暖夏凉,常年恒温,红薯从 11 月可储存到来年春天。他不卖红薯只卖种苗。

回到地面上,王永杰夫妻带着我们,参观他的加工流程,两个儿子仍然乖乖地跟前跟后,小的那个,肩膀头始终停靠在妈妈的手心里。王永杰叫来他一个表弟,搞摄影的,于是两个孩子出现在每一张照片里。小洁再次感叹,大孬这俩孩儿简直好得心疼人,别人家的男孩早都野得不知跑哪儿去了,哪能这么有耐心地陪着,给你应付这场面。拣出来有磕碰的红薯,经过一个大传送带,搅拌、清洗、碾碎,流出粉浆,是红薯的精华。吊袋,控水,晾干,成为精细淀粉,可加工粉条,打凉粉。那些渣滓流向一个大池子。小洁问,这些咋处理? 扔了,还是当肥料? 安妞神秘地说,有人收,食品厂拿去有用。红薯秧呢,被人买去打碎了喂牲口。看来,红薯浑身都是宝,一点不浪费。而出过红薯的土地,紧接着翻犁平整,再等一场雨,要种上小麦。土地的劳作也是环环相扣,紧密衔接,没有几天闲置。

安妞分明是已经鏖战多日,短短的头发也没工夫洗了,全身被尘土罩个严实。别人都穿毛衣,她只穿个短袖,在这个属于她的战场上奔走、跳跃、干活、监工,似乎有着无尽的力量,哪里像个已经过了六十六的妇人。在乡间,老人六十六的生日比较隆重,要大过一场。听小洁说,安妞的六十六,办得很是体面。有点弯曲的双腿,一点也不影响她雷厉风行地照看这几十个人的劳动场面。王永杰常要在外面跑,联系业务,父亲很是老实,迎春过于文静,镇不住场面,所以家里这一摊子,管理工人,看家护院,进出货物,迎来送往,还得安妞全权打理。有老娘在,这里一块红薯都不会丢失,跑冒滴漏、偷奸耍滑更是别想。

　　一个大车间里,挂着许多大白布粉袋,兜着粉子,下面放盆,这是控水晾干过程。门口蹲着一个老年工人抽烟。安妞指着一个挂得歪斜的粉袋问,这个咋回事? 不弄正? 老人说,弄不正,就那样,又不影响啥。安妞说,弄不正? 我就不信,你过来! 老工人走过去,按照安妞的指挥,用力托住下面,使劲往上提,安妞借势把提绳往棍上绕了一下,几十斤重的粉袋立即正了。问老人,能不能弄正? 老头不说话,继续蹲回门口吸烟。

　　院子里每一座红薯山上的红薯,长得都不一样,有细长小巧两头尖的,有长长大大像萝卜的,也有粗壮滚圆如南瓜的,有红心的,有白心的,有的还长得一棱一棱的。我问,是不是打药了,怎么会是棱棱角角的,吃了激素似的。迎春说,红薯地里不打药,就只刚栽时候,打些除草剂,这种出棱的,是地的土质不同,软硬不一样,而红薯的生长,随地形走。我们平常人看红薯,只是红薯,在王永杰眼里,它们是商薯19,西瓜红,烟薯25,济薯25,济薯26,一点红,日本红瑶……品种多多,他一眼就能叫出名字。好吃的产量都不会高。在艰难的岁月里,人们靠红薯渡过难关,因为它好成活,产量高,最高的能达到亩产一万斤,低的两三千斤。

也有不少来料加工,取之不尽的红薯一趟趟拉来,洁白细腻的粉子一车车运走。陪着我们参与解说的安妞,听到下面有人叫她,要去拉个什么东西,她两步跃上电动小三轮,给大国一句话还没说完,嗡的一声,已经出去十来米,感觉驾车的,是个男人。

我来了两次,都没有见到王永杰的父亲。以至我问小洁,大孬他爸,不在了吗? 小洁说,在哩,不爱说话,每天都在干活,最听安妞的话,安妞叫干啥就干啥。

我从小的记忆中,红薯在中原大地,每年只收一季,就是夏薯,夏天栽苗,深秋收获。或许是当时年纪小,记忆有误? 反正只记得秋冬出红薯。而王永杰说,现在红薯一年两季,分为春薯和夏薯。春薯 4 月种下,产量高,一亩地可收到八千斤;夏薯 6 月栽苗,一亩地能收五千斤。

春薯育苗工作从 3 月初开始。因为疫情,我不能亲自回去采访,便在微信上了解王永杰的工作进展。好在王永杰发朋友圈很及时,并且多是视频。

3 月 23 日:天天早上来基地转转,看到苗子每一棵都那么健壮,很欣慰。几个月的努力终于看到了成绩。需要苗子的提前联系啊!

3 月 26 日:谁人知道育苗人的辛苦? 别人大风大雨都是屋里躲,我们是风雨越大越往基地跑,检查大棚。

4月9日,开始割苗。他的视频里,是一大片碧绿肥厚的红薯苗。

4月11日:薯苗已开始供应,需要的或者预订的提前电话联系。由于供货紧张,一定要提前预约啊!(当天上午11:38的一个视频)都是来提苗子的,到现在还没有吃早饭。

4月13日:趁着中午给工人开开会,严把质量关,一定要数足,苗强品种纯。还要再给外地等苗子的客户讲解种植技术。

4月18日:各位朋友,因为诸多因素,暂时不再接受外地邮寄业务。请谅解。

4月19日:给济源的老客户装好苗就可以吃早饭啦,起床到现在一会儿都没有闲。

剪苗,装货,发车,是他朋友圈的主要内容。他的薯苗发往省内外,最远可到新疆。

繁忙的事业,挣钱的目标,没有让王永杰放弃对文化的追求,白天奔忙,夜晚读书,有时候写点小文章,写几幅字。好在农活是一阵一阵的,闲的时候,他把自己交给阅读和书法。春节期间,他在朋友圈晒出一幅自己写的心经,颇见功力。

1月27日(正月初三):抄一卷心经,祈祷世界和谐,祖国康宁,灾疫早除,社会永熙,全天下的人民都幸福吉祥。

2月1日:用了五天的时间,终于抄完了一部金刚经。妻子帮忙校对。以祈天下康宁,人寿年丰,众亲友平安吉祥。

我问他,橘红色抄写什么意思,辟邪吗?他说,新年开笔啊。

图片上,他和妻子伏在大案上,一个坐正面抄写,一个在旁侧校对之前写好的,标注标点。二人专注而严谨的神情,使这一远离村庄的农家陋室,显得和谐静谧,无限庄雅。

第十一章

会与戏，物价和消费

　　乡村的日常消费，几乎都发生在每个村子皆有的超市，超市规模大的上百平方米，再小些的几十个平方米，至于小到半间房的那种，一般也就是卖些日常生活必需品，小孩子的零食，质量比较粗劣，价格当然低廉。

　　对生活品质要求稍高一些的，可去县城购物。平原地区交通方便，有汽车的，二十分钟揞到县城，开上那种看起来很快乐的小电动车，忽忽悠悠地走，半个小时也能到。大超市里，货品与大城市无异。名牌服装店、专卖店、首饰店林立街头。乡村女人对首饰还是最爱金货。那些家庭条件好些的女人，脖子上都有一条粗粗的金链子。小洁下地干活在家做饭，都戴着分量不轻的金项链金戒指。

　　秋收后至天冷之间，会挨会，戏连戏，各庄排下来，每天总有会可赶。

会的全称是庙会，最早为酬谢神灵。早些时候，村村有庙，各庄有神。后来破"四旧"，庙扒了，神拆了，但会保留了下来。每个村庄每年两个传统会，我们大周村是农历三月二十一和六月二十九。曾有一段时间，六月二十九因天气太热，赶会唱戏，待客摆桌，对于大家都是折磨，休会了几年，近几年又慢慢恢复。大的村庄，除了传统庙会，还有庚会，也叫干会，不唱戏不酬神，只是用于贸易，比如王曲、刘孟、杜曲，除了传统庙会外，还有每旬三个干会，王曲是一、四、七有会，也就是说，每个月有九场会。

那几天遇到北边双楼周有会，连唱十场大戏，听说请的是本省北部的一个市级剧团，戏台和演员都比较专业。

唱戏一般都是十场，少的有四场、七场，都是晚上开唱。十场戏的，提前三天来到，搭台埋锅，晚上头场戏，随后，连唱三天，上午、下午、晚上各一场，最后一天是正会。各路商家对每个村庄的会期自然是了如指掌，常年赶会贸易。

会上的东西，惊人地便宜。衣服很少有上百元的，大多在几十块钱，并且还能搞价。

吃食类，包子油馍胡辣汤米花糕炒花生，是传统保留项目，这些年与时俱进，乡村会上引进了糖炒栗子、电动加热小火腿肠。我看到我村的村主任秋凤和丈夫在经营一个水煎包的摊点，秋凤脖子上挂了条沉甸甸的从盛夏到深秋一直坚守着的金项链，拿一条油腻腻的抹布擦盘子，准备给顾客铲包子。我向一位卖糖炒栗子的妇女走去，小洁拉住了我，小声说，这妇女俺娘家庄上的，做过手术，身上挂着粪袋，知道的人都不接近她。我问，那病应该不轻，不在家休息，还出来挣钱？小洁说，男人整天打她，不自己挣没钱花。过几天刘孟的会上，我们又见到那位妇女，或许人们大都不知，她臃肿的腰间，绑着一个不便于谈论和涉及的东西，如果知道的话，生意定是做不成了。这女人的唯一指望，就是她的一个电动三轮车，一套简单工具，和出出进进、由生变熟的板栗，最终变成有限的钞票，装回腰间，与那个不该出现的装备为伍。

　　小洁给我买了两个炊帚。老人说，都是自己绑的，质量很好。他还有很多锅拍、小筐，全都由高粱秆制成。如今乡村这样的手艺人越来越少了，出于对手艺的尊重，也得买两个。

　　快到中午，赶会的人们多了起来，路边一溜排开二十五个小方桌的麻将，开业了一多半，男女主人走来走去，招呼顾客入座。每桌两元钱，管玩半天，也就是说，上午两元，下午两元，那么如果人全部坐满，麻将摊每天收入一百元。

　　戏台上唱着戏，专心坐在台下观看的，没几个人。人们悠闲地赶会、采买，戏台成了背景，倒好像是唱戏的人，在看着脚下这些芸芸众生，走来走去，买卖交易。白天不需灯光照射，戏台就没有那么神秘好看，白天的戏也都不是好戏，随便唱两下应付过去。夜里观众多，气氛足，才唱好戏。

　　夜戏七点开唱，我们早早吃了晚饭，大国开车把小洁、大妮我们仨送去。其实只有一公里左右，依我的想法是走去的，权当饭后散步。

但小洁腿不好，走路太累，也耽误时间。

中老年人早早坐在戏台下，已经没有太好的地方，我们选了右前方。灯光明亮，伴奏先行，第一出戏的室内桌椅已经到位。戏台很是先进，再没有我童年记忆中的村子里到处凑来的各家木什，而是一套钢铁器材，可伸缩折叠，装台拆卸不再是麻烦事。电子大布景，随着剧情变换画面，花儿开放，蝶儿翻飞，骤雨突至，都是转眼就来。上方横幅电子屏幕滚动着赞助者名字：王某某喜得重孙，点戏三场；王某某喜得孙子，点戏三场；王某某的孙女王某某考上重点大学，点戏三场；某某市百花曲剧团向您问好，联系电话……。我好生奇怪，不是双楼周吗，怎么都是姓王的？

大幕合上，是为了马上开场的拉开。打鼓闹台，紧急热闹的鼓点催促人们快来啊快来啊，好戏马上开场。猩红大幕柔软下垂，被深秋的风吹得大幅度摆动，好似幕后已经有万千景致，十分令人期待。

鼓点骤停，舒缓的乐曲响起，台侧那个拉弦子的男人闭着眼睛，身躯随着手臂轻轻摆动，先期为自己陶醉了。大幕反复蠕动几下，吸纳够了目光，终于拉开了，红装绿裹、浓妆艳抹的女演员一个亮相，台下叫好。演出剧目是传统老戏《张安休妻》。故事很简单：一位叫张安的秀才进京赶考，作别母亲和妻子，嘱咐妻子在家孝敬老母，妻子请他放心去吧，一定把婆婆侍奉好。两人如此如此，这般这般，蜜语甜言，依依作别。那女人一转身啊哈一声，露出恶色，给婆婆布置任务，做这做那，让老人伺候自己，不给吃饭，非打即骂，充分展示戏剧手法，一时丑态百出。戏曲的特点当然是要人物性格鲜明，但这出戏编得实在有些过分，脱离了时代背景，也不知哪朝哪代，只沿着我奶奶曾经讲的那些"瞎话儿"里"从前有个坏媳妇"的简单逻辑一路狂奔，将儿媳的丑陋可恶推向不堪的境地，完全没有人物之所以如此的合理的背景交代，为了戏剧而戏剧，为了冲突而冲突，为了误会而误会，情节趋于低俗甚至恶搞，反正要将所有的恶与坏集于媳妇一身，将所有的忍耐及善良赠予婆婆，不论情节怎样不合理，逻辑多么讲不通。或许千百年来，乡间的舞台就是这样用非黑即白、非好即坏、大善大恶的扁平人物形象，浇筑着中国人的善恶理念，诠释着毫无回旋余地的直白因果报应。不论怎么，坐在台下的观众，脚踩着细土碎麦秸，仰着头张嘴瞪眼十分入戏，有人开始咒骂儿媳妇，儿媳在台上跳脚追打婆婆，打一下，台下骂一声，咒她去死。至于婆婆，懦弱到令人气愤的地步。最后的剧情，当然是儿子高中状元，衣锦还乡，恶媳罪行败露，儿子怒而休妻，儿媳下跪求饶，婆婆为儿媳说情，宽容战胜了仇恨，稳定压倒了一切，恶人忏悔之后，夫妻和好如初，婆媳再次融洽。你当然不能追究，早知如此，何必当初，儿媳做这一切，又是何苦，岂不是吃饱了撑的，最后可怜巴巴跪在地上，乞求不休之恩。当然，如果我们这样追究下去，所有的戏就没法儿编了，没法儿演了。

在很多文学作品和影视剧中，戏台上有引人入胜的好戏，台下也有层出不穷的人间喜剧。痴男怨女们借着看戏，在黑暗中上演诸多故事。但我揣度，此时的乡间夜戏里，这样的故事可能基本绝迹。首先，荷尔蒙旺盛的青壮年都不在家，他们在千百里外的城市战斗与生活，发生着新的诸多感情纠葛，也将那些人生剧目转移到新的战场。人口流动，使人们的情感半径大大拉长，天南海北的打工者，会在陌生的城市里相遇，在工厂、网吧、出租房、菜市场、街道边演绎故事与恩怨。就是留在乡村的青壮年男女，私会的手段、时间与场合也多，手机微信及时交流，精准定位，不再需要借助看戏来做那些惊心动魄的勾当。乡村的开阔与安静，人口稀少的家庭，处处可以成其好事。县城里的酒店宾馆，一个挨一个。交通方便，有车的话——不管是汽车还是电动车，二三十分钟蹿到县城，分分钟开房。无论怎么说，人们再也不必把戏场当成表达情感的主要场所或唯一渠道了，这也算是一种文明与进步吧。所以戏台下，观众更加纯粹，被明亮灯光照耀着的中老年人的脸庞，一律专注地仰着，随着剧情起伏变换着步调统一的表情。

　　最后一场戏是《父子状元》，昨晚那个恶媳妇，今天演了女主角的嫂子，一个善良泼辣诙谐可爱的女人，从头到尾输送仁爱，还负责逗观众笑，仿佛是一个改邪归正的人，于是更加可爱，连那徐娘半老，为了保持苗条身材而干瘦的面庞上明显的皱纹笑起来也是楚楚动人。在得知小姑子未婚先孕之后，她先是批评后是揶揄地说："咦，你可真中用，不用出门子就生下个胖小子。"她帮助隐瞒，照顾产妇，陪着女主角一路夜行，抱着孩子找到婆家，而未曾谋面的婆婆见到儿子的证物后，也宽容地接纳了母子二人。后面故事就是老套而又满足了所有人的趋善心理。儿子长到十六岁，进京赶考，路遇当年因病误了考期而无颜还乡只好一年年考下去的亲生父亲，他乡遇老乡，拜为兄弟，二人一同进入考场，双双上榜，一起回家，可想是怎样的闹剧与美好的误会。但是如此瞎编的故事，竟然感动了我们，只因人性的光辉，在一出类似于闹剧里得到提升和演变，我们对爱情、忠诚、功名等一切平凡而伟大操守的渴望与寄寓，都得到了满足，可以说，一出戏，浓缩了我们所有的梦想。戏里的爱情，总是坚贞不移，海枯石烂永不变心，戏里的书生，总是一考就中，好像中状元是件很容易的事情。

因是最后一晚最后一场，剧情简单，基本没有什么情节，也不要太费脑子，过多浪费观众感情，只是插科打诨，趋于闹剧，演员也着急收场，不认真演了，用乡下人的话说，开始喘了（开玩笑，恶搞打闹），大段唱词少了，只是动作戏、搞笑戏，翻跟头打滚挠痒痒。引起观众明显不满的是三号女主角，儿子赶考路上住店遇到的店家女儿，两人一见钟情，店主夫妻看出这小公子是个好材料，夫妻齐上阵，帮女儿一起抓牢小伙子，先做成熟饭再说。我们对故事没意见，有意见的是，店家女儿太丑了！不，是演员太丑了，一张扁平瓦当脸，一张合不拢的大嘴，一口大龅牙，她一出场，观众吓了一跳，发出一阵不满的嘘声。一个人，你长得丑没有错，可你不该当演员；当演员也行，你不该演一个能让马上就要中状元的翩翩公子一见钟情的少女。那么浓烈的妆容，如此美妙的服装，都不能将你的长相纠正到中等，你本身条件该有多差，而这样的人，当初怎么选上的演员、上的戏校，戏曲不是审美的艺术吗？怎能对相貌不把关呢？怎么让一位超级丑女演一个美丽少女？而且饰演翩翩公子的，是一个圆脸可爱的女子，这样一对人儿，在台上演绎公子小姐的爱情，真真是太恶搞了，难道这也是这出闹剧的一个亮点？真是莫名其妙啊，真有欺诈之嫌啊，真真对不起观众啊。就连最纯朴厚道的观众，也都觉得受到了冒犯，人们开始交头接耳，都在说着同一个问题，咦，咋这么丑哩？台上那位美丽的丑女，可能也知道自己的丑陋，这让她很不自然，放不开手脚，硬胳膊硬腿，表情也是僵硬，每唱完一句赶快闭嘴，只想用嘴唇盖住大龅牙。视觉是件多么残酷的事情，她多年来，已经被自己的貌丑死死捆绑住，她已经屈服了，变成一个呆板僵硬的躯体。一个女子，长得丑已经是不小的悲剧，再去唱戏当演员，让人们观赏你的丑，品评你的丑，强化你的丑，质问你的丑，这就是件更为残忍的事情。难道她是专门找来的临时演员，就为了造成反差？可她分明是有些基本功的。她成为这个美好欢乐夜晚的不和谐音符，她伤害了观众纯洁的心灵，她破坏了我们看戏的大好心情，她每次退场钻进后台门的背影都那么匆忙，腰肢不展，她也不奢望得到人们的理解与同情。

　　没有戏的演员，已经脱去戏服，穿上现代服装，在幕布后边收拾道具，搬这搬那，据说今晚要拆卸舞台，装车离开。台上坚持到最后的几个人分明心不在焉，表情都走了心意，那个摔倒在地的店家升级为状元岳父者，按剧情本不该笑的，却躺地上张大了嘴，不知自家在乐个什么。几个人都恨不得赶快唱完结束，对白节奏明显快了起来，有了打闹的意味，下面的观众也有起身搬凳子离去的，好像早于别人撤离半分钟就是胜利，一股浮躁慌乱的气息活跃在舞台上下，台侧台后走来走去抬箱子绕电线收拾行装的人，脸上的妆容就显得浓烈而突兀，有点后现代的感觉。

　　最后一句唱腔结束，台下竟然一哄而散，没有人鼓掌感谢，我拉住小洁和大妮不让走，站起身向着舞台鼓掌，直拍得手疼。

按照惯例还有赠送的几段清唱。于是团里几位主要青年演员带着戏里妆容,穿着自己的服装,从合上了的大幕里钻出来,那位刚才演儿子状元的年轻姑娘,圆圆的脸儿粉嘟嘟,甜得能流出汁儿来,刚才那身状元服装,穿她身上实在是长了,她每走一步,先要用手提起衣服,否则会踩住下摆,摔一跤也有可能的。此刻,脸还是刚才的浓妆,头发尚且盘着,红绸裤还没脱下,外套自己的呢子大衣,脚穿一双旅游鞋。可能自己也觉得有些好笑,不时露出清纯而略有自嘲的笑。夜风很大很冷,吹得幕布大幅度舞动,时而将她包裹起来,把她甜美的声音撕成碎片抛向夜空,似乎要带着她飞走,她用手拨开幕布,有点调皮地探出头,将脸儿露出,面带微笑把这一段唱完。那个曾让剧中的"他"含情脉脉、张开热情怀抱的丑女,当然没有再露脸。

这种城里正式剧团的戏,在乡村大地上已经算是很好的了,虽然字幕上时见错别字:我为层(未曾)开言泪流满面;忘不了闲(贤)的妻情谊(意)绵绵;该(隔)着墙老道官就能看见;盼之(只)盼张安儿早回家们(门)……真是错得五花八门。我头天晚上煞戏后到后台问那位收拾了包包准备回住处的演员,你们没有人校对一下字幕吗?他羞涩地笑笑说,回去给领导反映反映,争取改过来。

离开了城里的固定剧场,要在大自然的风雨中历练,在田野上奔走演出,定有些意外与小小故障,这些都可以理解。在他们古装戏服的里面,胸前或腰间,绑缚着小方盒的扩音器,将声音送向远处。偶尔它们也会失灵,女主角花枝招展,绣带飘飘,移莲步从幕后出来,轻启朱唇,声音却传不出去。并不惊慌,她是有着丰富舞台经验的人,边唱边轻轻拍打胸口，想让那个小家伙开始工作，却不管用。她面不改色，仍然入戏状态，边唱边向侧台移去，脸儿当然还对着观众，幕布后早有一个人，递给她一个小方盒，她以剧中人兰花指造型接过，现代设备在手，继续抒发古典情怀，演绎着对公子的思恋，微转身，背对观众，将新的小方盒别在戏服的前襟里。

我私下想，毕竟是市级剧团，有现代化的舞台及先进的设备，十几号人的队伍，连唱十台大戏，这村子至少不得拿出十来万。可一问价格，大出意外，十场戏唱下来，共一万二。自带设备，开车往返几百里地，自管吃饭，村里只是给提供住处。天啊，这也太廉价了吧，这么多人，忙下来基本不落多少钱啊，尤其那几位光彩照人的女主角，一看就是正规科班出身，青年演员，骨干力量，这一趟能落一两千吗？小洁说，这都不错了，比闲着强，有的给的还少哩。这样一说，戏台上所有的小瑕疵，错别字，不高雅，甚至接近"三俗"的擦边球，还有那个奇丑的女子，也都能理解和接受了。不用说，他们对戏曲事业是无比热爱的，从头到尾，对观众也都是真诚的，唱念做打，那么卖力和投入。而这段赠送的清唱一完，他们立即拆下舞台，装车走人，赶在天亮之前到家。或许在路上，或许回家后，很快，每个人，分到此行的劳务费，几百元，上千元，热乎乎拿到手中，然后期盼他们高悬于舞台前额上的联系人电话会再次响起。

在双楼周的会上，小洁给大国买了一件毛衣，当然没有毛的成分，看起来像是棉与化纤，但是织得细腻紧致，花纹做工样式都挺好，一番还价后，六十元拿下。

我在刘孟会上，买了一双带绒的长筒连裤袜，腿上是厚的，脚上是薄的，衔接处不落痕迹，解决了冬天穿厚长筒袜时脚在鞋子里撑得难受的问题。质量真是不错，在城市买怎么也得四五十元，到大商场里，价更高，我曾听一位女作家说，她买过一双五百八十元的长筒袜，真不知是什么材质做的。在这里我却二十元买下，这让我深感意外。

小洁说，你们买贵东西习惯了，回来见到啥都觉得便宜，其实它们也就只值这些，大城市消费高，商场里租位贵，一厘一厘加上去，可不就高档了。

当然，会上的便宜东西成本都很低廉，来路也是可疑。杂牌子化妆品、护肤品之类，花花绿绿放了一片，要价十元一瓶。至于成堆成排成批摆放悬挂的床上用品，几件套们，全都是化纤产品，那些号称全棉的，能有一半棉的成分，就很不错了。于是形成一个怪现状，在乡村却买不到全棉产品。仿佛有一个专门的渠道，将一切粗劣、仿制、替代品、山寨货，源源不断地运往乡镇，因为这里的人们，只求价底，不奢望质量多高，好像你想要多低的价格，都能满足你，那么只能在成本上，无尽地压缩。夏天的一个晚上，我和大妮躺在她家沙发上闲聊，电视里正在播放一种鞋的广告，明星做代言人，看起来质量很好，适合中老年人穿着，七十九元一双。我说，这么便宜，我给你买一双吧，干活穿。大妮惊讶地说，呀嗨！七十九还便宜？你看我这双鞋，七块钱，会上买来的，穿了两个夏天了。说着从门口拿来一只网眼编织的运动鞋。我问，七块一双，利润在哪儿呢？

　　大妮说，那不知，反正会上都这么卖。你那件三百八的花衬衣，在咱会上，也就是四五十块钱。

　　我注意到，村里中老年妇女的鞋，大都是十元左右买来的。她们在一起比的是，看谁买得便宜，买得划算。我却总在想，商家的利润空间在哪里？

　　天冷了，我临回西安，想给大妮和小洁买双好一些的鞋或者全棉内衣。让大妮给厂里请了半天假，刚好涛和大国，还有那位姓尹的，大周铁三角，要到东边另一个镇去看塑料大棚，上午姓尹的开车，挤进六个人，把我们三个捎到金佰汇放下，他三人走了。

　　在一楼的皮鞋区，转来转去，两人表示不能接受几百元穿双鞋，我说，那就买全棉内衣吧，到内衣那里看看。小洁说，里面穿的，不必这么讲究。二楼似乎是各种品牌的衣服，但一细看，质量不怎么样。问题都是小年轻穿的那种，样子奇奇怪怪的。小洁说，再往楼上，那里有成片的大众品牌。三楼上果然是的，大卖场里，一家一家的店，开放式经营。问了几家价，都挺实惠，货比几家，试来试去，轮番砍价，竟然只花了七百多给她俩一人买了一件呢子外套，当然不可能有含毛成分，不知是什么新式替代面料，但看起来厚厚实实，做工也挺好，样式大方得体。

　　我明白了，二人的心思是，想要一个大方实惠的东西，这下过年的新衣服都有了。前几天我穿了一件优衣库的羽绒背心，给小洁说，这个质量挺好，也便宜，一百九十九元，咱县上有优衣库吗，我去给你买一件，在家穿。小洁对一百九十九元买个没袖子的衣服很是不解。刚好县上也没有优衣库,只好作罢。我在裤子区域那里,一百二十元买了条黑色窄腿里面带绒的裤子,近几年女士们都穿这种,冬天一条在身,外裤毛裤秋裤都解决了的那种。问题是样子和质量看起来都很好,上身试,除了略长需裁裤边外,哪儿哪儿都合适,而商场里免费裁边,你还能说什么呢?只能像占了多大便宜似的买下来。当然这条裤子回到西安洗了两水后,裤腰那里开线,露出里面的宽版松紧带,自己动手缝了两回。我试裤子的时候,小洁说,你们有胯能撑起来,我穿啥裤子都是松松垮垮的。我一看她,果然,上身胖滚滚的,前后胸都是厚肉,屁股那里却干瘦,下面两条小细腿。原来人与人的长相和身材都有如此大的差别,我是上身没肉,下面两条粗腿,和小洁上下身正好相反,个头也都偏矮。而大妮身高标准,四肢匀称。三个女人试衣服过程中把身材的优缺点展露一番。

小洁又给大国买了条裤子,一百四十元。因大妮在场,我没有提出给这条裤子付钱,小洁从裤兜里掏钱自己付款。

我一直问一个问题,卖这么便宜,他们挣钱吗?小洁说,放你的心吧,不挣钱不会卖给你。

在食品区又买了些吃的,小洁打电话,三个男人刚好也往回走。我们提着大包小包,在商场门口等着车来接。六个人挤到车里,我提出请大家吃饭。前几天,在县政府对面一条街上,去过一家火锅店很不错。涛说知道那家,价高,宰人,颍松路上一家火锅店,也很不错。于是开到颍松路,找到那家看起来确实挺不错的火锅店,点了丰盛的肉和菜,最后烩面坯是赠送的,六个人都吃到饱胀,结账二百六十元。

第十二章
曾经的盖房大计

　　百年前，南乡十几里外一个村庄，有一家大户，给儿子娶了妻子，生养一儿一女；十多年后丧妻，再娶一年轻女子，又生养一儿一女；过十多年又丧妻，又娶一年轻女子，仍然生养一儿一女。人称"三窝家"，这使得他家的大女儿比第三个妻子年龄还大。第三个妻子生的女儿，就是我婶，也就是说，我婶的大姐比我婶的亲娘还大，我婶大姐的女儿良箴比我婶还大十几岁。良箴嫁给我们村上的周而复。十几年后，经良箴介绍，她的小姨嫁给了我叔叔。周而复按我们周姓人的辈分管我叔叔喊爷，他妻子良箴却管我婶喊姨，听起来很是混乱，大家只好各认各的辈分，比如在我婶一次次强调下，我喊良箴为表姐，而见了年长许多的周而复可直呼其名（因为他该管我叫姑姑）。

　　周而复曾经当过大队支书，是周理洪的前任，他们都是村上的顶级人物,仪表堂堂的男子汉,一村不容二精英,所以两人一直不太和睦。我叔叔在周理洪那里盖房受挫后,曾经找过周而复,想让他这个老领导利用余威给周理洪施加压力,这更引起周理洪的反感,使本来应该顺利的事,变得不顺,这也许就是周理洪一会儿同意,一会儿又反悔的原因。想起我爸我哥他就同意,再想想我叔去找他的前任他又不高兴。

　　2015 年 5 月 7 日的晚上,爸爸、姐姐我们三人乘上火车。8 日早上五点,三人在漯河下车出站,先找到取票机,取了网购的三张回程高铁票,又在车站逗留一会儿。天降小雨,故乡用清新的空气迎接我们。眼看六点多了,估计大表哥一家人该起床了,打车往他家里去。从亲戚那里得知,大表哥经过治疗,再加上大表嫂的精心照管,已经能够生活自理。亲戚还告诉我们,大表哥的小儿子 5 月 9 日结婚,这也是我们没有提前打招呼,不愿叫他们来接的原因,他们一定都在忙着筹备婚事。刚才在车站,三人凑了一千元新钱,装好红包,是给他们的贺礼。我们来到一条街上,轻松找到"老孔货栈"。刚走到门口,见大表哥在玻璃门里,正要打开店门。我们心头立即舒展,看来身体恢复得很好。

　　大表哥可以缓慢行走,说话不像从前那么伶俐顺溜,两三个字一个音节,谨慎地向外进,不影响他看店经营、做生意算账。就这,比起瘫痪在床,已经是巨大的胜利。

　　大表嫂说,酒店已经为我们订好了,让我们无论如何要参加她二儿子的婚礼,明天婚礼上要照一张有史以来人最多的全家福。我们临时决定,今天先回村里看看,晚上回市里住,明天婚礼后再回村。大表哥让他大儿子开车带我们回村。

在从前,是那么遥远的路,那么庄重复杂的行程,下了火车坐班车,班车下来步行,拖着行李折腾来去,现在汽车疾驶,四十分钟就到大周。麦田平坦无垠,浓绿醉人,村庄被绿树包围,雨后薄雾轻漾,空气清新得让人感动,此情此景,非常适合歌颂家乡。大平原即将迎来丰收季,是一年中最好的时节。此时更加明白,为何中原自古为兵家必争之地。土地肥沃,粮仓丰厚,连接东西,打通南北,任你八面来风,我自和光同尘,一网尽收,历史悠久文化深厚,不争才怪。而车上坐着的人,要赶回家争一处宅子,在上面盖一座或许永远也不住的房子。我们三人已经达成一致,不想让叔叔盖房。听大表哥说,现在农村,盖一所房加上院墙,要八到十万。叔叔那个资金预算,实在是有点天真了,或许他被包工队骗了,先吸引你,盖到一半,说这不行那不够;或许叔叔自己也明白其中的情况,所以想了旧砖旧门窗的办法。我们这些大城市回来的人,工程师、教师、作家、记者,联合盖起一所旧材料拼凑起来的房子,岂不遭乡亲耻笑。表哥表嫂都说,在村上盖房没有一点用,现在农村人都在城里买房呢。大妗在村上的老屋,常年无人,被人从后面掏了一个大洞,下雨天往里潲雨。

路上我和姐姐说好,回村要给叔叔说,反正就这五六万,再也没有钱给你了,你实在要盖,那就盖两小间吧。

今年过会没有戏,是干会,不热闹,只有一些卖菜卖肉的摊点提前一天来到,占据路边有利地形。车开不进街里,叔叔在村头学校门口迎接我们，很高调地和来人一一握手，大有迎来同盟军的喜悦。穿过街里，将我们带到山大爷家的小院。见我叔在小西屋里，安置着简单的床铺和桌子、锅灶，一些日常用品在地上堆放，我立生同情之心，为了盖房，续下爹娘的家业，一个当年名牌大学的高才生、大都市的知识分子回到村里住下，经受挫折与艰辛。我们不免又心中责怪周理洪，让不让盖，痛快给个准话，来回反复，到底安的什么心？

按照老家风俗，两家交涉事情，需有个中间人来回协调。爸爸和叔叔一起到联合叔家里去，让他去给周理洪传话：西安贵叔，由两个闺女陪同回来了，你若同意他们盖房，他来你家与你见面、商议，你若不同意，他也就不来见你了。

好像是国际谈判一样，他们关起房门，神秘地说个没完。我和姐姐，还有充当司机的大表哥儿子，三人站在联合叔家院子里一棵杏树下等待，青青的杏子挂在枝头，看一眼就觉得好酸，两腮内溢出汁水来，默默咽下。

乡村的房子，外面看，高大气派，屋内高也有三米多，尤其门楼，一个比一个雄伟，朱门大院的样子。可进到屋里一看，大多又脏又乱，破家当乱扔一气。劣质家具，尘土落厚厚一层。面积大而无当，打扫一回得半天时间，大多数农村人也没有打扫的习惯，又因太高，显得空旷，一点都不温馨，没有家的感觉。将来我退休后，若在老家盖房，绝不会盖这么高，顶多三米，不求外观气派，只要屋内装修得舒适可心，水厕到位，便于打理就好。房子是自己住的，不是给别人看的。

叔叔领我们参观老院子。杂树、野草比人还高，三间老堂屋，几十年的大门已经变形。叔叔离得近,过一年半载回来看看。这次在家,用水泥将屋子周围地面硬化了一圈,野草拔了一些,略开出一条小路,用于他每天站在这院子里抽支烟,思考一些他认为的重大事件。屋内潮气很大,也不通水电,肯定是住不成人了。将它修整、加固,只是为了像今天这样偶尔回来一次看看,心中告诉自己,这是我的家园。老院周围,到处可见倒塌的老屋、荒芜的旧院。东边临街住的是康叔叔,上世纪末为逃避计划生育,夫妻俩远走新疆,发下誓愿,生不出儿子不回家乡。或许真的为这个原因,他们再也没有回来过,据说连生了九个女儿,康婶婶身体垮了,再也不能生了。他们的老屋,房顶没了,只剩一圈子围墙,从里面冒出很多树来,向着阳光的地方,奋力生长,使那老屋像个小城堡一样,不知里面是怎样的童话世界,保留着何样的旧梦。东邻居伍叔叔,我只听过他的名字,从没见过此人,据说是市里的退休干部,每年只清明节回来一次,烧完纸就走,房子塌了一半,旧砖在院里堆放,上面长了浓密的青草,像一个巨大的坟墓。春天从砖缝里钻出一个倭瓜秧,夏季开出大大的亮黄花朵,秋天结出长长的弯曲的倭瓜,静卧那里。再向东,就是周海文盖好的院墙和小西屋,也就是我叔叔借住之地。海文用两万元修整起高门深院,只用以他和妹妹清明节回来烧纸时,有个去处。反正,人总是不愿意看到自己的家园荒了、废了,即使再也不住,也想把它修整好。

中午,我们去往村后的饭馆吃饭,但见村东头,新盖起两幢粉红色六层单元楼,很突兀地长在麦田里。我那时当然想不到,五年后回村,我会寄住在这里。

　　叔叔说，这是南方一个投资商，被我们大队干部忽悠，盖起来的。我们经过的路边还有两间房，写着"大周新家园售楼部"，可是大门上锁，灰尘封阶。楼房盖好两年，只卖出十几套。"算是赔惨了。"叔叔有些高兴地说。新家园有一个重要问题：没有配套的下水道。也就是说，住在这楼上的人，废水无处排，垃圾没地儿倒。两幢新大楼前面，三排连体小洋楼，每户一个铁栅栏小院，这是东边安庄的新农村建设成果，经常作为样板接受上级检查与外来者参观。小洋楼和那两幢楼一起，共同面临着下水道的问题。住在里面的村民感到不便，有的偷偷回到自家老屋里居住。

　　看来，下水道问题不解决，所谓乡情，所谓回归，所谓新生活，也就是纸上写一写，口中念一念而已。我再次对叔叔的盖房大计，心生疑虑。房子盖好后，爷爷奶奶的后代十几个人，到底谁会回来住呢？

　　吃饭时候，叔叔问我们，大表哥的身体恢复得怎么样？我说，干脆，你在家待着没事，不如跟我们去市里参加婚礼，今晚大表哥已经安排好酒店里两个房间，你跟我爸住一间，好好说说话。叔叔欣然同意。

　　我们饭后回村，在摊点上买了一块大肉，拿到海岸哥家里，海岸嫂埋怨我们，中午为何不来吃饭。我们说人太多，怕给你添麻烦。可是村后饭馆里的饭，实在是太难吃了，跟你做的饭，那就没法儿比，我还是爱吃嫂子你做的饭。一番话说得海岸嫂很是高兴。

　　海岸哥两个儿子，大的在外县开门面房做蛋糕，前几年挺挣钱，这两年生意不行，凑合支撑，可也在那个县城买了房子，孩子都在那里上学。大儿子昨天开车带着一双儿女，回来过会。二儿子在县里工作，二儿媳在我们村里小学教书。夫妻俩都有公职,受计划生育政策约束,头胎生了女儿,想要个儿子,掏了五万罚款。我前几年回老家,那小媳妇正挺着大肚子。现在,那五万元买了通行证来到世上的男孩儿院里院外跑着玩了。孙女在县城读初中,二儿子在县城买了房,二儿媳每天早上开车带着孙子来村里上班,孩子交给海岸嫂看管。海岸嫂两个儿子的两处宅子,也在村后空了下来。

我们分析,周理洪之所以变来变去,可能也有压力,一是他儿子不同意,再就是有人挑唆,比如那几个曾经想在南院盖房建烟炕的人,还有啥也不图只想看个热闹的人,都不想让我们顺顺当当把房子盖起来。

临回市里,爸爸和叔叔又敲开联合叔的红色大铁门,进去交代几句什么。然后我们就看到联合叔倾斜着腰身,从街里蹉蹉蹉向西去了。颍河两岸,不知祖先有何优良基因,眷顾男子,大周村随便拉出一个男人就是美男子。我童年记忆里的周理洪,身材修长挺拔,玉树临风,白肤象眼,拔尖好人才。联合叔年轻时候也是一副好相貌,早年外出打工,砸伤了腰,干不了重活,从此安心回村。他见过世面,嘴又会说,爱做些说合、玉成之事,大家有事愿意托付他。爸爸刚才再次敲门,是给他二百块钱,答应他事成之后,还有感谢。

叔叔提了他的洗漱用品,跟我们走。临上车前,我提醒他,此去市里,是参加婚礼,应该随一份礼的。叔叔说,我不给他随礼,我对你大舅有意见。我说,我大舅已经去世多年,过去的事不要提了。他后退半步,说,那,我不去了吧? 我和姐姐拉他上车,姐姐给他二百块钱,让他去了给大表哥。

三十年前,二表哥考上郑州一个大学,想上个好专业。我大舅到郑州找到我叔,请他托人帮忙。据说大舅承诺,"事成之后,家里牛犊卖了感谢你和办事人"。叔叔本是个热心人,对这种事有天然的积极性,他上下奔波,自掏腰包,找到招生办他一个同学的亲戚,办成了此事。大舅提了两包点心、几斤水果前来感谢。叔叔认为这与他曾经承诺的"卖了牛犊"差距实在太大。可是,另有一个版本是,大舅没有说过"卖牛犊"的话,而是说,他们村回民多,下次碰到有人杀牛,给你弄几斤最好的牛肉。不管怎么说,叔叔认为我大舅亏欠了他,几十年了,总也不能释然,我已经听他几回说到此事,每次都愤愤不平。

现在那二表哥,已是年近五十之人,前年不知为何,从官场跌落,人生前途拦腰斩断。叔叔实在不该再提这种小事。

大约七八年前,我接到二表哥的电话,很是悠闲的样子,没有啥事,只是跟我拉拉话,说他现在职务上去了,专车也有了,小孩学习也很用功,"再没啥操心事了"。在小城市,一个农家子弟通过读书考学,走上仕途,上到副局长(其实也就是个正科或者副科级干部)的位置,已经可以说是达到了人生理想境界,很应该有成就感了,可以尽情热爱命运、歌颂生活了,以至自己待在办公室,美得不知如何是好,想起千里之外少有联系的表妹,要隔着电话线展示一下他的成功人生。我对他表示了真诚的祝贺,记得他叫着我的名字说:"璞啊,四十多了啊。"那意思是说,都这么大的人了,奋斗这些年了,坐到这个位置,不是实至名归、理所当然吗? 不想才过几年,突然老家传来消息:出事了。二表哥被抹去官职,已经不在单位上班,而是跟朋友卖起了花木或者电动车,从不同的亲戚口中,传来的是不同版本。我当然也不敢打电话问他,因何至此。那天上午,在回老家的路上,我问开车送我们的大表哥的儿子,你二叔,到底是怎么回事?从那孩子嘴里,我们得知了事情原委:或许是二表哥得罪了人,单位里有人举报,告不倒他,誓不罢休。上面来人调查,果然查出问题。官职丢了,好在没有继续追究,也保住了公职,现在每月还有基本工资。他也不愿再见到同事,所以离开了单位。人生如梦,黄粱一场。我们若见到二表哥,当然都不能提及此事,就像从来没有得知他当过副局长一样。

大表哥家,来了许多人,帮忙的,祝贺的,送礼的,流水一般,这拨来了,那群走了,欢乐与喜庆拥满了楼上近二百平方米的房子和平台。长辈们坐在客厅沙发上说话,周围一圈小辈坐小凳子,手捧了脸仰着凑趣。我因昨晚在火车上没有睡好,钻到大姄房间睡觉去了。一觉醒来,夕阳照窗,门外人声纷纷。姐姐推门叫我,快起来吧,他们都来了。出了房间,客厅里早已换了不知第几批人。

二表哥、三表哥全家都到。亲人相聚,笑语欢声。二表哥刚吃了西瓜,去厨房洗手,相见第一眼,我们都同时躲开了目光。二表哥洗手出来,对我说,就等你睡起来了,走吧,出去吃饭,晚上住我家,酒店房间退了。

二表嫂开车,车上坐着爸爸、叔叔、姐姐和我。二表哥打车前面带路。叔叔在车上抽烟,我们呛得难受,也不好意思制止。烟灰弹在车里,烟头从车窗扔出去。

我的电话响,是海丽。之前我在微信上与她联系,请她9号开车送我们回老家。她说,刚才老家传来消息,联合叔请她转告我们,"你们说的那个事,周理洪同意了,让咱们明天早上回去,到他家里,避开中午时候,因为过会,家里来客多,吃饭喝酒,太闹腾没办法谈"。我说,那就下午或者晚上吧,我们在此参加完婚礼就走,刚好他家客人也都走了,有的是时间说事。于是说好,海丽明天中午一点半在酒店门口来接我们。

我告诉叔叔,周理洪同意了。叔叔经过短暂几秒钟的疑问和愣怔,突然神经质般地拍手鼓掌,大声说:"好啊,胜利! 胜利啊!!"双手挥舞,碰到车顶。我感到车打了个小趔趄,刚学会开车的二表嫂肯定为之一慌。我说,叔你别这样,一惊一乍的。叔叔瞪大眼睛怒视我,"咋了,我不能表达一下情绪吗? 为了解决这个问题,我在村里住了一个多月,这样那样的不顺利,这片地争不过来,我有何脸面回郑州去?!"他那表情,好像不顺利的原因,全都是别人造成的,他自己没有过错。我说,这不是面子的事情,房子盖成,未必是好事,这么多人都说,五六万绝对盖不起来,我们的目的是把这片地争过来就行,明天,签了协议后,垒上几层砖,地基搁那儿,它就永远是我们的了。爸爸也同意这种做法。叔叔雄心勃勃的样子,坚持要盖,"不蒸馒头争口气",滔滔不绝说着,突然问我:"去年我给你短信发过我写的一首诗,你为啥不回复我?"我说,好像记不得了,以为你是从哪里摘的,也就没管。他又朗读起他写的五言绝句,意思是他一生命运坎坷,上下求索,却总被生活捉弄,终不得志。对那首诗,我只能保持沉默,含糊其词。叔叔又说，当时也发给了周冼、周冶（他的两个儿子）。他们咋评价呢？我问。"周冼说，我应该阳光一些，要看到生活中光明的一面；周冶说，应该写些现代诗，让人能看懂。"我明白，这是两个堂弟闪烁其词，谁也不好意思说，你写的这叫什么呀。

有一年的暑假我到济南开会，买不到回程车票，干脆买济南到郑州、郑州到西安的高铁票，中间停留一天，看望一下叔叔婶婶。因开会日程很紧，没有时间给他们买东西，在济南高铁站，买了冷柜里的道口烧鸡。叔叔说太贵了，对这只六十八元的烧鸡大肆抨击，进而批判社会，全世界都是骗子与强盗。

他说第二天，要带我出去游玩，东区有个文庙、城隍庙，不收门票，值得一看，他已经查好了乘车路线。

第二天早上，坐上他说的那趟公交车，不想那天恰好是全市小学生开学报到的日子，路上堵车严重，他大骂道路拥堵；再往前走，修路地段，车辆绕行，他又骂市政建设；十分钟过去，车基本不动，他大喊让司机开门开门，他要下车，司机说不到站不能开，他与司机吵了起来。我说，叔，咱是出来玩的，心情好一点嘛，哪怕去不了文庙，这样堵在路上，空调车上凉凉快快，人也不多，咱们坐着说话，也挺好的。他喊得厉害了，司机打开车门，让我们下车。前后张望，却发现下错了地方，叔叔气得直拍大腿。在一个完全没有公交车的小路上走了很远，总算打上一辆出租车，他觉得这一番折腾很亏，责备出租车司机绕路。司机说，不绕路的话，你中午都到不了文庙。我早早将钱拿在手里，一再劝他，二三十块钱是很小的事，咱是出来玩的，只要把半天时间打发过去就行。

文庙回来，下公交车，快到家时，我看到水果摊点，大个儿的水蜜桃非常诱人，想买几个，他一听十元一斤，拉我就走，回头厉声谴责卖主，你也太贪心了。摊主冲他翻个白眼不理他。我把他推走，让他先回家去。婶婶没有工作，二人靠叔叔的退休金生活，经济窘迫，平时肯定舍不得买这么好的桃，我想买几个，让他们尝尝。回家后，他又责怪我，不该买这么贵的桃。

下午，叔叔婶婶执意送我到高铁站。从家里到地铁站，大概有两站路，我说，打车过去。叔叔反对，他要用自行车带着我的箱子，让我和婶婶坐公交车。他用很严峻的表情将箱子捆绑到自行车后座上，我立即想起童年时候和大人一次次赶火车、挤火车，一切为了省钱的那一套装备和情绪，随时惊慌、恐惧、奔跑，随时要跟这个世界战斗、拼抢、对立、抵触，那些不甚愉快的经历，几乎成为童年阴影，我再也不想见到这种场面。我告诉叔叔，人挣钱就是为了让生活更便捷更轻松，该花钱的时候，就愉快地花出去。他却义无反顾地先骑车走了。我们两个女眷走到公交车站，等了好一会儿，不见他说的那路车来，干脆打车。坐在出租车上，见年近七旬的叔叔骑着自行车，在大太阳底下，用一种和命运抗争的表情奋力蹬着，我心里很不是滋味。好在同时到达地铁站，他一手扶车把，一手指挥出租车停在他指定的地方，司机说那里不能停，又向前开了十来米，这惹恼了他，铿锵有力地给已经离去的的哥盖了个大钢印：孬孙！将对方打入联合起来迫害他的那个强大世界之列。地铁上，三人无话，我只盼着快点到高铁站。在进站口挥手告别，将叔叔婶婶置于身后，我长出一口气，总算是逃离了。世上就有这样的亲人，见不到时，想念，牵挂，见了后，又不想多待，我庆幸只是停留一天。

回到西安后，我跟姐姐说，叔叔怎么是这样的人？跟他在一起，太累了。姐姐说，你知道为什么吗？太穷了，人穷脾气大，全世界都欠着他。这样一说，我又很同情叔叔，后悔这次去只给了婶婶五百块钱，应该多给一些。一个当年名牌大学的高才生，国企里的工程师，单位倒闭，拿点生活费下岗回家，到了退休年龄，才开始发退休金。为了生活，他曾想过各种办法，到外省一个公司打过工；学习周易推卦，街头给人算命，和城管捉迷藏；甚至在一个家属院打扫过卫生。叔叔是那种智商很高却情商很低的人，读书时绝顶聪明，成绩一直拔尖，对这个世界上的新生事物充满好奇，很多时政话题他都愿意参与，身上带个小本，随时拿出来记录，爱好学习，爱自己钻研个什么东西。他对生活无限热爱，对人也从不觉得谁是坏人，可一旦与人打交道，总是失败。命运不济，为生活奔波，为经济所困，他像我们所有人一样，无限地热爱金钱，愿意为了它而付出一切热情和劳作，但直到老年也没有摆脱贫困。有一年，大学同学聚会，好容易联系到他，他断然拒绝：我是个为一日三餐奔忙之人，不再合适跟你们见面了。

车到吃饭的地方，二表嫂去找停车位，我们在路边等待。叔叔又在给爸爸说起我大舅当年对不住他的那件事。我劝叔叔不要说了，有能力给亲戚帮忙，应该感到高兴，咱又不是为着人家的报答。

"我当年为周冼、周冶的工作求过咱一个老乡帮忙，那是要每年春节提着礼物去看望人家的，我一直看到那个老头死了，才不去了。这是做人的道理。"叔叔又是那样瞪大眼睛，疾恶如仇地教训我。

我突然想起，没有见到叔叔给大表哥钱的镜头，问他，把钱给了吗？叔叔说，没有，明天给。我说，明天忙忙乱乱的，今天一起坐着说话那么长时间，给了多好。叔叔凑过来，小声问我，我给他一百，行不？我说不行不行，拿不出手，我姐不是给你二百吗？

二表哥在马路对面向我们招手。过马路的时候，我提醒叔叔，再不要提从前的事了。

可叔叔仍然怒气冲冲，别人请客吃饭，也不能让他高兴一下，菜上桌，酒倒好，他突然用筷子指着二表哥说，"你早就该请我吃饭喝酒，你这孩儿，不好好干……"二表哥脸色骤变，正要敬酒的手僵住了。饭桌上气氛立即冰冷。我赶忙打圆场，阻止叔叔说下去。二表嫂端起一个盘子伸过来让叔叔夹菜，他粗暴地推开。我和姐姐交换眼色，一个劲给二表哥说别的话，希望气氛再回到一团和气上来。叔叔谁也不理，很快吃完饭，提起自己的包，从靠墙的上座那里跨出来，说，到外面等你们。他出去抽烟去了。二表哥也起身，要跟出去看看，我死拉住不让他去，怕叔叔再说出什么伤人的话。我告诉他，我叔前些年在火车上丢过钱，脑子可能受刺激了，常常说话不论轻重，你别介意啊。

饭后，二表嫂开车带上他们几位，我和二表哥走回他家。初夏夜，风儿清凉，我俩默默走着，或许都想起八年前那个上午，他打给我的那个电话，他那么幸福、甜蜜地说，璞啊，四十多了啊。我与几个表哥，见面很少，可以说是陌生，但有着天然的亲近。我妈死了，他爸死了，那又怎样？我妈与他爸是亲姐弟，他们的血还在我们体内流淌。下午，二舅来了，二舅的女儿、儿子也来了，一屋子人坐着说话。多年没有谋面，也从不联系，但是我们知道世上有着彼此，我们分明都能从对方身体里感到自身血液的涌动，看到别人脸上绽着自己的笑容。

二表哥不愧是官场上待过的人，忍辱负重，顾全大局，回到家后，泡茶倒水，热情招呼我们，坐在叔叔身边，一次次主动跟他说话，顺着他的话题，说起自己当年在老家盖房的经验教训，说他通过盖房，成熟了很多，对事情考虑周全了。叔叔摇头晃脑说，"是啊是啊，与人不睦，劝其造屋。"二表哥的家，三室两厅，装修得很是漂亮。二表嫂忙碌着，和姐姐一起，把两张床上所有的床单被罩换上干净的，又招呼我们洗漱。我洗澡出来，见爸爸叔叔二表哥三人坐在客厅沙发上，谈笑风生，气氛很是和谐，二表哥一口一个表叔地叫，叔叔脸上表情和顺许多，我放下心来。

婚礼在全市最好的酒店举行。一对新人十分般配，大表嫂脸上被抹了黑灰，就那么熊猫般大花脸，开心地招呼来宾。亲戚众多，笑语欢声，大吃二喝，只有叔叔是个例外，他焦躁不安地坐在我旁边，低头吃饭，不时翻起眼睛严厉而嘲讽地看着这一切，好像随时要掀桌的样子。我心惊肉跳，害怕会出什么事。

反思自己是艰难的，剖析自己的亲人，也免不了撕裂的疼痛。父辈这一代人，历经磨难，遭受过挫折与屈辱，这成为他们控诉社会、仇视世界的理由，习惯了人与人之间的对抗与敌意，把自己变成一个传递恶意的链条。假如社会是一条污浊大河,他们是裹挟翻腾的浪花;假如世界是一场沙尘暴,他们是一把凌厉的黄沙。他们抨击社会的腐败与不公,对待比自己弱小的人,也不放过打击与伤害的机会。

大家照完合影,海丽的电话打来,她已经在酒店门外等待。我们四人,与大表哥一家惜别,上车离去。

为了保险起见,我给爸爸说,回到村里,不要直接去周理洪家,先到联合叔那里,靠实了再说,叔叔不要再出面了,由联合叔带领,我们姐妹俩陪同爸爸过去。

果真,情况有变,周理洪又反悔了,因为他儿子不同意。小军只是说,那块地,先放那儿吧。

这下,我们不能再去他家。

劝叔叔,算了算了,不盖了。我给叔叔分析,现在盖房的,有两种情况,一是钱多得没处花的城里人,拿十万八万盖个房扔下,不回来住,只图个精神寄托,满足思乡之情;另一个情况是本村人,百年大业,不盖不行,哪怕借钱,也得弄够十来万,把房子盖得亮堂气派。而我们,两种情况都不是,五六万元,盖个不像样子的房子,还是落个遭人笑话。"叔,真的别盖了,砖处理了,收拾东西,回郑州去。因盖房一事损失的钱,还有你这一个月的吃喝花销,我全承担了。"叔叔眼珠转动,问我:"你说,你来承担?""是的,我承担。只要你不再为这事操心、生气,钱不算什么。"再次确认他没有损失,叔叔点头同意了。对于我来说,损失几千元,总比两万元陷进去盖一个不中用的房子要好。于是爸爸、姐姐我们三人,一致劝叔叔,断了盖房的念头,砖卖出去,周理洪那两棵放倒的树,赔付经济损失,这件事尽快收场。我们各自回到城市,不再参与村里错综复杂、鸡毛蒜皮的争斗,远远地遥望家乡,热爱家乡,岂不洒脱。现在见好就收,落一个周理洪不让我们盖,我们盖不成了这一结果,让他有愧于我们,不是更好?

叔叔的儿子周冼,听说我们回来,从另一个城市赶来见面。下午三四点,夫妻俩回到村里。大学教师和妻子,并肩站在街里,像是一对白天鹅落在灰堆上。今天正会,全村人待客喝酒,每家堂屋里都坐满客人,所见男人脸都红通通的,前言不搭后语地说话,飘飘忽忽地走路。我们零零落落站在海岸哥家大门外,周冼与路过的乡亲打招呼,打电话叫来儿时伙伴,握手拍肩,亲热相见。而周冼和小军是同学,为这个闹僵了的事,他不好意思叫小军出来见面。街里路过的人也停下来与我们说话,眼看海岸哥家门口,开始聚众了。叔叔说,看看,这要是咱们有自己的房子,哪用站街里说话呢?

周冼每次回村,我婶都有交代,要去看望良箴表姐。我婶当年生周冼、周冶,是良箴来帮着伺候月子,他俩小时候,有个生病发烧,哪怕夜半三更,良箴二话不说,拉上架子车就走,总之没少给她小姨帮忙。婶婶说,要永远记住别人的好。

周冼回到村头,从车上拿下来给良箴表姐买的东西,和媳妇一起,要向西边周而复家的新院子去。不想叔叔却说,走走,大家一起去吧。刚好我也想去看看,几十年过去,良箴夫妻俩变成什么样了。一行人声势浩大地向西边走去。书中暗表,这又是一个失误,因为周理洪家也在西边,他住路北,周而复在路南。或许是他看到了我们,或许有人告诉了他，总之我们回村后，去看这个看那个，就是不登他的家门，他更是不悦，或许刚刚有些愧疚的心里，又变得愤愤起来。

当年精干硬朗的大队支书周而复，已经是八十多岁的老人，介于糊涂与清明之间，颤颤巍巍地接待我们，他的儿子、女儿们都在，看来是刚待完客喝罢酒，二儿子说话很不节制，几乎失态的样子。主家到处找座位，搬凳子，也安顿不下我们。男人们在屋里落座，良箴表姐和她女儿，招呼我们几个女眷坐在院子里。年近八十的良箴表姐去年一直在娘家伺候她九十七岁的母亲，陪伴她走完人生最后一程。"好脾气的人都长寿，我那大姐，一辈子从没大声说过话，没跟任何人吵过嘴。"去年夏天郑州相见时，婶婶说。

良箴表姐，继承了大家族的贵气与涵养，眼里闪着贤惠温顺的光，以内敛谦和的姿势坐在一块木墩上（凳子让给我们了），双手环抱着双膝。周冼媳妇说："盖房这事吧，咱家不管谁回来交涉，都能盖成，就我爸回来，准弄不成。"哎呀，她真是太了解自己的公公了。叔叔确实有着把事情办砸的"能力"，还有着把简单事情复杂化的非凡耐心和不竭精力。

屋里的男人们，挤挤挨挨，面对面坐成两排，热烈地谈着。周而复的二儿子，激动地挥动手臂，鼓动叔叔打官司。"这官司，一打准赢！那宅基证上写的俺冲爷的名字，有他周理洪啥事哩？"他站着说话不腰疼，好像打官司不用耗时耗力耗财，不得罪人不生气似的。

半小时后，我们这一群人又回到了海岸哥家大门外，周冼一再劝告他爸，官司绝不能打，房子不要再盖。"这官司，你就是打赢，也是个输,为了盖房,把乡里乡亲都得罪了,咱今后还咋好意思回来?"大学教师的境界还是高,分析到位。周冼与树功、小军从小是玩伴和同学,他主张以和为贵。

"那我问你,你这个教心理学的,应该知道有个什么心理需求,分几个层次。"叔叔对良篴家老二鼓动起的打官司前景很是向往。问自己儿子,可是周冼不屑于回答这个简单的问题,头扭到一边。

"那叫马斯洛心理需求的五个等级。"我说。

"是,五个等级,那我现在有个复仇的心理需求,这属于哪个等级?"叔叔摆出一副要跟儿子深入探讨的架势。

"没有复仇的心理需求。"心理学副教授说。

"那马斯洛没有明确提出复仇需求,可肯定是包含在哪个等级里面了。他小个宗理,当年差点把我手指头折断,占咱家的地方和过道,现在也没往回收。后来我把咱家老堂屋收拾好,中午在里面睡觉,他进去想偷我的东西,我刚好醒了,把他骂了出去。夜里,他抱了很多苞谷秆,堆放在堂屋大门口,看那架势是想趁着半夜里,点把火,把房子带我,给烧了啊!此仇还没报,现在他儿子想在咱家的地方盖房子……"

我赶忙劝阻叔叔,小点声说话,这人来人往的街里,他的话随时会有人听去,会传给树功和周理洪。两个小时前,树功从海岸哥家门口经过,膀大腰圆,戴着墨镜,不知是无意进来,还是想探什么风声,走进大门楼,看到我和姐姐坐在门口,笑着叫声姐,打了招呼,转身走了。我们这个阵营在想各种对策,站街里围在一起说话的时候,对方阵营,定是也没有闲着,或许我们的一举一动,都有人及时向周理洪汇报,他们可能也是根据我们这边的行动而不断改变策略,否则无法解释他一会儿同意,一会儿反对。

周冼突然大声吼道:"不盖! 不盖! 收拾东西回郑州去!!"叔叔见宝贝儿子发火,慢慢软了下来。

美爷抱着孩子向东边走来。我们立即住了声。这周富美,顶多六十来岁,抱着孙子,假装到东头来玩,我们这里的言行举动,不需等到今晚,就会传到周理洪耳朵里。据海岸嫂子说,周理洪不让我们盖房,少不了有周富美的挑唆与指使。当年,周富美坐着火车到西安,让我爸答应他,在我家那片地上盖房,遭到拒绝。看他走近,我和周冼主动上去,叫声美爷。周富美学着城里人的做派,与我们一一握手。我姐跑到村头小卖部,买了一盒烟给他,他推辞不要,我姐硬塞到他和孩子的身体之间。我明白姐姐的意思,一盒烟五块钱,咱做到该做的,叫他自己心里难受去吧。他怀里所抱,定是他的孙子,这使我想起他的儿子,当年参加了五六次高考,年龄改小了好几岁,回回考不上。七拐八弯打听到我的电话,托我给他儿子想办法,说西安的大学多,随便上个,走出农门就行。可分数线够不上,什么办法也是枉然,何况我人微言轻,办理上大学这样的事情,实在是为难了,不得已联系一个民办高校,他又拿不出高额学费。最后儿子怎样,不得而知。根据抱着孙子的情况,儿子定是没有出去上大学,那么也只能是外出打工。

"人不能操赖心,对后代不好。这是眼气你家一窝都在外面,啥都好,捣(撺掇)着理洪哥,叫你们盖不成。"海岸嫂子说。

"其实这事非常简单,他们这就是羡慕嫉妒恨,"海丽说,"你家里吧,都在外面有工作,都挺光彩,他再没有啥事能超过你们,只有这一件事,得去求他,那可得好好拿捏拿捏,一会儿同意,一会儿不同意,就是想要一耍你们。"

我不认可这种说法,那周理洪也是个有章法的人,断不会这么狭隘。一会儿同意,一会儿不同意,恰恰证明他心里矛盾,一是生我叔叔的气,再者是儿子小军及旁人给他施加压力。他内心里,定是很难受的,有负于人的事,并不是多么好担。

海丽不愿住下,赶天黑前要走,问我们,到底住在这里,能习惯不?要不跟她回市里,她给我们安排酒店。我和姐姐说,算了,就住家里吧,横竖只是一晚。于是说好明天中午两点多来接我们,送到高铁站。我爸和她,在街里为二十块钱争执,非要给她承担来回的高速路收费;我叔要给她加油的钱。女大款把这当个笑话,摆摆手,开上她那辆几十万的越野车,在美爷为首的村里人的复杂眼神中,轰的一声,从街里开走了。街两边的这些沧桑面孔,是一次次的无望与失败灰心雕刻出来的,只将羡慕与不平深藏起来,等合适的机会露头。

喝罢汤,街里没有灯,天说黑就是真的黑严下来,是那种实实在在的黑。爸爸和叔叔早早在山大爷的小屋里睡了。我和姐姐去看望了几个长辈,回来与海岸嫂说了会儿话。

洗漱如厕这些事,成为一个小小苦恼,提醒我自己已然是城里人。真是个烦琐的过程,在院子里铺排很大的场面,需要两个盆,几个小凳子,姐妹两人互相帮忙,拿递东西。东屋一张床上,所谓待客的干净床单与被子,散发着一股奇怪的味道。不是纯棉,洗得起了球儿,傍晚时铺好,或许房顶上落下来什么细末末,躺在上面扎得慌,浑身上下不舒服。怀念起昨晚,二表嫂家里,洁净舒适,到处都是香喷喷的。看来城乡差别,体现在方方面面,我再次说,将来我回老家盖房,一定得盖成单元房,水厕入户,绝不能这样,一会儿屋里,一会儿院里,随时会来人,随时院门外有人喊,总是稳定不下来的样子。姐妹俩说话说得兴奋,一两个小时还没睡着,我需要入睡前再上一次厕所。窗外漆黑一片,冷风吹得杨树叶子呼啦啦响,确实有点怕人。可挣扎一会儿,不去不行。姐姐陪我,二人披衣起身,用手机照着亮,小心地在两块砖上踩好,不要失足踏进茅坑。上个厕所要搞成一场小探险,想念城市生活,马桶,热水,淋浴。看来,乡情只是隔着车窗看看风景,只是远远地想起时才会生发的虚幻情愫,一旦置身其中,是件麻烦而严峻的事情。

在不快的气味和不舒服的被褥里,一夜没有睡好,早上五点,天色微明,窗外就有了海岸哥和海岸嫂说话、走动的声音。我和姐姐也起床,在院子里又是大场面大制作地洗漱。告诉海岸嫂子,早饭不用等我们,我俩到王街集上去。

王曲已经没有早集,据说是因为此村地痞无赖太多,欺负外来做生意的,时间长了,周围无人来此交易,早集慢慢凋零。可是,我想,这主要跟农村常住人口减少有关。王街集已经有几百年历史,集上无赖,自古有之,集市与无赖共生存,相互繁荣相互养育,这是千古不变的风景,怎么独独现在做不成了?转移到南边几公里的刘孟,与那里合并了。

　　我和姐姐,只当锻炼身体,也想来看看童年时心目中向往的地方。穿过安庄街里向东,我极力找寻当年的记忆。依稀有印象的蓝砖老房子,全部被遗弃,门锁生锈,院墙倒塌,街里不见一人。难道所有村庄,都要成为空心?曾经人口稠密的故乡,变得如此落寞?

　　五年前那个早上,我和姐姐站在王街集的十字路口,冷冷清清,再没有四十年前的喧闹繁荣、各种美食的诱惑。只有三五家小商店,两三个油馍锅。胡辣汤已经卖完,正在收拾摊子。从前的早集,是要持续到半晌午呢。童年在我心目中非常神圣的邮局撤了,有着高高水泥柜台,里面货架上一卷卷花布的门市部也没有了。不用说,西街里某一家坐在南屋门口,穿着黑棉袄,眼神幽暗,曾让我惧怕的一位老人,也早已化为泥土。

　　街上只有我俩的身影,被小店里的目光看来看去。我们在商店买了些准备送给海岸嫂的礼物,用十多分钟结束赶集,转身回村。

　　我们推断,周理洪昨夜定然没有睡好,他一直在矛盾之中,让我们盖吧,儿子不答应,不让盖吧,对不住我爸我哥。而我们这里,正不想让叔叔盖房,刚好借坡下驴,责任推给周理洪。我和姐姐暗自说,这是个最好的结局。现在,只等着吃了中午饭,海丽来接我们,送到高铁站了事。

　　那天中午,海岸嫂做了一大锅胡辣汤,就着街里买来的烤饼,我们每人都添了第二碗。

　　海丽按点来了。就在我们准备上车的时候,叔叔把我叫到一边说:"刚才,三顺在街里给我说,他一个朋友,跟小军是好朋友,可以托他去说话,让小军同意咱们盖房。"

我一听怒火顿起:"不是说好不盖了吗?咋还要人托人、人求人说来说去,有什么意思!这事主要症结就在周理洪身上,什么他儿子不同意,那都是借口。叔你想想,你是省城里的工程师,你儿子是大学老师,你却非要回来跟他们搅缠,闹来闹去,不管盖成盖不成,都落个让人笑话。"

叔叔见我生气,不再说了。

我们上了车,叔叔突然说,别急,别急,让我拍个照片。他拿出手机,跑到车前面,要我们每人将头探出车窗。我们配合了他,乖乖把脑袋伸出去,让他左右两边分别拍了两张。海岸哥家门口,闲坐了好几个男人,其中有周富美爷孙。叔叔点按键的力度很大,致使手机抖动,我很怀疑他拍的照片是否清晰。然后他像电影里的指挥官一样挥手说,好了,走吧。

头探出来,手伸出来,再次跟坐着的爷爷叔叔大爷们告别,跟站在街边的人告别。周富美一定会很快抱着孩子去周理洪家报告:走了,坐着海丽的车,走了。

终于的终于,车窗得以摇起来,海丽用一种嘲讽的口气问,中了吧?告别结束,可以走了吧?我说,可以了可以了。靠在座位上,长吁一口气。终于逃离,脚上再也不沾泥土,再也不用上旱厕,再也不用将洗漱袋子放在砖台上,将洗脸刷牙这等小事搞成一场铺排。海丽的车里,甜蜜的香水味,已经标志着我们回到了自己的生活,又可以透过车窗玻璃,看着外面的大好景致,抒发乡情了。

　　"一句话说得不对，一个人没看到没叫到，你就得罪他了，看不起他了，你前面所有的努力和好心，全都白费，他在村里到处说你坏话。"海丽说，"你们是轻易不回来，见一次觉着亲，我可是太了解他们了。当年我家穷得拿不出一分钱，我提前退学，让我哥上，问他们挨家借钱的时候，那眼神，那语气，恨不得把我一脚踢出来，我现在都记得清清楚楚。所以我对他们，想理了理一下，不想理也就不理，你做再好，白搭。那周理洪，存心就是想难为你们。"

　　再有二十天，就要割麦了，如果不是要你在毒日头下收割劳作，累得半死，如果你不用操心一季麦子种下来，是否赔钱，那你肯定会尽情歌颂这丰收的景象，将乡村、麦田、大地提升为诗意境界，纳入到美学范畴。

　　我想起刚离开时，叔叔一个人站在街里的身影，突然觉得他可怜，不，是又可气，又可怜。经过两天的团聚，我们走了，他一个人留在村上，再弄出几个假想敌，继续像个圣斗士一样，跟他们争斗，屡屡做出错误的决定，把事情搞到更为糟糕的地步，使自己更加生气。我开始后悔刚才对他的发火，没有走出两公里，就觉得他不再可气，只有万分可怜。

　　车上不方便跟叔叔通话，但又怕他立即找到三顺，进行他刚才说的那个事情。海丽继续说着对村里人的评价，我从感情上不愿接受她的观点，可又不得不承认她说得有理，不由心烦意乱，扭头看外面壮美的麦田，爸爸打起瞌睡，只有姐姐一个人在附和海丽。家乡对于一个人，到底意味着什么呢？为什么又想回去，又想离开？

乡愁是流动在血管里的隐形基因，一个人，不管走到多远，穿起再好的衣服，换了再多的妆容，都会为家乡动情，也会为乡音召唤，一句土得掉渣的老家话可让我们的心融化。大周，这个在中原大地上再普通不过的村庄，这温暖而又复杂的所在，却是我梦之所系，而要一次次回去。我不愿意轻飘飘地歌颂她，我提醒自己，你没有这个能力和高度。只有离开，到一个安全的距离，你才能爱得起她，才能回头去书写她。这里不是天堂，也不只是苦难之地，而是一个热乎乎的真实人间，这里有纯朴善良、踏实肯干、热情乐观的人们，也有懒汉滑头、奸佞小人、鸡鸣狗盗。人性有多么复杂，这里就多么丰富；生活有多么广阔，这里就多么深厚，尽我一支弱小之笔，此生书不尽、写不完。《多湾》中的章氏家族，经过几代人的努力，脱离了土地。距离产生美，产生爱，所以小说最后章西芳回到老家时，那些描写温情而动人，有一位作家评价说，很少有一部作品呈现这么多的善且令人信服的。我想，这一切都是这片土地给予我的，而我又能做什么呢？只有尽可能真实地记录，凭借一己之力，将这个普通而又典型的村庄，将这些平凡而又各具特点的人和事，推送到文学语境之中。

要回去你如此热爱的故乡，住一两天麻烦就来了。除了下水道问题，还有许多错综复杂的关系。

回不去的故乡。

正因为回不去了，才会热爱与想念。

比如我常常想，老了之后我要回到大周，用农村人废弃不用的青砖（老房子倒了，那种砖扔得到处都是）盖一所房子，装修好，住进去，安度我的晚年。人生画一个圆，就像我从未离开一样，中间的这几十年只是一场梦游。但这一想法遭到亲戚的耻笑与反对：农村人都往外走，你倒回去，医疗、养老怎么办？或许我的心愿只是一个美好的、不切现实的想法，但我一直心里这么想着。

海丽将我们送到进站口。告别之后，我立即给姐姐说了刚才叔叔的提议，姐姐也气得够呛。我让她注意着车次提醒，我拿出手机，怀着刚才发脾气而产生的愧疚，给叔叔发长长的信息。

"叔，听我的，盖房事情到此为止吧。我们不想看到你一个人留在村里，继续纠缠下去，不要再听任何人给出的所谓主意。我们都不愿让你去求周理洪，更别说找他儿子了！不要把事情弄得越来越难受。过几年我有钱了，拿出十万，不求任何人，在咱家老院，盖一个漂亮的房子给你住。尽快善后处理，收拾东西，回到郑州，过你的退休生活吧。"

信息发出几分钟后，再给他打个电话，提醒他看，可每次都是"正在通话中"，他又在跟谁通话？又要采取什么措施？直到我们在站台，按着车厢号，站成一溜排队等候，四处望去，再也见不到一个农村人，他的电话也没有打通。进到车厢里，在麦田之上，犹如坐着绿色飞毯，快速奔驰，电话还是打不通。只半个小时，到达郑州站。再向西行，高低不平的山影扑来，已经不是我家乡那平如巨案的大平原，我有种时空错位、物是人非的感觉，低头看看，两天没擦的皮鞋上，落了一层来自大周的尘土，无法想象两三小时前，我们还陷在那剪不断理还乱的人际纠结之中。而我的叔叔，此时还在那堆乱麻里，不甘心地挣扎，兴致勃勃地撕扯，像堂吉诃德独战风车。

第二天上午，我与哥哥会面，汇报此事。哥哥的意见是，盖房的事，就此捂住放下，过两三年，他再回去找周理洪提及，估计他会答应，只要他不死，这事就还有可能。那么，我们现在所盼，就是七十多岁的周理洪能够健康长寿。经过这一番折腾，我们也都想把那片地争回来。我俩正说着话，他收到叔叔短信。"今天是周一，矛调队那个妇女又来找我，她个人提出，能不能由咱们给周理洪补一点钱。我同意这样做，让她去问，对方想要什么价。"

我哭笑不得。哥哥分析，是不是周理洪觉得对不住我们，又想自己找个台阶下，便用经济补偿这样的方式，让我们象征性地补给他点钱，双方达成和解。我分析，这纯属那个全称叫作村民矛盾调解委员会的妇女给自己找事干，到年终总结时，好多写点成绩。此法不可取。周理洪不会要钱的。叔叔这是鬼迷心窍了。

鬼迷心窍的不止叔叔一个人，爸爸也和他一样，看来非得要在有生之年，将这片对他们来说，完全无用，终究也盖不起来房子的宅基地，重新拿回手中。老糊涂了的爸爸，回村里两天都没有去见周理洪的爸爸，受矛调队妇女的启发，又拿起电话打给他的"理洪贤侄"，说愿意将自己半年退休金给他，换回那一少半地。周理洪实言相告，钱他一分都不要，他已经确切知道房子就是我叔叔要盖，而他就偏不让他盖，因为那天，叔叔打那个要我爸回家后痛骂周理洪的电话时，隔墙有耳，山大爷东邻居的一个媳妇，与周理洪的儿媳妇是一个娘家的好姐妹，那媳妇蹬砖贴墙，听了个一字不落，将我叔叔那些骂他的话，原原本本学给了他一家。"现在，就是给我一座金山，我也不让他盖。将来若是贵叔您回来盖房，若是周冲回来用那一片地，我拱手相让。"

那些日子里，我丈夫时不时会问，房不盖了，咱的钱啥时拿回来？

我给叔叔发短信，请他尽快折算损失的钱，余下的，望能打回给我。叔叔没有回信。第二天，电话打来，语气迟缓，绕树三匝，一时不能说出个确切数字，似在打探我的承受能力。我说，叔你说吧，损失多少都没关系，只要你安心、高兴，别再为这个事生气就行。他说损失有五千元，要给我一条条地报账，我说，不用报不用报，叔你说多少就是多少，将余下一万五打回就是。我怎能让自己的叔叔给我报账，当然也不能问，不是说过了年砖价就上去了吗，怎会赔钱？

一万五千元回到我的账上，叔叔的盖房闹剧，以我损失五千元结束。我请叔叔快快回郑州去，不要留在村里，继续与人产生矛盾。

可是，叔叔并未离开，他要整修老院旧堂屋，铺设水泥地，要将院里通向街面的过道地面硬化。这下，就能理解我的钱为何缩水五千元。他还要召集海岸哥，让他出头，叫回在市里工作的海文哥、伍叔叔，联系远在新疆、多年没有音信的康叔叔，要将康叔叔及伍叔叔倒塌的房基，向东挪移，两个过道并成一个，好让我家老院过道宽度乘以二，能够过汽车，这样，再不受夹板气，将来我们开车回家，能直达自家院内；也能够让后面住的几户人家，出路加宽，更加畅通。叔叔要做的事，除了他自己碰得头破血流，亲眼看到"失败"二字放成最大号黑体加粗带个感叹号出现在眼前，谁也阻挡不住。谈话、协商、权衡，各种琐碎与麻缠，努力让这么多人，都同意我家过道加宽这件事，我认为其难度不亚于五国谈判。

这应验了我的预感和心中疑问，叔叔为何非得在老家纠扯？为何非要强调汽车开进？突然想起我一个亲戚说的，叔叔有次提出，想在村上搞一个周易推卦工作室，他认为乡村是一个有待开发的市场。这样的工作室，当然首选临街房子。盖房梦想破灭后，他要加宽过道，修整老堂屋。总之，他需要一个汽车能开进开出的院子，他想象中的乡镇企业家、小业主、有钱人、周边小城受困于某种局面的人，因着他的日渐精深的研究，一传十，十传百，都开着车来，让他慢条斯理地解读他们的命运。

我心中祈祷，不求汽车直达，只愿我的叔叔不再得罪人，不将事情搞得更糟，同时也做好准备，随时拿出钱来，补救他那里将要发生的种种损失。

第十三章
退而买房

　　五年前叔叔的挪移过道计划自然是没有成功，因为树功在康叔叔宅院的废墟上，开始盖房。据说康叔叔为此专门从新疆回来，与树功签了个协议，将宅基地转让给他，至于转让费这些细节，外人不得而知，树功对外说是，康叔叔把宅子白送给了他。不管怎么说，反正康叔叔是彻底不打算再回大周了。

　　2015 年夏天，我和丈夫开车回家，给秀茹姐的庙里捐两千元钱，只因春天里她说，想去中岳庙那里再请一个好的神位，没有钱，找大队，大队说村里没有这项支出；请乡亲们捐钱，这个一元，那个两块，不知何时才能捐够。我问，一个神位大约多少钱？她说，来回路费花销加上质量差不多的神位，得两三千。于是我答应给她两千。回去送钱时，树功的二楼正在建设。小小工地热火朝天，红砖水泥沙子钢筋堆了一地,夜里扯着大灯泡,电钻嘶鸣。树功光着膀子现场值守,一副要建设家园的雄心勃勃模样。当年他结婚分家后,宅院建在村后,地势低,地方背,到街里要走个长过道,可能一直想在临街建个新宅,欲在我家南院建房的计划落空后,联系了远在新疆的康叔叔,终于满足心愿。

下次再回大周,树功的临街小院已经建好,装修到位,气派十足的小二楼,上下二百多平方米,就是过年弟弟妹妹全都回来,也能住下。而西边隔一条我家过道的他家老院,分给了二功,现在荒了下来,院墙都快倒了。二功在灵宝发展得挺好,已经置房立业,据说也是楼上楼下,孩子都在那里上学,他不打算回来。宗理叔多占我家一砖地的过道,也没人理会往回收缩了。树功的小二楼盖起,我家旧院的过道显得更狭窄了。就是那边收回去又能怎样,我家老院,是永远不会有人住了,只是我们不论哪个回来,从保管者手里要过钥匙,打开看看,院子里站站,再锁上大门,怅然离去。

我们费尽心力争来争去的那些东西,其实是没用的。

2019年清明假期,我和叔叔姐姐回村烧纸那天,街里见到理洪哥,刚好叔叔没在身边,理洪哥对我说,那房子,只要是你爸或者你哥说想盖,随时都能盖,我就是不允许郑州咱叔盖,他太气人,为这么个事,找这个找那个,背后骂我,还要去告我,把我弄烦了。

我一听有门儿,回到西安与我哥商量,周理洪八十岁的人了,应该趁他健在,给我们写个东西,并告知他的儿子小军,这样即使过几年他不在了,我们任何时候想盖房,他儿子也不会说啥。五一假期,丈夫驾车,我和哥嫂再次回到村上,提着礼物找到理洪哥家中,他很客气很痛快地说,盖吧,随时都能盖。我婉转地说,我们呢,确实想盖,但近期抽不出一个完整的时间,没有人回来盯着盖,也许一半年,也许两三年之后,才能着手盖,你能不能给写个东西呢?他摆手说,不用写,说过的话算数。又叫来他儿子,交代了此事。当着众人的面,小军说,只要是冲叔盖房,随时都中。

我便想借这次定点深入生活之机,在村上盯着把房子建起来,了结父亲和叔叔的心愿。

哪知短短几年,农村情况发生大变化,很少有人盖房了。年轻人结婚,都在县城买房,村里中老年人,打算将现有房子一住到底,终老在里面。随着走访一些人,问询行情,明白事情并非那么简单。首先建筑队都成立不起来,村里没有那么多男劳力,留下来的男性,老的老,小的小,伤的伤,残的残。我们小时候见到的盖房打夯,齐声唱和,扔砖吊泥,瓦刀翻飞——而且这一切都是免费,管饭就中——那早已经成为记忆和传说。最终开驻村里给你盖房的建筑队,不知是倒了几道手的,那些人,没有一个会是你认识的。

树功到处给人干粉刷活,了解行情,大概核了价,盖一座八十多平方米三室一厅的房子连带门楼院墙,没有十万元下不来,这还不包括装修、购买简单家具,反正再怎么省,一个乡村家园置办下来,也得十五六万吧,手松一点大方一点看管不严一点想要材料好一点,得往二十万上说话,而且还有许多意想不到的事情。树功说他五年前盖这二层楼,整在街里睡了两个月,大夏天电风扇对着头呜呜吹,费不完的事,操不尽的心,稍微看不到,东西就丢了。你们谁能回来盯着看哩?还有,请来的工人,安全问题谁负责? 东头那家盖楼,摔死了一个人,官司扯了好几年。树功说的这一堆问题,压根就不是我能对付得了的。并且花十几万元盖好的房子,谁回来住? 就为了一两年回来一次,在此待一两天? 房子不住人的话,会坏得很快。

而我借住的单元楼上,质量很好,南北通透,亮亮堂堂,小套的九十多平方米,据说七八万就能买下。

又有消息说,农村今后要集中居住,向着新农村建设的单元楼、别墅群发展,现有的老房子,传统宅基地,将要逐步收回,退耕还田。

我再次将目光转向借住的这套单元房。

楼房已盖好五六年,当年村里承诺的能购买多少套,并没有实现,大队支书换了人,从前的合同,后边领导不认,目前卖出不足一半。外边流传的说法是,开发商南方人被我村人怂来,现在实实套牢,房卖不出去,钱收不回来。县城里逐年上升的房价,都是农村青年推上去的,相距十公里,情况大不同,大周东头盖得这么好的单元楼,公开价位是县城的三分之一,还是无人问津。

W女士每周骑着电动车从县城来几次,说是在售楼部办公,值班售房,其实是看看房子是否完好,以免我村人把房门砸开,房子毁了。

关于这两座单元楼,原是一本扯不清的账目,W女士给我讲述了许多详情,权且看作是一家之言,盘根错节的原因,我了解的或许只是一丝一缕,不便于记录于此。总之结果是,南方开发商气得一头栽倒,住进医院,现在还在医院里。W女士对外称,外省人是她一家子,其实二人都是离异者，觉得投缘过到了一起，至于有没有结婚手续，我当然无权过问，对于我想买她房子这件事也并不重要。

有村民当时付了首付款的，后续再不给钱，理由是，当初承诺的电梯没有装，下水道不通，污水没处走。还有的人，趁她不在，门别开住进去了，等她发现撵人，人家走了，可你不能每天二十四小时守在这里，你走了，人家又住进去，反正你的房，在我大周的地盘上，你背不去，拿不走。

据 W 女士说，有村民联络起来，合伙压价，都想七八万弄一套单元房住住，也不管什么手续不手续，在我大周的地盘上，还要什么手续？有房住就中。住在医院里的南方人说，房子宁可不卖，也决不贱卖。但仍然不断有人住进来，说房子是他掏钱买的。W 女士问，从谁手里买的？对方说，从大国手里买的。

在这场商品房危局中，能人周大国再次出场。或者说，他一直都强力在场。据大国说，盖房时，所有的沙子是他供应的，当时作了价，开发商欠他多少万。W 女士说，沙子钱她用房子抵了，给了他一大套，亲自盯着给他装修到位，就在五楼上，因为大国夫妻俩腿不好，从没有上去住过。有一天 W 女士来上班，发现大国自己打开了一楼的一套房子，住了进去，说他家老院里进水，住不成人了，暂时借她这里一住，反正你房子也卖不出去。W 女士一想，他住在这里也好，算是给她看着房子。却不想大国悄悄又卖出去几套，钱当然没有给她，只说是抵了沙子钱。谁也不知道这一对男女开发商到底欠周大国多少沙子钱。据大国说，开发商不仅欠他沙子钱，还欠人工钱，别的材料钱，反正是一本糊涂账，有时候我听大国和 W 女士分别讲起，或者他们坐在大国毛墙毛地的家中客厅共同说起，一头雾水，理也理不清。其间细节及交割，也不是我们这些受合同契约影响和严格照此行事的体制内人能搞懂的，他们之间，自有一套行事规则，有很多是口头协议，而过了一段时间，又说当时不是这么说的。于是就有了人们相传的，我临时借住的小套，七八万就能拿下的说法。

给叔叔说了这个情况，叔叔说，那比自己盖房好多了，少操很多心，现成的房子，简单装修就能住人，你买吧，没时间盯着装修，我回去给你盯啊。我说，你盯着可以，不能一味图省钱，要质量好。叔叔说没问题。总之说得很热闹，一时间大家又热血沸腾。

在老家有套房这件事，再一次点燃了我们的热情，哥哥姐姐都愿意拿一点钱，这样摊到每人头上，负担也就不重了。

我曾问过支书周献东，那房子真的七八万就能买一套吗？献东说，你叫大国去给你捣鼓吧，等他说得差不多了，我再给 W 女士说。

我曾问过几次周大国，假如我想要一小套，到底多少钱能拿下？大国不直接回答我，只说，姑你赡放心了，叫你有房住，你说是要我这套，还是我对面那套？我下次再问，到底多少钱能买，我要正式购买，要房产证要合法手续，你问问 W 女士。他说，W 说了不算，我说了算。现在是统一的一个总的产权证，写的有南方开发商的名字，并微信拍来产权证的复印件照片给我看，却始终不提最终钱数。根据那个总的产权证分析，这些房子就是人们常说的小产权房。

终于在春节前的一天，身在西安的我，和 W 女士有了一次一个多小时的微信语音通话。我听明白了，她不想也不敢得罪周大国，她还指望着他给她看护这两幢楼，因为现在南方人还在医院里，她自己母亲也生病住院，她要伺候母亲，还要看望革命战友兼"俺那人"南方开发商，她已经几十天没有去大周了。在这种情况下，大国两口子住在把头的一楼，就像是给她看楼一样。至于周大国擅自卖出去的几套房，她终是不承认的。而他们的这个新农村建设项目，已经争取到县里的扶持政策，县里拨了几次款，早几年就建好了化粪池，解决了下水问题，又建好了车棚和楼房周边的地面硬化，下一步还要装电梯，将来房卖出超过一半，就能统一给各户办房产证。她现在公开售价是每平方1680元，给我会适当优惠一些，因为我这几次回去，住在她那里，见过几面，她看我人也不错。"你实心要的话，就是这个最优惠价，再不能少了。这两幢楼的问题，已经引起县里领导重视，领导说了，不能破坏全县投资环境，叫外地客商寒心，县里有意统一购买两幢楼，将来开发或者由县里出售。一旦政策到位，你这个优惠价，再没有了。"她男人病也快好了，等出了院，会找县里相关部门对接，到时有望办分户房产证。"如果你为了便宜，愿意在周大国那里花七八万买一套，那是违法行为，将来得不到我们的承认，办不来房产证，房子也住不成，你自己考虑吧。"

我当然不会为了便宜几万元搞一个不合法的住房。虽然W女士的话也不可全信，但比起七八万在周大国手里买，是不是要靠谱一些？

与哥哥姐姐商量，他们也都认为，当然是要合法手续，多花几万元在所不惜。

　　春节前后,周大国将他对门那套也装修好了,给我发来视频,问我到底想要哪一套,两套房随我挑,如果要装修好的这套,只需把工钱料钱加上就行。

　　我又有一个顾虑,从 W 女士那里买房,会不会得罪周大国,毕竟我们是一个村的,都姓周。W 女士说,就说我妈现生病住院,我等着用钱,你一把把钱给我了。嗯,这也是个办法。于是说好,春节回去,再敲定一下,干脆买了算了,等到年后天暖和了,叔叔回村看着,花几万元简单装修下,这样叔叔婶婶就可时不时回来居住,也把老院收拾一下,南院看管起来,院子里种上菜,够他二人吃了。当然叔叔也可以开展他一直在心里盘算的那个事业,我们彼此不说破而已。

　　万没想到,春节前几天,新冠疫情暴发,我们的出行计划受阻。此事一耽搁几个月。周大国在微信里充满深情地呼唤:姑,回来吧,看看我给你装修好的房子,你只说要哪一套吧。眼看着疫情没了,可又各地零星再现,于是出现一个新词:常态化。常态来,常态去,我们心里买房的热情慢慢淡化了。

　　姐姐说,房子的产权纠扯不清,暂时不买也罢,反正她那房,长在咱大周的地上,也跑不了,也卖不出,咱再等一两年看看,等真的需要时,再买不迟。

　　这件事又搁置下来,我们那在大周村有套房的美好心愿,再一次推后。有时候我就想,我们是否只是声称想在大周有个家园,而"搁住实托儿"了,却总是退缩,或者有各种各样的借口与理由为我们挡道。

第十四章
逝者如斯

　　2020 年五一假期,也因疫情而没有外出,整理文件,想找一张照片,无意间进入电脑里的图片收藏,点开了几组照片。如果不是电脑的强大记忆功能,清晰标出每张图片的拍摄时间,我简直忘记了我曾经于 2006、2007、2008、2012 年的哪些具体日子,都回过大周,还拍了这么多的照片。这些照片,一下子唤起了许多回忆。照片里的孩子,已经长大,有一个光着膀子坐在躺椅上用勺子搲西瓜吃的三四岁小女孩,去年考上大学,是艺术范儿的大姑娘。照片中的好几个人,都已经不在这个世上了,他们的家人也不知道,他们一直栩栩如生地存在于我的电脑中。我一张一张地看过,一个个人物的形象和命运仿佛从我眼前走过。他们如今,已经静卧土地里多年,这一张张我无意中拍下的照片,留下了他们鲜活生动的一瞬,定格在我的电脑里。

新与旧的颍河,星罗棋布的村庄,老人一辈辈去了,新人一层层起来,春风年年从田野刮过,麦田一次次金黄,村后的土地里,不断有人被吹吹打打地埋进去。树功说,他从二十岁到现在,送走了两个生产队里差不多四十位老人,有几个是他亲眼看到故去的,有的人他亲手铺过棺底,穿过送老衣。

这些照片里的逝去者,他们是大周村六百年历史以来无数亡故者中的几位,大多数没有离开过这片土地。我征得他们后人的同意,用一种较为庄重的心情,依据辈分大小,仅着我的了解,试着讲述一下他们,以作为他们来过这世界的证明、他们作为大周人的纪念。

1. 贵荣老老

这是周贵荣在这世上的最后一张照片,因为拍完这张照片没几天,我刚回到西安,他就去世了,享年八十九岁。走得比较快,没受罪。村里人说,他去世前几天,吐血便血。照片上嘴边还有没擦干净的血迹。叔叔说他问过大夫这是什么症状,大夫说可能是肠癌。

但从照片上来看,他精神头还好,我记得那天他还和蔼地跟我说了一些话,思路清晰,完全不像一个快要离世的人。农村人对生死看得比较开,老年人生了病,一般不会到处求医,一是经济原因,再者认为死是自然规律,步入七八十岁,就随时做好了死的准备,提前做老衣、打棺材,很是从容。

那天晚上,叔叔有事给村里人打电话,贵荣老老的女儿在旁边,拿

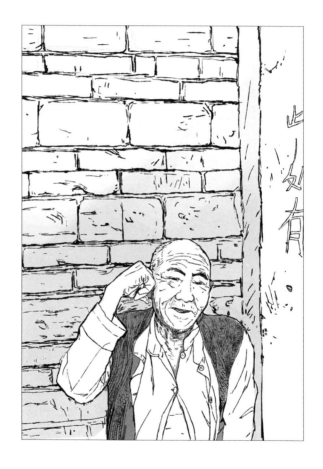

过电话对我叔叔说,你贵荣爷不在了。

贵荣老老一生没有看过病,从不上医院。他敢吃过期长毛的食物。爸爸说亲眼见过贵荣老老吃剩饭,夏天里隔天的饭,已经变质发酸冒小泡泡,他照吃不误;别人家一点煮熟的猪皮不要了,因为毛也没拔干净,他将猪皮反卷,毛裹在里面,拿着就吃。也从不见闹肚子。只是不知他最后的肠癌,是否与常年生活习惯有关。

在我家乡,老老是曾祖父母的统称,如果家里曾祖父母都在,那你说他们时,要能让别人根据语境分辨出你说的是哪个老老。实在不行,就得说老头老老、老婆老老;同村人,老老前面加名字,用以区别。

贵荣老老在周姓人里,辈分比较高,有一大群人都喊他老老。

贵荣老老只有两个女儿,没有儿子。这情况在农村比较少见,被人们称为绝户头。一般人会想尽一切办法,最少生一个儿子,贵荣老老家不知什么原因,没有向强大的势力投降。两个女儿嫁往外村,老伴死了好些年,晚年的他,自己做饭吃,自然是非常不讲究,吃饱为原则。吃了饭搬个小凳子靠墙坐到街里,直坐到吃下顿饭。墙根坐着的贵荣老老成为大周村东头的一道风景,就像我拍的这张照片(引用入本书时已将照片改为手绘插画)一样。

解放前他给人当长工——现在说是打工,“一年工钱是 3 石小麦,1200 斤”,叔叔说。关于 1 石到底等于多少斤,我百度了好半天,各种说法不同,但是叔叔发来这个信息,并有更为详细的解读,“1 石是 10 斗,1斗 40 斤,1 斗是 10 升,1 升是 4 斤,这个一点不会错”,我又查到“至民国十三年……大豆一石=215 公斤,小豆一石=210 公斤,绿豆一石=220 公斤,小米一石＝210公斤……",偏偏没有小麦,不过,差不多也就是这个数,那么叔叔所说的"一年工钱是3石小麦,1200斤"应该是成立的。

贵荣老老是个驼背,我们背地里喊他罗锅老老。不知是天生还是后天受伤造成,总之,打我有记忆起,他就是个老头,就是我们大家的罗锅老老。

2. 进忠奶奶

进忠奶奶姓白,又叫白奶奶,活了九十一岁,育有三男三女六个孩子。生前在学校门口摆个小车,卖小食品和小玩意儿,不图挣钱,只是为了有个事干。过去的生活比较艰苦,饺子只是过年时吃几次。有一回进忠奶奶没过年的时候包了饺子,他的二儿子,上世纪七八十年代开代销点后来开小卖部的丙申叔回家来,问他妈,这扁食,是叫人吃饱呢还是吃几个尝尝?

2008年清明节这天,站在家门口的进忠奶奶突然看到我爸爸,十分激动,两人拥抱时,我急忙掏相机,遗憾没有拍到拥抱场面。她使劲拍打我爸爸肩背说:"咋不回来了哩,老想你呀。"眼里涌出一层泪花,爸爸的眼睛也潮润了。人老了爱动感情,心里想的是不知道还能不能见上对方。前几次我回去,她都说:"叫你爸爸回来吧,老想他呀!回来见一面吧。"又说起我奶奶活着时候,跟她关系好,常去她家里说话。农村人的说话,只是为了打发时间,排除寂寞,尤其漫长的冬季,没有农活,几个妇女聚在一起,手里做着鞋,嘴里说着话;就是不说什么,只是那种身边有个同类相守相伴的感觉,也是一种慰藉。

3. 保财大娘

如果不是亲眼见过保财大娘，你可能无法相信，一个不识字的乡下老妇，能与尊贵涵养、大家风范、不卑不亢这些词联系起来。

在我的记忆里，她永远干净体面，待人如和风细雨，从不高声说话，从不讲别人的坏话，总是面带微笑，手里干着小活计。一家人在她的带动与影响下，和睦相处，大周村的人很少听到吵闹声从她家院子里飘出。儿媳妇茹嫂说，她一直把我当亲闺女，我来大周几十年，没跟她红过脸生过气。孙媳妇随便说句想吃啥菜，下班回家，见奶奶把她想吃的菜已经择得干干净净，放得整整齐齐。孙子二锋说，我上初中时写作文把奶奶比作一辆纺车，日夜不停地转；再后来我发现，她不仅仅是一辆纺车。本家侄女说，我大娘一家人，让人从内心里可尊敬他们。

好人有福，连死都那么有尊严，不给人添麻烦，自己也不受罪。干干净净地坐在堂屋门口跟重孙子玩，突然说，国珍，我牙疼。大儿子赶忙过来问，咋回事，去医院看看吧？刚走到跟前，她歪倒在地，安详地去了，享年八十三岁。可能是心脏突然出问题了，因为心脏跟牙龈相关联。

保财大娘名叫刘贤妮，这个名字对于我们来说，非常陌生，因为大家都不知道，也没必要知道，没有使用她名字的地方。嫁到大周后，她的名字就与丈夫的名字紧密联系在一起。后来，她还有很多名字，比如，国珍、国站他妈，新锋、二锋他奶奶。就是我写这些文字的时候，也没有想过要问问她的名字，只知道她是保财大娘，后来是二锋发来她

的名字。人如其名，我应该郑重地写下这个美好的名字。

刘贤妮，生于 1925 年阴历九月初五，卒于 2008 年阴历十一月十六。

4. 焕章大娘

焕章大娘是周涛的奶奶，活了九十二岁，育有三子三女。最小的女儿叫红霞，我们小时候一起玩过。

焕章大娘的葬礼于 2019 年 9 月 12 日举行，在我回去的前两天，我让大国去高铁站接我，在他的微信语音里，听到远处的响器声。他说，好的，后天去接，今天埋涛他奶奶哩。大国和涛可能是忙忘了，没有告诉红霞我要回去的消息，红霞于我回去的前一天回了安阳，错过相见。几天后她给我回了微信：我妈是阴历八月十二日凌晨三点三十分去世的。丧母失亲之痛我不知道咋说，眼流泪，心流血。忙乎了好几天也没回应你，今空闲下来打扰你了。我现在安阳安家，有时间来安阳玩。我与她又进行了视频通话，眼睛还红肿着的红霞说母亲得的癌症，最后喂不进去饭，瘦得只剩六七十斤。

还有张照片，是我们在村后周涛超市门口见到了她，爸爸用手捏一捏她脸上薄薄的一层肉皮，心疼地说，咋这瘦哩？她说，常年不就这样？也确实，打我从小的记忆里，焕章大娘就是一个瘦人，从没胖过。

我询问红霞，有关她母亲的记忆和故事，能否略讲一二。她说：我不知道用什么语言描述她，总之她好完美，是我一家人的榜样。该享福了，她走了，我接受不了。红霞发来两张照片，一张是母亲和他们六

个子女,三子三女,各站一边,按年龄大小从中间往两边排,像一把打开的折扇;另一张是全家福,我数了三回才数清,老少大小包括怀里抱着的共四十一人。焕章大娘穿着红外套,被人群簇拥,像大树的树干,精瘦的脸上现出幸福的笑容。焕章大爷前些年去世了,要不这张照片上,还应该有他的。从着装上看,两张照片是同一天拍的。可能是春节或某一个特定节日,全家人才能凑这么齐。

5. 运财大娘

运财大娘生育六个女儿一个儿子。可以想象,生产队的劳动、家务、孩子,终将一个人的腰累弯成九十度,身高像个小孩子。晚年的运财大娘就是这样九十度弯曲地走路、干活、吃饭、睡觉,跟人说话的时候,头高高地仰起。这并不影响她的善良慈祥,还是像从前那样跟人拉话,认真地听你说,随声附和着“是啊?”,成为她的口头语,尾音上挑,是问询,是理解,是关切。

运财大爷去世较早。他有打火烧的手艺,上世纪 70 年代,他经常用架子车拉着一只大炉子、面盆案板,到处赶会打火烧卖。我曾有记忆在南乡哪个村的会上,我和他的女儿芹芹去看戏,见到白白皮肤高高个子的运财大爷在炉边打火烧,他不理我们,芹芹也没有走近他,可能是怕我们吃他的火烧吧。

运财大娘于 2017 年夏天去世,本预计今年过三周年,因为疫情原因,在北京的芹芹没有回去。

6. 合昌叔,淑萍姐

合昌叔跟我爸爸同岁,都是属鸡,童年的小伙伴。我老家对于上下差几岁的人,统称为"一般大"。我爸爸常提起他,每次回乡,必要见面,一起拉话。

合昌叔当过生产队长,有八个孩子,四男四女。

合昌叔 2018 年阴历十月二十九去世。

我爸爸说,如今大周,从东头到西头,跟他同一年出生,属鸡的,只剩他一人了。

有张照片里,提着篮子、戴草帽站在合昌叔身后的,是他的三女儿淑萍姐。

2008 年清明节,他们刚从地里烧完纸回来,篮子里放着上供用的盘子,淑萍笑得那么开心。

2012 年国庆节,我们到地里给爷爷奶奶烧纸,我家坟地在合昌叔家地里,合昌叔率领儿子女儿在出花生,淑萍拿过我们的袋子,要给装花生,当场从花生秧上用手往下捋。装了少半袋时,我说可以了,要去抢回袋子,她不依,还继续装,他们人多势众,几个人跟我抢袋子,我抢不过,任由她装了多半袋沾着细土的新花生。

淑萍于 2017 年 4 月的某一天在自己家去世,据说是高血压。去世时应该五十出头。至于她婆家是哪个村的,我并不知道。

7. 宗理叔

宗理叔是我家前邻居,我在前面叔叔盖房风波中多次写到他,曾经跟我叔叔打过架闹过仗。叔叔口中的他,是势不两立的敌人。但我每次回家彼此相见,都还是挺亲热的,他笑着说,璞回来了。就连叔叔的儿子,见了他也礼貌地打招呼。既然是矛盾,那么肯定是双方都有责任,很难说出谁对谁错,对于上辈人的恩怨,我们也无意定论。树功也是这个观点,说,人死了,事都过去了。其实对于时光来说,这些都不重要了。我把照片传给树功,树功很激动,问还有没有。遗憾只有这三张照片。前两张,宗理叔还很健康,盛年之貌,有充分的精气神干活与生活。第三张就是生病之后行动不便了。我们能清晰地看到体力与精力从一个人的身上无情地离去了。至于我有一天在树功家的电脑上,看到他保存的他父亲照片,最后几张,已经是完全的萎黄与病容,生命走向衰退,元气撒离殆尽,曾经的热情乐观荡然无存。时光,可以让一个身强力壮健康开朗的人,变得垂垂老矣衰弱无力。

宗理叔和春莲婶是一家,他个头不高,而春莲婶高大健壮。记忆中童年时候,有一天中午,大家都在我家屋山和二爷家山墙之间吃午饭,那时人们都端着饭碗聚在一起,边吃边聊天,饭吃完碗都放干了,也舍不得离去。春莲婶靠在二爷家山墙下,说着家里人的一堆不是,突然宗理叔从二爷家院子里快步走出,照着春莲婶头上连打几掌,她的头碰到墙上,好像宗理叔刚才躲在哪里听着一样。场面突然静下来,竟然没有大人来劝,小孩们吓得不敢吭气。而宗理叔一句话不说,打完扭头走了。整个突发事件不足五秒钟就结束了。春莲婶也不说话,

静了一会儿，拿起碗进到二爷家院子，从他家院子再穿过过道，回到临街自己家里。不知道回家后，二人有没有继续生气。我现在猜想，可能是春莲婶说着自己公公的不是，听着的人有一个不高兴，悄悄到前面告诉了宗理叔，因为她公公跟二爷是亲兄弟。

年轻时的宗理叔，脾气很坏。树功说，他印象中的父亲，张口就骂，抬手就打，他妈年轻时没少挨打，个头比他爸高也没用。

宗理叔要树立在家庭中的绝对权威，当年主持两个儿子分家，少不了偏向小儿子，在分地对粮食方面，处处向着二功。树功表达一下不同意见，他桌子一拍，说，少一个籽儿都不中。树功只好照办。

他七十岁中风，可能跟坏脾气有关。就是生病后，脾气也不见好转，拄着棍，走路不利索，也不误骂人，举起棍吓唬人。树功劝说他，不要每天在家里坐着，多出去走走转转，锻炼锻炼，对身体恢复有好处。他说，别想指挥我！我是个人，我有思想，来来来，你拿钢筋棍把我脑子搅搅。那年街里修路，为点小事和树功吵架，骂声连天，街里来往的人，都听得到。

得病后住院四五回，直至躺下动不了，屙尿在床，前后两年三个月，都是树功床前伺候。当年分家时说好，两个儿子各养一个老人，宗理叔分给了树功，春莲婶跟着二功。春莲婶跟宗理叔同一年得的中风，现在除了行动不太方便外，脑子还很清爽，跟着二功在灵宝居住。2019年五一假期，二功带母亲回来看看。我和嫂子在树功家大门楼里，只见到一位陌生老妇坐在桌边。我悄悄问自霞，这人是谁？自霞说，你春莲婶啊。我们走近细看，果然是的，年轻时候的胖大身子，圆圆的大脸盘,健康的活力,高昂的劲头,完全走了样儿。而春莲婶,在相隔几十年之后,清晰叫出了我的名字,七十多岁的老人像孩子似的咧了咧嘴,眼里涌出了泪花,是见到故人的情绪激动。

女性的隐忍和柔顺,使她们有更多的时间与疾病缠绵,慢慢消磨,不像男人那样,刚硬易折,轰然倒下。

很多坏脾气的人老了之后,会慢慢变好。我的爷爷就是这样,年轻时暴躁,老了温顺慈祥,动不动就流泪。宗理叔呢,算是把他的强势本色丝毫不减地带到了坟墓里去。树功总结说,脾气赖,死得快。

宗理叔和春莲婶育有二子一女,他于2014年农历十一月初八下午4点多去世,享年七十三或七十四岁,树功说他记不清了。

春莲婶于2021年8月19日早上6点左右在灵宝去世,享年七十五岁。当天在灵宝火化,骨灰运回大周埋葬。

8. 麻圈哥

麻圈哥大名好像不叫周圈,应该有一个更正式的三个字的名字,我似乎听人说起过,但问了树功,树功又问了麻圈哥的亲弟弟,说就叫周圈。这让我深感奇怪,周圈也就算了,为何人们都叫他麻圈?我放大了看他的照片,脸上也并无麻子。

圈哥早年丧妻,留下一儿一女,女儿叫梅,我记事时已经出嫁,儿子是个憨子,名叫栓紧。

栓紧比我大那么几岁,个子高高。他妈生下他不几年,得病死了。

他发烧,他伯没当回事。我们农村孩子,发烧也都没看过,喝碗姜汤或者在肚皮上揉一把谷子,捂被窝里出一身汗就好,可偏偏栓紧烧坏了脑子,成了憨子,要不然是个英俊的小伙子。后来我见到周杰伦的照片,简直就是栓紧的样子啊!

梅心疼弟弟和伯,回娘家挺勤,帮助爷儿俩洗洗涮涮。个子高高两腿长长的栓紧傻傻地保持沉默,别人逗他时,他先是迷茫不解,好一会儿明白了,粲然一笑,咧嘴露出小豆豆门牙。每日里两条长腿在村子里走来走去,站在一边看别的小孩玩耍,并不敢参与进来。有一次他不知闯了啥祸,圈哥追着打他,他也不喊叫,边跑边流泪。圈哥打完他立即后悔了,问他想吃啥,他说水煎包,圈哥领他到王街去。半晌后,他快乐地笑着,嘴角挂着两道油印子跟着圈哥回来。

那些年里,父子两人相依为命。圈哥跟村里男人一样,吸烟都是自己卷,问学生们要个用过的本子,一张张撕下来,卷上碎烟末子。我见过他使本子纸卷完之后,用指甲从自己门牙上刮一刮,粘到纸角上,当胶水用。我还见过他蹲在墙根,眼睛看着前方,不知想啥出了神,手里拿着五毛钱,卷呀卷叠呀叠,然后轻轻撕成细溜,别人问他,圈,咋把钱撕了?他突然惊醒,低头一看,跳起来跺脚,哎呀,我想着是一张纸哩。

栓紧二十多岁那年,顺着河堰向南,走丢了。圈哥伤心大哭,常年外出寻找,找啊找,遇到一个算卦的,说栓紧走到河堰尽头,就不憨了,会到一个当官的家里享福去。圈哥从此不再寻找,一个人在一座将要倒塌的破屋里过生活。丢失了的栓紧,从此在我们大周人的辞典里,不再是一个人名，而是一个名词，人们有纠纷时会说，我可不是栓紧，没那么好糊弄；或者说，你当我是栓紧哩？前几年我在新闻上看到说有些黑心矿主，专门骗智力有问题的青壮年，去小煤窑上出苦力，突然心里一疼，想起栓紧。不知栓紧现在是否还活在世上，他应该有五十多岁了。

二十年前，步入晚年的圈哥，无牵无挂，曾经跟着村里打工的人坐着火车到西安，投奔我爸爸而来。他虽然比我爸爸大两岁，可管我爸叫叔。我爸在我家厨房后面搭建半间小屋，摆下一张床，让他住下。圈哥卖菜、游玩，在西安度过了两年挺快活的时光，挣的钱交给我爸，叫替他存起来。几年后他拿着卖菜攒的几千块钱，告别西安回到大周，从此再没有离开过，每天他修长的身影都出现在街里，成为大周的固定风景，直到十年前去世，享年大约八十岁。

9. 保聚哥

周保聚是大国的堂叔，也就是说，他与大国的父亲是同一个爷爷。一生未娶，当然也没有后代。农村这样的男人不少，每个生产队都有好几个，他们的一生大多是在一间小东屋或小西屋里度过，所有的情感渴望忧伤愤怒都被一间小屋统统收纳和慢慢消解，出现在人前时，是一个安静顺随、面带笑容、人畜无害的好人。不知怎样的传统美德和孔孟之道将他们调解得如此温顺，接受命运的安排，平静过完一生，没有任何怨言，也不对女性造成危害，最后终老于小屋，由一个本家侄

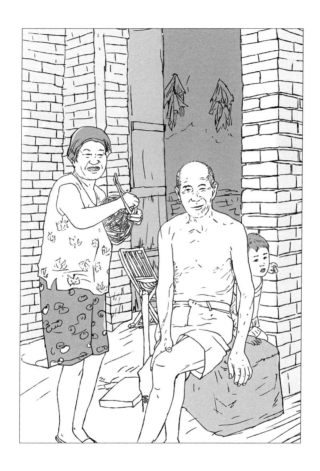

子披麻戴孝，在棺前摔破老盆。

我在写此文时，微信语音询问大国，你保聚叔活了七十几岁，哪年去世的？他具体想不起来，夫妻俩讨论了几句，只说已经去世七八年，去世那天，恰是他出生的日子。仅此而已。这就是一个男人在世上的简单履历。

照片上，他坐在他家街对面宗理叔家门外，也是我家的过道口。这块大石头上，经常坐的有人。照片中这位阳光灿烂的女性，就是宗理叔的妻子，春莲婶。

他身后这个孩子，不知是谁家的，现在已经快二十岁了吧。

10. 大妮姑姑

2020 年年底，书稿完成，交到出版社，静待出版。

没有想到，最后一个章节，会再追加一个逝去者，更让我怎么也想不到的是，这个人竟是大妮。

2020 年 9 月的一天，大国在微信里声音沉重地问我，姑你有时间没有？我给你说说大妮的事。我以为大妮儿子的对象又出问题，便语音通话过去，他告诉我，大妮查出了胃癌，在县医院做过了手术，医生说，时间不多了，保养好的话，两三年，不好的话，几个月。

我当即决定，国庆节回去看她。大国说，周围人都瞒着她，她自己不知道，只当是一般的胃病。

大妮瘦了许多，本来就皮肤黑，这下更加黑了。体弱怕冷，呢子外

套已经穿在身上，修长的腰肢微微弯着，从前健壮泼辣的形象没有了，变得清瘦温柔，说话气息也细，竟有了些我见犹怜的病弱美。

她一见我就说，以前光忙着上班，没时间陪你玩，这以后你多回来吧，我在家养病，引住你好好玩玩逛逛。

大妮丈夫兄弟四人外加一个小妹，人丁兴旺，婆家人、娘家人，都知道她时日无多，陪在身边，围着她转，家里支着麻将桌，妯娌、兄弟、姐妹、小辈们在此打牌，丈夫做好饭端给她，两个儿子变得特别懂事，一见我主动叫姐，还坐在我对面问候啥时回来的，俨然大人的模样。大妮说，她看了我的书稿，对两个儿子说，看你俩不懂礼貌，不称呼人，你姐姐都把你们写到书里了。

据说大妮从手术室推出来，万分虚弱，儿子在医院当即大哭，妯娌坐在家中痛哭，住邻居的娘家大姐也没少掉泪。回家后，所有人将病因对她瞒得严实。大妮文化不高，心眼实在，也不多想。那天村东头一个癌症患者对她说，大妮呀，你胳膊上埋针管，恐怕跟我一样，不是好病吧？大妮爽气地对他说，我跟你不一样，就是一般胃病，人家医生都说了。丈夫是个细心人，将治疗癌症的药片倒入维生素的瓶子。她吃药时甚至会因为找不到昨天的药瓶，大发脾气。

两天里，大妮几次对我说，今后你常回来，可有时间陪你到处玩了，他们也不叫我去干活了，今后就是赶会看戏，吃吃转转。我说好，胃病就靠慢慢养，保持心情好。告别的时候，我按捺住波动的情绪，紧紧拉住她的手说，春天里暖和了，再回来看你。她的手，修长，粗糙，微凉。难道这是我俩唯一一次也是最后一次认真拉手吗？在这之前，我们还真没有好好拉过手。这个打从有记忆就在一起玩耍的伙伴,这个热情、实诚、厚道的大妮姑姑,身体底子好,但愿能撑上几年。说到底,我还是不相信,一个好好的人,会突然作别这个世界。我内心里总觉得,她会慢慢好起来。

春节之前,我问小洁,大妮的病怎么样了? 小洁说,更黑更瘦了,前几天在俺家玩,手和脚伸出来,那黑得呀,就跟踩煤窝了一样。今天又到医院化疗去了,过两天,要是她精神好一点,我去她家,让你俩视频一下。

可是终究也没有视频,我可能也在逃避这件事,不敢看她最后的容貌,主要是顾虑她愿不愿意再跟我视频,是否愿意让我看到她现在的样子,所以心里虽然牵挂,但不敢贸然呼她。

2021 年 2 月 28 日上午,大国微信告诉我:大妮昨天晚上不行了。中午,树功语音说:姐,你可能知道了吧,大妮姑到底没有熬过去,今儿个早上三四点钟,走了。

大妮的大名叫周青霞,她的一生非常简单,大周村东头南地长大,嫁到同一个大队的张尹,婆家离娘家一里地。早些年夫妻二人在西安打工了几年,西安就是她去过最远的地方,世纪之交通信不方便,她没有我的地址和电话,同在一个城市,我们彼此不见对方。之后夫妻二人回到家里,她在附近打零工挣钱,照管两个儿子,丈夫在灵宝干活,她再也没有出过远门,一心想让两个儿子顺利找到媳妇结婚成家,她信心满怀地等着抱孙子。不想,她却仓促结束了五十二岁的生命历程,离开了叫她无限牵挂的家园和一个没有成家、一个没有立业的两个宝贝儿子。

好在，大儿子婚事已经订好，她走之前，可能心里略为安慰。

她丈夫微信对我说，大妮在医院里，时常提起我，说欠我太多人情，我给她买衣服、送礼物，而她竟然不能请假陪我玩几天。

小洁说，最后几天去看她，已经瘦成一把骨头，头发全白了，跟七八十的老婆子一样一样的，躺在床上，不吃，不动，也不说话，偶尔对来看她的人说，既然这样了，就叫我赶快走吧，别拖累人。

出殡那天，小洁视频通话，让我看那场面，一见到我熟悉的大周东头街里，一场丧事正在举办，我不能相信和接受大妮已经死去这件事确凿地摆在眼前，我的泪水哗地流下，对小洁说，不要现场这样看，闪来闪去看不清，你给我拍几段视频发过来吧。

事后树功说，埋的那天，自霞她们几个去看，看看，哭哭。唉，大妮姑要不是俩儿子，也不至于这么早就走了，为了挣钱身体不得劲也不看，还是她公婆硬带她去看的，结果一查就是晚期。

几天里，我反复看那几段视频。主持人说："过门后，上敬公婆，夫妻和睦，为张门生下了两个儿子。"镜头对准地上一片年轻人，在午后明亮的阳光下，或跪或坐，张嘴大哭。因大妮正在壮年，为她披麻戴孝的，全是下辈的小年轻，场面令人心碎。"现在有请大周的贵宾向前，向遗体告别。"我村的几个男人走上去鞠躬，是大妮的哥哥和同门里人，几个年轻人被后排大人推了一把，下跪磕头。"有请国乐队灵前奏乐。"吹响器的几人走上前来，围着一张大妮年轻时候的黑白照片，例行公事地吹奏。大妮那张富有朝气的脸，静静地看着这一切。"送葬开始,鸣炮奏乐。"两个年轻人,搀着大妮的长子,顶重孝的小伙子被悲痛蹂躏得深深弯了腰,处在恍惚状态。几个男人拉着棺材,后面小伙子拖一把铁锹,队伍向东而去。张家的祖坟里已经挖好了一个深坑,静静地等待。我无法相信,那个质量上好的没有刷颜色的棺材里,装着的真是大妮那曾经热情蓬勃的身体。

画面中见到大周、张尹的许多人,围在两边观看,老年人自带板凳,路边稳稳坐着。有人落泪,有人叹息,更多的人一脸漠然,平静地叼着烟卷。人们见惯了死亡,那个几天前还看到的无比熟悉的人,再也没有了,从此他们在这个世上只留下一个名字。

11. 周大国

这本书的出版,大国一直高度关注。稿子写好后,请他和树功把关看了一遍。树功说,姐你咋写都中,我没意见。大国提出了几条修改意见,每一条都有道理,我基本也都采纳。于是我们都满心欢喜地盼着尽快出版。2021 年 8 月 5 日一大早,大国微信里说:这一段时间我有点忙,没有联系,可想你呀姑,你写的那本书什么时候能出啊?我仿佛看到他说"可想你呀"时那种夸张的表情,龇牙笑的样子。将来他拿到书,定会到处去嘚瑟,我们老家人称为"鬼擞",恨不得见人就说,这是俺姑写的书,我周大国,出了名了! 从此再也不是只有大周一带的人知道我,而是全国人民。

书的封面照片, 是我 2019 年 11 月在西河坡王永杰的地里拍的一

个全镜头。出过红薯的裸露的大地,给人一种震撼之感,疲惫之美,一个微胖喜庆的女人,在地里遛红薯,脚下的塑料袋里,装了满满一袋。我对编辑说,这个女人,是否涉及肖像权,应该征得本人同意。10月8日中午,我将封面图片发给大国,问他是否认识此人。大国说不认识,涛也不认识。我说,你到坡里去问问路过的人,看谁认识,哪个庄的,最好找到本人,征得同意。只半个小时,大国发来视频,那女人在镜头里掖衣襟甜蜜地笑,伴随着大国的解说:就是俺这婶,就是俺这婶!她同意,高兴得不得了。原来,他顾不得吃饭立即驾车掉到西河坡,向路人打听后,又开车窜到人家村里,精准找到目标,并将对方电话发来。我给他点赞,他借机吹牛:我下定决心要办的事,你给我交代的事,我想尽一切办法,找几个人,也要办好!

　　西安一个阴雨好多天终于有了太阳的中午,我看到手机上树功发来的一条信息。啊?——啊?——啊?——我以大约每隔三秒钟嘴里发出一个字,下面跺着脚的频率,定格在鲜亮的阳光下。

　　"姐在吗?我在县里干活哩,自霞给我打电话说大国死了。"

　　我站在那里,好半天回过神来。第一个反应是把这消息告诉责任编辑,因为她熟读文本,周大国是她没见过面的熟人。编辑回复一个字:"啊?"我说,我连啊三次。

　　在等待这本书出版的过程中,大妮走了,新勺的媳妇死了,春莲婶离世了,现在大国又去了,难道这最后一章要不停地补充吗?

　　我想此时大国家里一定忙乱,不便于联系。于是问王永杰。他说,情况不乐观。咦,不乐观,那就是还活着?继续问,他回复:用着呼吸机，希望很渺茫，郑州大学第一附属医院都放弃了。第二天下午又问王永杰，他说，不知道，很难受，不敢再去问。好像是对他的补充回答，晚上树功微信说，大国今儿个上午死了。

我视频呼小洁，画面里是个年轻女子，靠在床上，开口叫我姑奶。是大国的女儿，她将手机给了小洁。小洁眼睛红肿，讲述全部过程。

2021年10月20日晚，已经睡下的大国说头疼。小洁说，那起来到马李的卫生室看看吧。大国说可能是感冒，睡到明天再说。小洁给他找来一包头疼粉喝下，半夜里大国在床边探头呕吐，说是头疼粉刺激住胃了。吐完接着睡觉。

21日早上小洁起床做好早饭，叫大国吃饭，喊了几声没有搭腔，走到床边推他，只是哼哼，也不回答，再推还是不动。小洁知道事情不好，拿来长裤、袜子给他穿，要去医院看病。大国身子已经不当家了，腿也抬不了，小便失禁，尿在床上。小洁慌了，又推又喊。大国断续说出三句话：西头的小初该来了（小初是吹响器的）；喊涛，喊建峰（建峰即前面写到的那位姓尹的）；你招呼好他们几个。最后一句，说的一定是三个孩子，这是周大国留在世上的最后一句话。

涛和尹很快到来，任怎么呼喊，任小洁拍打脸庞，大国再也不语。人抬到车上，驾车奔向县城。或许就是村里人看到此等忙乱，传来传去，传成大国死了。

县医院里，我生产队财爷的儿子，在此当医生。很快拍了片子，财爷的儿子拿着片子对小洁说，你不要过来。小洁说，不管有啥结果，能瞒住我吗？我是家属。于是医生不再拦挡。

片子显示,脑干出血。基本没救。

涛和尹说,有万分之一的可能,也要救。此时大女儿赶到医院,跟涛和尹有同样想法,于是上高速,奔向郑州大学第一附属医院,进去就戴上了呼吸机。医生简单会诊后,告诉小洁,手术做不成了,好转的希望一点没有,维持的话,重症监护室每天两万元,一点意义也没有。

当天夜里,救护车把大国从郑州送回家中(费用四千元)。大国躺在客厅沙发上,刚装修好一年的新家,处处新鲜亮堂,只有大国走向衰朽。任怎么喊怎么叫,他也不睁眼,不说话不动弹,只靠呼吸机维持。22 日早上,小洁坐在身边与他说话:几个小孩都大了,只有儿子刚上大学没成家,你就不能再等几年吗? 你不是说过,等到见了孙子,你这一辈子就没有遗憾了。大国的泪顺着脸流。大国这些年也没少挣钱,看病应该不成问题,可问题是这病却怎么也治不了了。大国认识人多,亲朋好友不停歇地拥到家里,围着哭喊呼号,仪器上的指标正常,手机里大声播放他平常看的视频,放在耳边,仪器上的指标也是正常,一旦静下来停下来,血压便快速下降。医生说,如果高压低于 60,低压低于30,必须拔管,否则,嘴闭不上,五官变形……大家经过商量,决定拔掉呼吸机。大女儿坚决不同意,哭闹不允,没办法,最后几个人将女儿架到外面,算是给他拔了管子。

没有人相信,活泼泼的周大国就这样突然告别人间,告别他的大周村,没有等到将他作为主要人物写进去的这本书出版。

大国平时以大周上等人自居,挺注重保养,会做饭,爱享受,有一次别人打电话,问他身体咋样,他坐在皮沙发扶手上,耷拉着瘸腿,开心而有点自嘲地说，倍儿棒，倍儿棒。他时常量量血压，吃吃补药，从没有出现过高血压，不知怎么就突然出血了。

24日上午，小洁发来视频，主事人说明天出殡，让我给大国写生平，因为我前年回乡多次，对他比较了解。于是我写了下面几段话：

周大国，学名周建国，生于1965年，属相小龙。从小体弱，天资聪慧，才思敏捷，好读书，爱动脑，喜欢给小伙伴们编故事，说瞎话儿，成为小伙伴的主心骨和精神领袖，度过了清贫而愉快的童年。

长大后的大国，有理想，有抱负，有自信，大胆追求爱情，组建幸福家庭，婚后生育二女一男三个孩子。不论是外出经商，还是回乡创业，他都有所追求，有所成就。他交际广，脑子灵，有想法，肯实干，周边十里八乡，无人不知能人周大国。他热爱生活，乐观向上，为人热情，能说会道，广交朋友，机智幽默，劳动之余每天和乡亲们、朋友们说话喷空儿，帮忙做事，寻求致富途径，大家其乐融融。

大国热爱祖国，热爱家乡，身在乡野，心怀天下，关心国内外大事，了解当下最新政策，注重学习，开阔眼界，努力使自己紧跟时代步伐。身体的不便促使他内心强大，胸怀宽广，留守家乡，施展聪明才智，夫妻二人团结一心，起早贪黑，四季不闲，勤劳致富，使几个孩子幸福成长，接受应有的教育。

世事无常，死生由天。我们不得不接受这样一个残酷的事实：可亲可爱的周大国英年早逝，永远地离开了我们，离开了他无比眷恋的美好人间,就要归于宽厚仁慈的大周热土。

　　我们在此深切悼念,为他送行,祝他一路走好,来世再见。

　　大国,请你安息吧!

我仿佛看到大国龇着牙笑说,姑,你把我写得真好啊! 谢谢哦!

10 月 25 日 ,大国下葬。不用说,西头的小初们如约来到。小洁最了解大国,知他好排场,爱热闹,也或许是朋友们力主,请了四班响器,一天吹打送行,是乡村埋人的最高规格。从树功发来的视频中,我看到大周东头的街里,年初送行大妮的地方,正当间搭了巨大充气彩棚。四班响器列在路边,相隔几十米排开,每班四五人,围在方桌的四边,舞动身体,前仰后合,各显身手。来宾、观者格外地多,从着装气度看,颇有几位乡间富贵阶层,一定是驾车前来的大国的朋友。乡亲们在路边悠然坐着观看,远远站着闲谈,是每个丧事上忠实的观众,只是不知下一个被送行的,将是他们中的哪一位。靠近彩棚的,可能是重要的一班响器,前面我写到马李埋人,就是他们在吹。矮个圆脸的女乐手举起唢呐准备噙放嘴里,微低眉,轻摆首,再仰脸,对着前方无人之境嫣然一笑,脸颊鼓出两团小疙瘩,如戏剧人物的亮相,感觉自己千娇百媚,先期自我陶醉了。这项毕生从事的职业啊,如此生动鲜活,年年岁岁热火朝天滚动向前,次次相同次次异,永不失业,永不枯竭,永不疲倦,怎不叫人热爱它。面庞被唢呐遮挡,只那个铜的圆洞沉醉地向天轻晃,发出清丽之音。她对面的女人,高挑顺溜,两手各执一个梆子,转回身,相互击打一下,举起右臂,向镜头温柔吼喊一声,笑而露齿,落落大方,颇为有范儿,像舞台上的明星跟观众打个招呼:嗨,你们好吗？两条长腿轻轻移步,也算婀娜,虽是配角,却也不输同班主吹者的风姿。女乐师是令人瞩目的对象,她们都是有深厚表演经验的人,知道怎样配合怎样助力怎样有限地卖弄一点点得体的风情。放下乐器回到生活,她们除了是妻子母亲,还是这个人的婶婶那个人的妗子另一群人的姑姑,大家低头不见抬头见,所以卖力挣钱和职业尊严都要顾及。

乡间的丧事,悲伤与喜庆同行。生死实乃天道,既然我们不能违抗,何不从容接纳,笑对轮回。就连孝子贤孙的哭丧,也是轮回路上必不可少的一个仪式,要认真表现,心中有泪,那么痛彻流淌;眼里无泪,干号几声听着热热闹闹也是中的。响器的乐音,那哀伤也是轻松,那凄美也是欢畅,像是启迪众生,人生苦短,何不潇洒走一回。是的,如果还有机会,大国一定会说,这可爱的人世,我用病弱之躯,微残之腿,行走了五十六年,真好! 现在,华丽转身,我去也,拜拜了,人间。

棺材是上好的木料,漆成明黄,顶头下面四个金色大字:永垂千古。躺在里面的,是大国的骨灰。农村今年实行火化,大国又赶上一次新形势。他的魂魄可能躲在人群中。叫我听听你们怎么评价我,嗯,说的还不赖。他那锐利而精明的目光,饱含了深情,像一个检阅者,依次掠过几班响器。只是他再也不会坐起身探出头来叮咛:辛苦各位了,好好吹啊,我周大国,不差钱。

大平原上,每个村庄的街里,每年都会有丧事举办。国乐队是经常光顾的客人、友好合作的伙伴,这就是他们的工作,不悲不喜,不惊不忙,吹吹打打地送别一个又一个人,曲调多是热烈奔放,甚或高亢张扬,是对一个鲜活生命在世上走过的记录和礼赞吗?

2019 年 11 月 30 日—2020 年 6 月 26 日　一稿

2020 年 7 月 20 日—7 月 30 日　二稿

2020 年 8 月 23 日—9 月 19 日　三稿

2021 年 2 月 28 日—10 月 26 日　四稿